DANIELA ARNOLD
Narbenschwester

Über das Buch

Das Team um Hauptkommissar Mats Sahler ist ratlos, als es zu einem Tatort auf der Insel Sylt gerufen wird. Es sieht alles danach aus, als hätte eine Zwölfjährige ihre Eltern kaltblütig ermordet und ihre kleine Schwester verschwinden lassen. Das Team bittet die Polizeipsychologin Liv Schürmann sich des Falles anzunehmen, um das vermisste kleine Mädchen schnellstmöglich und unversehrt wiederzufinden. Doch je tiefer Liv in die Seele der minderjährigen Täterin vordringt, desto klarer wird, dass die Wahrheit um dieses furchtbare Verbrechen tief in ihr selbst und in ihrer eigenen, düsteren Vergangenheit verborgen liegt.

Als Liv schließlich die Verbindung zu einer Reihe an Vermisstenfällen erkennt und kurz darauf die brutal zugerichtete Leiche eines jungen Mädchens auftaucht, beginnt für sie ein erbarmungsloser Kampf um Leben und Tod. Denn jemand will um jeden Preis verhindern, dass die grausame Wahrheit dieser beiden Fälle ans Licht kommt.

Für meine Familie

www.daniela-arnold.com
autorin@daniela-arnold.com

Covergestaltung: © ZERO Werbeagentur GmbH, München
Covermotiv: © FinePic / shutterstock.com

Lektorat/Korrektur: http://www.sks-heinen.de
Buchsatz: Die eBook-Manufaktur

ISBN 978-1-79562-711-5

Daniela Arnold

NARBENSCHWESTER

Thriller

Prolog

»Diese gottverdammte Hure«, stieß er aus und zuckte zusammen. Leise fluchend ging er in die Hocke, quetschte sich in einen Busch wilder Heckenrosen hinter ihm, hielt den Atem an und horchte. Nach einer Weile stieß er erleichtert die Luft aus, kroch wieder aus seinem unbequemen Versteck hervor, sah sich um. Außer ihm war niemand hier. Er schluckte angestrengt, konzentrierte sich auf seinen Atemfluss, versuchte, sich zu beruhigen. Er musste leise sein, durfte keinen Mucks von sich geben, ganz egal, was diese Schlampe ihm antat, ansonsten lief er Gefahr, dass man ihn entdeckte. Und das konnte unter Umständen ziemlich peinlich werden. Er zog die Schultern nach oben, biss die Zähne aufeinander, wappnete sich gegen die aufsteigende Kälte. Der Nachrichtensprecher hatte vorhin etwas davon gefaselt, dass es sich um den heißesten Frühling seit Jahren handelte, und trotzdem fror er sich hier draußen den Arsch ab. Es dauerte eine Weile, ehe ihm klar wurde, dass dieses lähmende Gefühl, zu erfrieren, aus seinem Innern kam. Er ging ein kleines Stück auf das Haus vor ihm zu, um noch näher an jenem Fenster zu sein, durch das er die größte Katastrophe seines bisherigen Lebens betrachtete. Er verzog angewidert das Gesicht, als er sah, wie sie sich von der Rückenlage in eine aufrechte Position brachte und sich dann rittlings auf den Penis des Mannes gleiten ließ, mit dem sie heute das Bett teilte, während …

Er schüttelte den Kopf.

Du darfst das nicht so nah an dich heran lassen, beschwor er sich selbst, doch es war vergeblich. Sein Blick hatte sich an den zwei verschmelzenden Körpern festgesaugt und während er sich anstrengen musste, um nicht an Ort und Stelle loszukotzen, legte die Frau ihren Kopf in den Nacken und stieß einen spitzen Schrei aus. Keine Sekunde später sackte sie mit verzücktem Gesichtsausdruck auf der Brust des Mannes unter ihr zusammen, ließ dabei unaufhörlich ihr Becken weiterkreisen, bis das Objekt ihrer Begierde ebenfalls zu zucken und zu kreischen begann.

Er ballte seine Hände zu Fäusten. Der Hass schnürte ihm die Kehle zu. Wie gerne wäre er jetzt einfach um das Haus herum gegangen, hätte die Klinke hinuntergedrückt und die beiden Turteltäubchen mitten in ihrer wilden Bumserei überrascht.

Und dann plötzlich sah er sie.

All diese wunderschönen Bilder von Verderben und Blut.

Sie – mit aufgeschlitzter Kehle, unzähligen Schnitten und Stichen auf ihrem jugendlich schönen Körper, der nicht so recht zu ihrem tatsächlichen Alter passen wollte.

Und ihn.

IHN!

Mit amputiertem Schwanz und tiefblauen Eiern, um Gnade winselnd wie ein dreckiger Wurm. Allein die Vorstellung, beide leiden zu lassen, gab ihm in dieser Situation den nötigen Halt, den er brauchte, um weiterzumachen. Weiterzuleben.

Denn mal ehrlich …

Ein heiseres Lachen bahnte sich den Weg aus seiner Kehle.

Er wusste natürlich, dass diese Bilder in seinem Kopf nur Wunschdenken waren, er es niemals fertig brächte, sie real werden zu lassen.

Er trat noch näher an das Fenster heran, glaubte beinahe, den Atem der Frau auf seinem Gesicht spüren zu können.

Als der Mann die Frau auf den Bauch warf und sich erneut über sie hermachte, schmeckte er bittere Galle in seinem Mund.

Dann war da auf einmal dieses Rauschen in seinem Kopf.

Nein!

Selbst wenn sie es verdient hatten, qualvoll zu sterben, würde er es dennoch nicht schaffen, sie zu töten.

Ein Rascheln hinter ihm ließ ihn zusammenzucken. Er drehte sich um, stieß ein leises Seufzen aus, als er die kleine Göre in ihrem gelben Kleid sah.

»Was machst du da?«, fragte das Mädchen und verzog abschätzig das Gesicht.

Unschlüssig wandte er seinen Blick von dem Kind ab und sah wieder zum Fenster. Das Rauschen in seinem Kopf wurde lauter. Schließlich drehte er sich zu der Kleinen um, die all das verkörperte, was er so sehr hasste.

Das Mädchen starrte zurück, lächelte ihn arglos an.

»Gegenfrage – was machst du so spät noch hier draußen? Müsstest du nicht längst im Bett liegen?«

»Ich bin doch kein Baby mehr«, empörte sich die Kleine. Dann grinste sie abenteuerlustig. »Hast du Lust, mit mir verstecken zu spielen? Im Dunkeln macht es am meisten Spaß.«

Eine Idee fraß sich durch seine Gehirnwindungen.

Unvorstellbar grausam und eiskalt.

Nein!

Niemals würde er es schaffen, einem anderen Menschen einen solch furchtbaren Schmerz zuzufügen.

Und wenn er es auch noch so sehr verdient hatte.

Oder etwa doch?

Kapitel 1

Mai 2018
Hamburg

»Darf ich reinkommen?« Kriminalhauptkommissar Mats Sahler sah von der vor ihm liegenden Akte auf und lächelte die alte Dame an. »Gern, setzen Sie sich.« Er wies mit dem Kopf auf den Stuhl am anderen Ende seines Schreibtisches und legte den Stift beiseite, um der Frau seine volle Aufmerksamkeit zu schenken. »Wie kann ich Ihnen helfen?« Erst jetzt bemerkte Mats, dass das Lächeln seines Gegenübers aufgesetzt wirkte, der Gesichtsausdruck der Frau Angst und Sorgen ausstrahlte.

Sie räusperte sich, zupfte einige imaginäre Fusseln von ihrem hellbraunen Blazer, seufzte leise. »Es geht um Sina, meine Enkelin. Sie ist gestern Abend nicht nach Hause gekommen und ich mache mir deswegen furchtbare Sorgen.« Sie hüstelte nervös. »Sina ist zwar schon siebzehn Jahre alt und sehr erwachsen für ihr Alter, doch so etwas passt einfach nicht zu ihr und ist auch noch niemals vorgekommen.«

Mats runzelte die Stirn. »Und warum kommen Sie zu mir? Als ihre Großmutter? Warum nicht Sinas Eltern?«

Das Gesicht der Frau verdüsterte sich. »Ihre Eltern sind vor sieben Jahren tödlich verunglückt. Seither lebt Sina bei mir. Ich habe das Sorgerecht, bin für sie verantwortlich.«

»Ihr Verlust tut mir sehr leid«, sagte Mats schnell. »Und entschuldigen Sie bitte, dass ich …« Er brach ab. »Sie sagen also, dass Sina noch niemals zuvor einfach über Nacht von zu Hause wegblieb?«

Nicken. »Sie ist ein liebes Mädchen. Sehr verantwortungsbewusst und zuverlässig. Als sie gestern Nachmittag das Haus verließ, sagte sie noch zu mir, dass sie spätestens gegen einundzwanzig Uhr zurück sein wollte.«

»Und wo ist sie überhaupt hingegangen?«

»Sie wollte zu einer Freundin, um gemeinsam mit ihr zu lernen. Für die heutige Matheschulaufgabe. Sina ist eine gute Schülerin, nur Mathematik bereitet ihr Schwierigkeiten.«

Mats runzelte die Stirn. »Und warum sind Sie dann nicht bereits gestern Abend zu uns gekommen?«

Das Gesicht der Frau begann zu glühen. »Ich leide an Migräne-Anfällen, muss im Akutfall starke Medikamente einnehmen, um die Schmerzen aushalten zu können.« Sie hielt inne, faltete nervös die Hände, doch Mats wusste auch so, wie diese Geschichte enden würde. Die Frau hatte gestern Abend eine der Tabletten genommen und war daraufhin eingeschlafen und erst heute Morgen aufgewacht.

»Ich bin eingenickt«, sagte sie dann nur und blickte betreten zu Boden. »Wenn ihr etwas zugestoßen ist, könnte ich mir das niemals verzeihen.«

»Sie können nichts dafür«, sagte Mats sanft und griff über den Tisch nach der Hand der Frau. »Ich hab es mit dem Rücken und weiß nur zu gut, was diese Monsterpillen aus einem machen können.« Das stimmte sogar, doch in diesem Augenblick hatte er dies nur gesagt, um die vollkommen in sich zusammengesunkene Frau etwas aufzurichten.

Die Dame hob den Kopf und sah Mats an. »Als ich heute Morgen dann nach ihr sehen und sie wecken wollte, bemerkte ich, dass ihr Bett unbenutzt war. Ihre Schuhe waren nicht da, ihre Jacke ebenfalls nicht, doch ihre Schultasche steht in ihrem Zimmer.«

Mats warf einen Blick auf die Uhr, schluckte. Mittlerweile war es kurz nach halb neun, Schulzeit quasi, das alles hörte sich daher äußerst beunruhigend an. »Was haben Sie bislang alles unternommen, um Ihre Enkelin zu finden?«

Die Frau räusperte sich, rang sichtlich um Fassung. »Ich hab unzählige Male bei Sina selbst und bei Merle auf dem Handy angerufen. Merle, das ist das Mädchen, mit dem Sina gestern gelernt hat, aber von ihrem Haus ist sie gestern Abend pünktlich um zehn Minuten vor neun Uhr weggegangen. Ich hab es dann noch bei all ihren anderen Freundinnen versucht. Da gibt es, wie Sie sich sicher vorstellen können, etliche. Doch sie alle haben Sina nicht gesehen, geschweige denn etwas von ihr gehört.«

»Gibt es einen Freund? Einen Verehrer vielleicht?«

Die Frau öffnete ihre Handtasche, legte ihm das Foto einer wunderschönen jungen Frau mit strahlend blauen Augen und hellblondem gelocktem Haar auf den Tisch. »Das ist sie. Meine Sina. Sie sehen, was für eine kleine Schönheit sie ist, also gibt es selbstverständlich auch jede Menge Verehrer. Einen festen Freund hat sie meines Wissens aber nicht.«

Mats griff nach dem Bild, betrachtete das lachende junge Mädchen nachdenklich, spürte ein unheilverkündendes Kribbeln in seinem Innern. Das alles sah gar nicht gut aus, musste er zugeben. Überhaupt nicht gut.

»Ich habe solche Angst«, unterbrach die Frau seine Gedanken. »Wegen all dieser anderen vermissten Mädchen. Denken Sie, dass meiner Enkelin dasselbe zugestoßen sein könnte?«

In Mats' Kopf wirbelten die Gedanken wild herum. Was zum Henker sollte er auf die Frage der Frau nur erwidern?

Er stieß die Luft aus, sah sie offen an. »Ich will ehrlich mit Ihnen sein«, erklärte er. »In Anbetracht der Tatsache, dass Sie von den anderen Vermisstenfällen gehört haben, wissen Sie sicher auch, dass diese verschwundenen Mädchen Ähnlichkeit mit Sina haben.«

Nicken. »Und auch die beiden toten Mädchen sahen aus wie meine Enkeltochter.«

Mats nickte betreten. »In der Schule haben Sie nachgefragt?«

»Ja, sie ist nicht da.«

»Hat Sina jemals unentschuldigt gefehlt?«

»Seit sie bei mir lebt nicht.«

Mats seufzte. Das sah wirklich alles andere als gut aus.

»Gibt es außer Ihnen noch andere Bezugspersonen?«

Kopfschütteln. »Sinas Eltern sind wie gesagt verstorben, Onkel und Tanten wohnen viel zu weit weg, um regelmäßigen Kontakt zu dem Mädchen pflegen zu können. Und die Mutter meiner Schwiegertochter verstarb schon vor Jahrzehnten an inflammatorischem Brustkrebs.«

»Also ist es im Grunde so, dass Sie bereits alle Möglichkeiten ausgeschöpft haben, wo Sina sich aufhalten könnte?«

Die Frau nickte. »Ich hab alle Krankenhäuser abtelefoniert, bei den Nachbarn gefragt – sie ist wie vom Erdboden verschluckt.«

Mats seufzte innerlich. Dann stand er unschlüssig auf, blieb neben dem Stuhl der Frau stehen, schüttelte entschlossen den Kopf. »Lassen Sie uns dennoch nicht schon jetzt den Teufel an die Wand malen«, erklärte er. »Ihre Enkeltochter ist ein Teenager und denen fällt manchmal echter Blödsinn ein. Ich spreche da aus Erfahrung. Der Sohn meiner Schwester ist im selben Alter …« Er stieß ein erzwungenes Lachen aus. »Nur Ärger mit dem Kerl.«

Er sah die Frau mitfühlend an. »Ich weiß, wie groß Ihre Sorge ist, Sina könne etwas passiert sein. Aber ich sage Ihnen etwas … vielleicht hat sie ja doch einen Freund, von dem nicht einmal ihre beste Freundin etwas weiß. Verliebte Mädchen haben manchmal die abenteuerlichsten Ideen, denken nicht darüber nach, was ihr Handeln für ihr Umfeld bedeutet. Verliebte junge Leute handeln oftmals vollkommen aus dem Bauch heraus, denken nicht mit – es liegt also definitiv im Bereich des Möglichen, dass Sina die letzte Nacht zusammen mit einem Jungen verbracht hat und dass beide heute Morgen verschlafen haben.«

Die Frau presste ihre Lippen fest aufeinander. Dann nickte sie zögerlich. »Zwar würde ein solches Verhalten überhaupt nicht zu meiner Enkeltochter passen, aber wer von uns weiß schon zu einhundert Prozent, wie genau die Menschen ticken, mit denen wir tagtäglich zusammenleben.«

»Das wollte ich damit andeuten«, erklärte Mats. »Anstatt uns verrückt zu machen und an das Schlimmste zu denken, sollten wir zunächst versuchen, Sinas gestrigen Abend zu rekonstruieren. Dazu benötige ich Ihre Hilfe.« Er holte Luft, räusperte sich. Es fühlte sich mies an, der alten Dame etwas vorzumachen, ihre Hoffnung zu neuem Leben zu erwecken. Denn wenn er ehrlich war, glaubte er selbst nicht an das, was er soeben von sich gegeben hatte.

Trotzdem mussten sie es zumindest versuchen, zudem war es in einem solchen Falle der offizielle Weg der Ermittlungen. »Ich muss genau wissen, was Sina für Kleidung trug, als sie gestern aus dem Haus ging, ich brauche die Kontaktdaten all ihrer Freunde und Klassenkameraden, die Adresse der Schule, die sie besucht.«

Die Frau nickte eifrig, kramte einen Packen Zettel aus ihrer Handtasche hervor. »Ich habe mir schon gedacht, dass die Polizei eine Menge an Informationen rund um meine Kleine benötigt«, erklärte sie. »Deswegen hab ich schon mal etwas für Sie vorbereitet.«

Er griff danach, blätterte sich durch die Telefonnummern und Adressdaten, bedankte sich bei ihr. »Ich schicke Ihnen noch heute Vormittag ein Team vorbei, das sich in Sinas Zimmer mal umsehen soll und ihren Laptop und dergleichen überprüft. In vielen Fällen bringt allein das schon etwas mehr Licht ins Dunkel.«

»Sie meinen, falls sie übers Internet jemanden kennengelernt hat?«

Mats nickte. »Aber nicht nur das«, erklärte er dann. »Oft schreiben junge Menschen online viel mehr und über viel intimere Dinge, als sie in der Realität mit ihren nahen Angehörigen besprechen würden.«

»Dann wollen Sie versuchen, über die Online-Aktivitäten meiner Enkelin herauszufinden, ob es in ihrem Leben etwas gab, von dem niemand, vor allem aber ich nichts wusste?«

Mats nickte. »Außerdem setzen wir uns mit dem Handynetzbetreiber in Verbindung. Vielleicht bekommen wir auf diese Weise heraus, wo Sina sich zuletzt aufgehalten hat, von wo genau sie verschwunden ist.«

Er sah die Frau aufmunternd an. »Sie gehen jetzt nach Hause und halten dort die Stellung«, wies er sie freundlich, aber bestimmt an. »Falls Sina zwischenzeitlich aufgetaucht ist, melden Sie sich bitte umgehend bei uns, ansonsten unterstützen Sie meine Kollegen bitte in allen Belangen ihrer Ermittlungsarbeiten, einverstanden?«

Sie nickte. »Und was ist mit der Presse? Haben Sie vor, eine Vermisstenmeldung rauszugeben? Vielleicht hat jemand etwas gesehen oder gehört.«

Mats sah sie mitfühlend an. »Geht in spätestens zwölf Stunden – sofern sie bis dahin nicht aufgetaucht ist – an alle Zeitungen, Radiosender und ans Fernsehen raus«, erklärte er zustimmend. »So lange heißt es nun, abzuwarten.«

Sie schluckte, sah Mats hoffnungsvoll an. »Dann denken Sie, dass alles wieder gut wird? Dass Sina bald wieder bei mir ist?«

Mats ließ sich für seine Antwort einen Ticken zu viel Zeit, denn das Gesicht der Frau fiel innerhalb von Sekundenbruchteilen buchstäblich in sich zusammen. »Oder haben Sie mich nur beruhigen wollen, als Sie sagten, dass …« Die alte Dame brach in Tränen aus. »Sie glauben, dass meiner süßen Kleinen etwas Schlimmes zugestoßen ist, nicht wahr? Dass irgend so ein Wahnsinniger da draußen herumläuft, der junge Mädchen entführt, sie anschließend tötet … und dass er auch meiner Sina etwas angetan hat.«

Kapitel 2

Mai 2018
Hamburg

Sie saß im Sand und lauschte dem Rauschen der Wellen, die sanft und kühl ihre Füße umschmeichelten. Es war ein beruhigendes Gefühl, einfach nur hier zu sitzen, auf das glitzernde Schwarz vor ihr zu starren, in dem sich das Mondlicht spiegelte und ihren Gedanken freien Lauf zu lassen. In der Ferne nahm sie das Lachen eines kleinen Mädchens wahr, lächelte versonnen. Dann ein Gedankenblitz. Es war weit nach Mitternacht, warum also hielten sich Kinder dieses Alters um diese Zeit noch draußen auf?

Das Lachen wurde heller, kam näher, schmerzte in ihren Ohren. Erst jetzt wurde ihr bewusst, dass das Lachen aus ihr selbst kam. Aus ihrem Kopf.

Sie!

Liv hielt sich die Ohren zu, als könne diese Geste sie vor dem beschützen, was sie quälte. Ihren inneren Dämonen.

»Warum hast du nicht aufgepasst?« Das Wispern in ihrem Kopf brachte sie beinahe um den Verstand. »Warum hast du mich sterben lassen?«

»Still!«, befahl sie ihrer inneren Stimme. »Du weißt genau, dass es so nicht gewesen ist.«

Und dennoch. Tief in ihrem Innern war es wieder da. Dieses bohrende Gefühl der Schuld, vor dem nichts und niemand sie jemals hätte schützen können. Das sie seit Jahrzehnten an jedem Tag und in jeder gottverdammten Nacht heimsuchte, an ihr zerrte, an ihr fraß, sie zu verschlingen drohte. Dann vernahm sie das leise Blubbern ein paar Meter vom Ufer entfernt. Erkannte einen hellen

Fleck, der das Dunkel der Wasseroberfläche durchbrach. Schwankend und mit hämmerndem Herzen stand sie auf, ging tiefer ins Wasser hinein, erschrak, als eine Welle sie bis fast zum Bauchnabel durchnässte. Die Angst lähmte sie, schnürte ihr die Luft ab. Als sie an der Stelle ankam und erkannte, was da vor ihr im Wasser trieb, schnappte sie verzweifelt nach Luft, kämpfte gegen die Eiseskälte in ihrem Innern an, die sie mehr und mehr lahmlegte und drohte, sie hinfortzureißen. Langsam streckte sie ihre Hand aus, berührte den hellen Stoff, zupfte daran. Er fühlte sich so echt an.

Sie schluckte. Spürte, wie ihr schwindelig wurde.

Trotzdem umfasste sie den kleinen, blassen und glitschigen Arm, wappnete sich gegen den Anblick, der sich ihr sogleich bieten würde. Sie drehte den leblosen kleinen Körper herum, bis sie in das aufgedunsene Gesicht ihrer kleinen Schwester blicken konnte. In ihre leeren Augenhöhlen, die durch sie hindurchzustarren schienen, auf den weit aufgerissenen Schlund, der ein bisschen so aussah, als würde ihre tote Schwester sie verhöhnen.

»Es tut mir so leid«, stammelte Liv und wich zurück, bis sie mit dem Rücken an etwas Hartes prallte. Sie stieß einen entsetzten Schrei aus, wirbelte herum, sah ins hassverzerrte Gesicht ihrer Mutter. »Du bist schuld«, spie die Frau ihr entgegen und packte sie fest am Nacken, drückte sie unter Wasser. Liv versuchte mit aller Kraft, sich aus dem Klammergriff ihrer Mutter zu befreien, doch vergebens. Erst als sie kurz davor stand, das Bewusstsein zu verlieren, ließen die Hände sie plötzlich los. Keuchend stach sie aus dem Wasser hoch, starrte panisch ins Gesicht der Frau, die vergessen zu haben schien, dass sie sie einst zur Welt gebracht hatte.

»Was passiert ist, war nicht meine Schuld«, stammelte Liv und wünschte sich in diesem Augenblick nichts mehr, als dass ihre Mutter sie nach all den Jahren endlich wieder in ihre Arme nehmen, sie in ihr Herz lassen würde.

Doch der Gesichtsausdruck ihres Gegenübers blieb unerbittlich hart.

Dann schüttelte die Frau langsam mit dem Kopf.

»Du hast meine Liebe nicht verdient«, sagte sie voller Abscheu und wandte sich zum Gehen. »Am besten wäre es gewesen, wenn damals du gestorben wärst.«

Als sie verschwitzt und schwer atmend aus dem Schlaf hochfuhr, war es draußen noch stockdunkel, was dafür sprach, dass sie gerade einmal ein paar Stunden zur Ruhe gekommen war. Wobei – die Bezeichnung traf es nicht ganz. Sie war schon lange nicht mehr wirklich zur Ruhe gekommen, hatte sich schon lange nicht mehr wirklich entspannen, geschweige denn abschalten können. Ihr Nachtschlaf war eine Ansammlung immer wiederkehrender Albträume, die sie seit ihrer Kindheit quälten. Seit dem Tag, an dem sie …

Schnell stand sie auf, sah auf das Display ihres Handys, seufzte. Erst kurz nach drei Uhr. Sie schlüpfte in ihre Hausschuhe, zog sich ihren Morgenmantel über, machte sich auf den Weg in die Küche. Der heimelige Raum hatte schon immer beruhigend auf sie gewirkt. Ihre Vormieter hatten ihn in hellem Blau gestrichen, was mit den weißen Möbeln hervorragend harmonierte und der Küche einen maritimen Touch verlieh. An der Wand neben dem Fenster hingen zwei Bilder mit Strandmotiven sowie der Kunstdruck eines berühmten Leuchtturms. Das junge Paar, das vor ihr hier gewohnt hatte und nun aufs Land gezogen war, hatte Liv auf ihren Wunsch hin die Küche zu einem Spottpreis überlassen, was sie nur zu gern angenommen hatte. Nicht nur, um Geld zu sparen, sondern vor allem deswegen, weil er etwas in ihr weckte.

Erinnerungen.

Nicht jene, die ihr Tag für Tag das Leben schwer machten.

Nein.

Dieser Raum weckte in Liv Erinnerungen an eine Zeit, in der ihr Leben noch in Ordnung war.

Eine Zeit, in der ihre geliebte Großmutter noch lebte und sie die Nachmittage und manchmal auch Abende damit verbrachte, in dicken Wälzern zu schmökern, die Kekse wegzufuttern, die ihre Oma ihr gebacken hatte. Eine Zeit, die weit davon entfernt war, sie zur Schuldigen um das Verschwinden ihrer kleinen Schwester zu machen.

Liv schaltete die Kaffeemaschine an, wartete an die Küchenzeile gelehnt, bis sie startbereit war, stellte dann ihre Lieblingstasse unter den Auslass.

Auch das Motiv der Tasse erinnerte sie an früher.

An Sylt – ihre Heimat, die sie seit Jahrzehnten nicht besucht hatte. Und es auch niemals wieder tun würde.

Ihre Hände vibrierten leicht, als sie die Tasse mit den Möwen darauf endlich umklammerte und den ersten Schluck des starken Gebräus trank.

»Warum bist du denn schon auf?«

Liv zuckte zusammen, wirbelte dann herum, fluchte, als sie sich die Hände an dem überschwappenden Kaffee verbrannte.

Ihn hatte sie ja vollkommen vergessen.

Jan.

Oder hieß er Jens?

Justus?

Sie seufzte, starrte den attraktiven jungen Mann konsterniert an.

Egal, wie auch immer sein Name lautete, er bedeutete ihr rein gar nichts und deswegen wollte sie, dass er ging. Am besten so schnell wie möglich.

Der gestrige Abend hatte sie mal wieder in ihre Lieblingsbar geführt, wo sie ihn aufgegabelt und anschließend ein paar nette Stunden mit ihm verbracht hatte. Nicht mehr und nicht weniger.

»Soll ich dir einen Kaffee rauslassen?«, fragte sie betont höflich und hoffte inständig, dass er ablehnte.

»Nee, lass mal«, erklärte er und grinste sie unbeschwert an. »Ich hab später eine Vorlesung, die ich nicht verpassen darf und hätte gern noch eine Mütze voll Schlaf.« Er kam zu ihr, küsste sie in einer freundschaftlichen Geste auf die Wange. »War nett mit dir«, sagte er dann und zwinkerte schelmisch. »Ich geh nicht davon aus, dass du das wiederholen willst?«

Liv schüttelte den Kopf, grinste. »Ich fand es auch sehr amüsant«, erklärte sie dann und begleitete *Wen-auch-immer* zur Tür.

Als sie endlich allein war, setzte sie sich in der Küche an den Tisch, trank den Rest des Kaffees, den sie nicht verschüttet hatte, aus. Dann stützte sie ihren Kopf auf die Hände und fragte sich – nicht zum ersten Mal übrigens –, wie lange das alles noch so weitergehen sollte. Dieser schnelle Sex mit Kerlen, die sie kaum bis gar nicht kannte. All diese Beziehungen mit Männern, die ihr am Ende vielleicht sogar etwas bedeuteten, die sie dann aber trotzdem von sich wegstieß, sie nicht an sich herankommen lassen konnte, weil sie sich selbst nicht erlaubte, glücklich zu sein. So wie Mats. Ihren Ex und Kollegen, den sie geliebt und trotzdem vier Jahre lang auf Abstand gehalten hatte.

Mats, der inzwischen zum Kriminalhauptkommissar befördert worden war und dessen neue Partnerin in Liv etwas entfachte, das sie bisher nicht betiteln konnte.

Konnte es sich um Eifersucht handeln?

Aber warum war es ihr dann so leichtgefallen, Mats gehen zu lassen, als er es an ihrer Seite nicht mehr ausgehalten und ihr ein Ultimatum gestellt hatte?

Sie hatte seine Worte von jenem Tag noch immer im Kopf – *Entweder ganz oder gar nicht.* Liv hatte sich letztendlich für *gar nicht* entschieden.

Doch die wichtigste aller Fragen lautete: Warum tat ihr noch immer jede Begegnung mit ihm weh, obwohl sie beide schon seit über einem Jahr getrennt waren?

Zu diesem Umstand kam erschwerend hinzu, dass sie selbst

ebenfalls im Präsidium Hamburg tätig war, allerdings nicht als Ermittlerin, sondern als Psychologin, die sich sowohl um Opfer von Tragödien aller Art kümmerte als auch hin und wieder zu Ermittlungen hinzugezogen wurde.

Was natürlich dazu führte, dass Mats und sie sich nur umso häufiger über den Weg liefen.

Das Summen ihres Smartphones unterbrach Livs Gedanken. Sie nahm das Gerät, starrte aufs Display und seufzte.

»Ich fasse es nicht …«, murmelte sie und nahm das Gespräch an.

»Deine Albträume halten dich mal wieder wach …« Es war keine Frage, sondern eine Feststellung und sie zeigte Liv, wie gut Mats sie doch kannte.

»Was gibt's?«, überging sie seine Bemerkung und spürte, wie allein seine Stimme ihr Innerstes bereits zum Schmelzen brachte. Das hatte er schon immer gekonnt, doch gerade jetzt, in diesem Augenblick, wo sie sich so zerbrechlich fühlte, war es übermächtig. Das Bedürfnis, sich gegen ihre Dämonen aufzulehnen, sich gegen sie zur Wehr zu setzen und sich einfach auf ihn einzulassen. Sich in seine Arme zu werfen und seine Nähe zu genießen.

Eines seiner Worte, dessen Sinn sich ihr im Moment noch nicht erschloss, fraß sich durch ihre wärmenden Gedanken tief in die Windungen ihres Gehirns, versetzte sie im Bruchteil einer Sekunde in einen Ausnahmezustand. »Was hast du gesagt?«, stieß sie atemlos hervor, ignorierte das Hämmern ihres Herzens, das sich anfühlte, als zerschmettere es ihre Brust in tausend Teilchen.

Schweigen am anderen Ende der Leitung. Dann ein Räuspern. »Ich weiß, was ich da von dir verlange, aber es ist wirklich wichtig.« Mats räusperte sich.

»Du musst auf dem schnellsten Weg nach Sylt kommen. Noch heute Nacht. Ich schicke dir jemanden vorbei, der dich zum Flugplatz bringt.«

»Ich … kann nicht und du weißt das!« Ihre Stimme zitterte. »Ich war seit über zwanzig Jahren nicht mehr dort. Es geht einfach nicht.«

»Es geht um ein junges Mädchen«, erklärte Mats sanft. »Es ist so alt wie du damals warst, als deine Schwester verschwand. Es könnte sein, dass es das Mädchen war, das seine Eltern getötet hat. Doch um etwas aus ihm herauszubekommen, brauchen wir dich. Du musst herkommen, anderenfalls …« Er verstummte.

»Was?«, fragte Liv. »Anderenfalls was?«

Seufzen am anderen Ende. »Was ich jetzt sage, ist nicht fair. Deswegen will ich, dass du weißt, dass es mir leidtut. Ehrlich und von ganzem Herzen.«

Livs Körper verkrampfte sich.

Sie wollte nicht hören, was Mats zu sagen hatte. Doch trotz allem, was zwischen ihnen vorgefallen war, wusste sie, dass er sie niemals wissentlich verletzen, ihr niemals mit Absicht schaden würde. Es musste also wirklich wichtig sein.

»Sag es einfach«, flüsterte sie resigniert in den Hörer.

Mats am anderen Ende atmete tief durch.

»Die kleine Schwester dieses Mädchens ist spurlos verschwunden. Wir haben alles versucht, um etwas herauszufinden, doch das Mädchen schweigt beharrlich. Hier kommst du ins Spiel.« Mats brach ab, suchte nach Worten. »Du musst alles versuchen, um zu dem Kind durchzudringen, schließlich hast du damals fast dasselbe durchgemacht. Verwende dieses Wissen für die vermisste kleine Schwester des Mädchens. Sie ist erst sechs Jahre alt und wir müssen sie finden, bevor es zu spät ist.«

Kapitel 3

Mai 2018
Sylt-Rantum

Kriminalhauptkommissar Mats Sahler hoffte, dass Liv nicht allzu lang auf sich warten ließ.

Er stieß die Luft aus. Er wusste natürlich, was er ihr mit seiner Bitte, schnellstens herzukommen, antat, doch hatte er keine Wahl gehabt. Seufzend sah er sich im Zimmer um. Betrachtete die Blutflecken an den Möbeln, auf dem Boden und an den Wänden. Was auch immer in diesem Haus vorgefallen sein mochte, war wohl eine der schlimmsten Familientragödien, die sich je auf dieser schönen Insel zugetragen hatten.

Er sah auf die Frau zu seinen Füßen, auf ihre verkrampften Gliedmaßen, auf das vor Angst erstarrte Gesicht, den panischen Blick aus toten Augen. Man hatte der Frau zuerst in die Brust geschossen und danach in den Kopf. Fatalerweise hatten beide Schüsse nicht unmittelbar zum Tode geführt, sodass die Ärmste sich noch minutenlang im Todeskampf gequält hatte, bevor es ihr vergönnt gewesen war, endlich zu sterben. Anders ihr Mann, der unmittelbar gestorben war, durch einen Schuss aus nächster Nähe direkt in den Kopf. Daher stammte auch die rosafarbene glibberige Masse, welche hier überall verteilt war. Sein Blick blieb an den verwischten Buchstaben hängen, die mit Blut auf den Boden neben der Leiche der Frau gekritzelt worden waren.

Mit viel Fantasie ergaben sie den Namen *Alice.*

Der Name der älteren Tochter des toten Ehepaars.

Hatte die Mutter selbst den Namen vor ihrem Tod neben sich auf den Boden geschrieben?

Was sich Mats jedoch überhaupt nicht erschloss, war, weshalb niemand aus der Nachbarschaft etwas von dem Angriff auf das Ehepaar mitbekommen hatte. Sicher, in der heutigen Zeit achtete kaum noch jemand auf seine Mitmenschen, doch drei Schüsse unmittelbar hintereinander mussten doch einen Höllenlärm veranstaltet und die Nachbarn zumindest aufgeschreckt haben. Leider hatten von denen lediglich zwei das Knallen der Schusswaffe wahrgenommen, sich aber nichts Großartiges dabei gedacht.

Was also war hier tatsächlich vorgefallen?

Laut der Spurensicherung gab es keinerlei Hinweise auf gewaltsames Eindringen ins Haus, es gab auch keinerlei Spuren, die auf Einbruch oder Raub hindeuteten. Die weibliche Leiche wies keinerlei Anzeichen sexueller Gewalt auf. Stattdessen sah es für ihn bis jetzt danach aus, als habe der Mann zuerst zweimal auf seine Frau gefeuert und anschließend sich selbst eine Kugel in den Schädel gejagt.

Doch warum hatte Fiona Claasen dann den Namen Alice auf den Boden geschrieben?

Konnte das wirklich der entscheidende Hinweis sein? Dass es tatsächlich Alice gewesen war, die geschossen hatte?

Eine Zwölfjährige?

Seine Kollegin hatte diese Vermutung vorhin als Erste ausgesprochen.

Okay, es handelte sich bei der Tatwaffe um eine auf das männliche Opfer und Mitglied eines Schützenvereins registrierte Automatik-Pistole, dennoch bedurfte es schon einiger Kraftanstrengung, sie abzufeuern, ohne sich dabei durch den Rückstoß selbst am Kopf zu verletzen.

Mats schluckte. Okay, Alice war alles andere als von zierlicher Statur, sie war jetzt schon größer als ihre Mutter, kräftig gebaut, was wohl, wie die Hausdurchsuchung ergeben hatte, an ihrem für Mädchen eher ungewöhnlichen Hobby lag: dem Boxen. Die Spurensicherung hatte einen Boxsack sowie Handschuhe und weiteres Zubehör im Zimmer des Mädchens gefunden – also war es wohl tatsächlich möglich, dass Alice viel kräftiger war als manch andere ihrer gleichaltrigen Freundinnen. Doch warum sollte sie auf ihre Eltern schießen?

Natürlich waren sie so geistesgegenwärtig gewesen, sofort eine Blutprobe zu nehmen, um nachzusehen, ob das Mädchen unter Drogeneinfluss stand, was sich Gott sei Dank nicht bewahrheitet hatte.

Mats seufzte.

Konnte es trotzdem möglich sein, dass es Alice gewesen war? Dass sie sich am Waffenschrank ihres Vaters zu schaffen gemacht und anschließend beschlossen hatte, ihre Eltern zu töten? Hatte sie danach ihre Schwester aus dem Haus gebracht, sie irgendwo versteckt? Vielleicht weil das kleine Mädchen mitbekommen hatte, was wirklich passiert war?

Mats seufzte. Nelly Claasen war erst sechs Jahre alt und laut der Fotos an den Wänden extrem zierlich. Keine wirkliche Herausforderung für eine Zwölfjährige mit Kampfsporterfahrung. Doch hätte dann nicht irgendwer etwas mitbekommen müssen? Zuerst die drei Schüsse und dann das Verschleppen eines kleinen Mädchens, das sich sicherlich lautstark gewehrt hatte?

Das alles ergab einfach keinen Sinn für Mats.

Es gab keine Spuren, die auf Fremdeinwirkung hindeuteten. Doch der Mann war ein Top-Journalist gewesen und hatte sich in der Vergangenheit sicherlich einige Feinde gemacht. Feinde, die seinen Tod wollten?

Vielleicht …

Die Ehe des Paares galt laut der Nachbarn als harmonisch. Und doch könnte es auch der Mann selbst gewesen sein, der seine Frau und dann sich selbst getötet hatte.

Und zuletzt kam eben sogar Alice als Täterin infrage, auch wenn es Mats schwerfiel, dies auch nur in Betracht zu ziehen.

Alles in diesem Haus wirkte wie der perfekte Ort, um Kinder

aufzuziehen. Es hingen an allen Wänden Familienfotos, Aufnahmen der Kinder in jedem Alter und an verschiedenen Stationen ihres bisherigen Lebens. Auf all diesen Bildern sahen Alice und Nelly glücklich aus – konnte es dennoch sein, dass der Schein trog? Dass all diese Fröhlichkeit auf den Fotos, das hübsche Haus nur Fassade waren? Dass es hinter verschlossenen Türen ganz anders aussah?

Dass Andreas und Fiona Claasen nicht die waren, die sie zu sein vorgaben? Und dass Alice ihre Eltern aus einem bestimmten Grund umgebracht hatte?

Mats schluckte und dachte an das verstörte Mädchen im Nebenzimmer, um das sich zwei seiner weiblichen Kolleginnen kümmerten, bis Liv endlich eintraf. Seit seiner Ankunft hier vor Ort hatte Alice keinen Ton gesagt, wirkte wie weggetreten, was auf einen posttraumatischen Schockzustand hinwies. Und genau hier kam seine Ex – Liv – ins Spiel. Wenn es jemand schaffte, zu dem Kind durchzudringen, herauszufinden, was passiert war, dann sie. Und komme was wolle, sie musste es einfach hinbekommen, anderenfalls bestand die Möglichkeit, dass Nelly – wo immer man sie auch versteckt hatte – starb. Immerhin bestand die realistische Möglichkeit, dass sie verletzt war.

Oder ebenfalls tot.

Er stieß die Luft aus.

Jetzt hatten sie zwei Fälle an der Backe, die ihnen gleichermaßen viel abverlangten.

Die ihm zu schaffen machten.

Ihn des Nachts um seinen wohlverdienten Schlaf brachten.

Diese Serie vermisster und ermordeter Mädchen, bei der sie noch immer keine Spur weitergekommen waren, ging ihm schon seit Wochen an die Substanz.

Und jetzt noch diese Tragödie als Krönung des ganzen Elends.

Mats setzte sich auf den Rand der Sofalehne, ließ die Atmosphäre des Zimmers auf sich wirken.

Konzentrierte sich mit aller Kraft auf sein Bauchgefühl.

Was hatte Alice Name auf dem Boden neben der Leiche der Frau zu bedeuten?

»Die Spusi ist mit dem Kellergeschoss durch«, riss Anke ihn aus seinen Gedanken. »Claasen hat einen kompletten Kellerraum zur Hobbywerkstatt umfunktioniert. Und eben dieser Raum ist voll von seinen Fingerabdrücken und von niemandem sonst. Als hätte er seiner Familie die Anweisung gegeben, die Finger von seinem Zeug zu lassen. Der Waffenschrank war verschlossen, der Schlüssel befand sich in einer Schublade unterhalb der Werkbank. Die Munition hatte er in einem Regal verstaut und es sind überall nur seine Fingerabdrücke drauf. Und da sich der Waffenschrank ebenfalls in Claasens Werkstatt befindet, müssen wir wohl davon ausgehen, dass er es entweder selbst gewesen ist oder die Tatwaffe samt Munition woanders gebunkert hat, wovon der Täter bzw. die Täterin wusste und eben Zugriff hatte. Alice zum Beispiel.«

Sie schüttelte den Kopf.

»Der Typ war Journalist«, sagte sie dann und musterte Mats.

Er nickte. »Andreas Claasen hat seit einiger Zeit als Investigativ – Reporter gearbeitet. Vielleicht hat er sich da jemanden zum Feind gemacht?«

Anke stieß die Luft aus. »Wie ich schon sagte, ich glaube nicht, dass es jemand Außenstehendes war. Dazu gibt es viel zu wenig Kampfspuren. Hier sieht es weder nach einem Überfall aus noch nach einem Einbruch oder Sexualdelikt. Ich denke, dass er es entweder selbst gewesen ist oder dass Alice geschossen hat. Und jetzt liegt es an uns, herauszufinden, wieso. Vielleicht führt uns die Lösung des Falles am Ende zu Nelly.«

»Die Zeit haben wir aber nicht«, knurrte Mats. »Deswegen hab ich Liv angerufen.«

Er bemerkte, dass Anke beim Namen seiner Ex-Lebensgefährtin die Brauen emporzog und grinste, ignorierte dies aber.

»Und du denkst, dass Liv die Richtige für diesen Job ist?«

Mats schluckte. Dann schüttelte er den Kopf. Starrte auf das Gesicht der toten Frau. Dann auf deren Ehemann.

»Die Richtige nicht, aber die Beste.«

Lautes Geschrei, das von draußen zu ihnen hereindrang, ließ Mats zusammenzucken.

»Wenn man vom Teufel …« Er verstummte, als Liv wie eine Furie ins Zimmer gestürmt kam, neben der toten Frau in die Knie ging, gegen die Tränen ankämpfte.

Anke sah ihn irritiert an, schwieg aber.

»Es tut mir leid«, sagte Mats. »Ich wollte es dir sagen, aber ich dachte …« Er brach ab.

Langsam hob Liv den Kopf, fixierte ihn mit stahlhartem Blick. »Wusstest du es schon, als du mich angerufen hast?«

Er schüttelte langsam, aber bestimmt den Kopf. »Das Mädchen, Alice, hat eine Nachbarin aus dem Schlaf gerissen, die hat dann die Polizei informiert. Ich kannte zwar den Namen der Familie, dachte mir aber nichts dabei. Dass es sich bei den Opfern um deine alten Freunde handelt, hab ich erst gemerkt, als ich selbst hier angekommen bin.«

Liv stand auf, ging auf Mats zu, sodass er den Schmerz in ihren Augen sehen konnte, den der grauenvolle Anblick in ihr ausgelöst zu haben schien.

»Du weißt, dass du mich eigentlich nicht hinzuziehen dürftest?«

Er nickte. »Wie ich bereits sagte, habe ich keine andere Wahl. Außerdem hattest du doch kaum noch Kontakt zu ihr.«

Liv stieß die Luft aus, sah ihn abfällig an. »Was weißt du denn schon? Du hast sie einmal getroffen, als sie mich besucht haben und wir noch ein Paar waren. Woher willst du also wissen, wie nahe Fiona und ich uns noch standen?«

Mats beobachtete, wie Livs flackernder Blick über die Leiche der Frau hinwegglitt.

»Ich weiß, dass es schwer für dich ist, wieder hier zu sein, auf Sylt«, ruderte er zurück. »Und dass ich dich gar nicht hätte herholen dürfen, eben weil du die Familie kanntest. Ihr gemeinsame Erinnerungen hattet. Aber da ist auch die kleine Nelly, die verschwunden ist. Und ihre große Schwester, die nicht sagen will, wo Nelly sein könnte. Ganz davon zu schweigen, dass Alice definitiv als eine der Hauptverdächtigen dieses Verbrechens gilt. Im Grunde ist noch alles offen. Es könnte der Mann selbst gewesen sein, der zuerst seine Frau und dann sich getötet hat. Genauso gut könnte jemand, den das Paar kannte und ins Haus gelassen hat, der Täter sein oder eben sogar Alice, die gemeinsame Tochter der Claasens.«

Liv sog die Luft scharf ein, schluckte.

»Ihr seid verrückt!«, stieß sie hervor.

»Wir haben ihre Fingerabdrücke auf der Waffe gefunden«, erklärte Mats sanft. »Und sie wäre alt genug, um herausgefunden zu haben, wo ihr Vater seine Pistole samt Munition verwahrt, wenn er sie gerade nicht im Safe eingeschlossen hat.«

»Sie war nicht im Safe? Wie kommt ihr darauf?«

Er räusperte sich. »Am Safe waren nur die Fingerabdrücke des Vaters. Ebenfalls am Schlüssel – eigentlich überall in dem kleinen Kellerraum, wo er seinen Männerkram aufbewahrte.«

»Und wie schließt ihr darauf, dass es Alice gewesen sein könnte, die die Schüsse abgefeuert hat? Einfach nur, weil ihre Fingerabdrücke auf der Waffe waren?«

Mats nickte. »Außerdem haben wir ihre Fingerabdrücke auf dem Magazin, überall an den Leichen sowie am Boden rund um die Leichen gefunden. Sie sind einfach überall. Nur nicht unten im Keller. Und da es immer wieder vorkommt, dass Leute ihr registrierten Waffen nicht vorschriftsmäßig verwahren, passieren hin und wieder solche Tragödien.«

Liv sah ihn wütend an. Ihre dunklen Augen sprühten beinahe Funken. »Schon mal darüber nachgedacht, was der Anblick ihrer toten Eltern mit Alice gemacht hat? Dass sie gar nicht wusste, was sie tat, als sie die Waffe anfasste, das Magazin herausnahm, die Leichen berührte? Sie stand und steht wahrscheinlich immer noch unter Schock Herrgott noch mal!« Sie sah sich fassungslos in dem Wohnzimmer um. »Das hier könnte jeder gewesen sein. Jeder, den die Claasens näher kannten und den sie freiwillig und ohne Argwohn in ihr Haus gelassen haben. Und eine Waffe zu finden, die nicht vorschriftsmäßig aufbewahrt wird, ist für niemanden eine so große Herausforderung.«

Sie schluckte, sah erst Anke und dann wieder Mats an.

»Allein der Gedanke, dass ein Mädchen wie Alice zu so etwas Grausamem in der Lage sein könnte, ist total irre!«

Sie lachte hysterisch, dann verstummte sie abrupt. Strich sich einer ihrer dichten dunkelbraunen Strähnen aus dem Gesicht, verzog den Mund. Schließlich sah sie zu den Leichen. Straffte die Schultern. »Okay, ich mach's.« Sie schüttelte den Kopf, ging erneut neben Fiona Claasen in die Knie, verharrte einen schweigenden Moment neben der Toten. Dann sah sie auf.

Als Mats die Traurigkeit in ihren Augen bemerkte, verkrampften sich seine Eingeweide. Er musste sich beherrschen, nicht neben ihr in die Knie zu gehen und sie an sich zu ziehen. Sie zu trösten. Wie früher, als …

»Fio war damals bei mir, als meine Schwester verschwunden ist«, riss Liv ihn aus seinen Gedanken. »Sie war die Einzige, die immer zu mir gehalten und mich niemals vergessen hat. All die Jahre hielt sie mich über alles auf dem Laufenden, was hier auf der Insel geschah. Ihr hab ich es zu verdanken, dass meine Heimat mir niemals völlig fremd geworden ist.«

Liv räusperte sich. »Ich bin es ihr schuldig, alles menschenmögliche für ihre Kinder zu tun – für ihre beiden Töchter – und dafür, herauszufinden, wer ein solches Unheil über ihre Familie gebracht hat.«

Kapitel 4

Mai 2018
Hamburg

Inzwischen waren über drei Stunden vergangen, seit sie hier am Bett des Mädchens saß und vergeblich versuchte, es zum Reden zu bringen.

Liv seufzte verhalten, als sie das zögerliche Klopfen an der Tür wahrnahm. Sie sah Alice an, die mit verschlossenem Gesichtsausdruck einfach nur dalag und durch sie hindurch ins Nichts starrte.

»Ich bin gleich zurück«, sagte sie leise und ging zur Tür.

»Hattest du Erfolg?«, überfiel Mats sie, kaum dass sie die Tür hinter sich geschlossen hatte.

Liz räusperte sich betreten. »Du wirst dich gedulden müssen«, erwiderte sie und straffte die Schultern. »Und ich weiß, dass du für Geduld eigentlich keine Zeit hast, aber was soll ich machen? Alice in diesem Zustand zu bedrängen, könnte nach hinten losgehen. Ich halte es für sinnvoller, wenn wir uns ihr anpassen, ihr Zeit geben, damit sie begreift, dass sie uns vertrauen kann.«

Liv zuckte zusammen, als Mats einen wütenden Zischlaut ausstieß. Ihr fiel auf, dass sein sonst so akkurates blondes Haar heute zerzaust aussah, fast so, als habe er am Morgen vergessen, es zu kämmen. Überhaupt fand Liv, dass Mats furchtbar aussah. Müde und erschöpft. Irgendwie kraftlos und … viel magerer als noch vor einigen Wochen. Seine hellblauen Augen waren von dunklen Schatten umgeben.

Sie zwang sich, ihre Konzentration von seinem Aussehen weg und wieder auf seine Worte zu richten.

»Du weißt, dass die kleine Schwester verschwunden ist? Dass Alice die Einzige ist, die vielleicht weiß, wo Nelly sich befindet, und uns zu ihr führen könnte? Wenn wir es so machen, wie du sagst, könnte das einem Todesurteil für die Kleine gleichkommen. Du entschuldigst also bitte, dass ich es ablehne, wenn du vorschlägst, dass wir Alice gegenüber Rücksicht nehmen. Und das hat auch nichts damit zu tun, dass ich sie für verdächtig am Tod ihrer Eltern halte, sondern eher damit, dass ich das zweite Kind deiner toten Freundin möglichst unversehrt finden möchte.«

Liv registrierte, dass Mats sich in Rage geredet hatte, und verkniff sich eine weitere Bemerkung. Es stand ihm ins Gesicht geschrieben, wie sehr ihn all das belastete, wie enorm er unter Druck stand. Sowohl vonseiten der Chefetage als auch seitens der Presse.

»Es ist nicht hundertprozentig sicher, dass Alice überhaupt etwas weiß«, rutschte es ihr dann heraus, ohne dass sie sich hätte bremsen können. »Wir haben nichts in der Hand, keine Beweise, hangeln uns mit Mutmaßungen von Tag zu Tag.« Als sie sah, wie Mats' Gesichtsausdruck sich verdüsterte, schluckte sie.

»Vielleicht liegt es auch an der Umgebung«, erklärte sie schließlich beschwichtigend. »Alice musste zahlreiche Untersuchungen über sich ergehen lassen, ständig kam irgendwer ins Zimmer, um Blutdruck zu messen oder Ähnliches. Unter solchen Umständen ist es noch schwerer, an sie heranzukommen.«

»Und was schlägst du vor?«

»Ich würde sie gerne in die psychiatrische Kinderklinik einweisen, sie dort Professor Ulrich vorstellen. Ich bin gespannt, zu welchem Schluss er kommt.«

Mats runzelte die Stirn. »Was genau meinst du damit? Warum willst du die Meinung deines ehemaligen Mentors?«

Liv seufzte. Sie hasste es, dass Mats sie noch immer auf Anhieb durchschaute, sie lesen konnte wie ein offenes Buch.

Sie schluckte. »Alice ist …« Sie suchte nach den richtigen Worten. »Ihr Zustand ist auf psychologischer Ebene betrachtet kritisch. Sie hat definitiv einen schweren posttraumatischen Schock erlitten – das ist schon mal sicher. Vielleicht leidet sie auch an einer Amnesie. Und dann ist da noch …« Sie stieß die Luft aus. »Alice hat Angst. Oder vielmehr eine richtige Panik. Egal wer ins Zimmer kommt, sie reagiert auf jeden mit extremer Furcht. Das geht weit über ihren Schockzustand hinaus, es ist fast, als fühle sie sich ihres Lebens bedroht. Es könnte direkt von ihr oder von ihrem Unterbewusstsein ausgehen. Sie fürchtet sich vor allem. Vor mir, von allen Menschen, die sich ihr nähern, sogar vor ihrer Großmutter. Ihre Körperhaltung ist mir gegenüber komplett verkrampft, angespannt, obwohl wir einander kennen. Nicht sehr gut zwar, aber sie hat mich definitiv hin und wieder gesehen, wenn ihre Mutter sie zu einem Treffen nach Hamburg mitbrachte. Oft genug jedenfalls, um zu wissen, dass sie vor mir keine Angst zu haben braucht.«

»Das heißt, ihre Paranoia macht es uns noch schwerer, zu ihr durchzudringen?«

Liv nickte. »Aber da ist auch noch etwas anderes, das mir Sorgen macht.«

Mats sah sie erwartungsvoll an.

»Ich denke, dass wir aus Alice Verhalten schließen können, dass sie weiß oder zumindest vermutet, wo ihre Schwester Nelly sich aufhält. Und dass sie dieses Wissen verdrängt. Oder dass es – zumindest teilweise – Berechnung ist, dass sie es uns nicht sagt. Die Frage ist jetzt also – warum? Warum schweigt Alice?«

Mats starrte sie perplex an. »Wie kommst du darauf? Und wie passt das mit ihrem Schockzustand zusammen?«

Liv biss sich auf ihrer Unterlippe herum und überlegte, wie sie Mats am besten erklären konnte, was ihr aufgefallen war. »Sie starrt die ganze Zeit teilnahmslos ins Leere, doch wenn ich auf

Nelly zu sprechen komme, verändern sich ihre Augen. Dann ist es fast, als sprühe der blanke Hass aus ihnen, als richte sich all ihre Wut gegen mich.«

»Gegen dich?« Mats sah sie verständnislos an. »Warum gegen dich? Du hast mit all dem doch nichts zu tun, warum sollte sie dich dafür hassen, was geschehen ist?«

Liv schüttelte den Kopf. »Dafür gibt es zwei mögliche Antworten, vielleicht sogar mehr.«

»Du meinst wegen deiner Schwester? Weil sie ebenfalls seit Jahren verschwunden ist? Glaubst du, Alice zieht da eine Verbindung? Das kann ich mir ehrlich gesagt nicht vorstellen.«

Mats lehnte sich an die Wand, blickte eine kleine Ewigkeit schweigend auf seine Schuhspitzen. Als er wieder aufsah, hatte sich sein Gesicht verdüstert. »Du meinst, weil sie denkt, dass das, was mit deiner Schwester geschehen ist, auch mit Nelly passieren könnte? Und weil du sie somit direkt an dieses Unglück erinnerst?«

»Es wäre doch möglich«, wandte Liv ein. »Alice ist alt genug, bestimmt hat sie schon das ein oder andere über diese Tragödie mitbekommen. Das Verschwinden meiner Schwester liegt zwar Jahrzehnte zurück, trotzdem hängt es der Insel und ihren Bewohnern heute noch nach. Und mit Sicherheit wird es meine Mutter auch bis heute nicht müde, jedem zu erzählen, dass ich die Schuld daran trage, dass Bea noch immer vermisst wird. Vielleicht erinnert Nellys Verschwinden sie ja tatsächlich an meine Schwester. Und weil Beas Schicksal bis heute ungeklärt ist, sieht sie mich als eine Art dunkles Omen und will mich nicht in ihrer Nähe haben. Das oder …« Liv brach ab. Sie konnte es nicht aussprechen, selbst das Darübernachdenken verursachte ihr Übelkeit.

»Oder sie hat Nelly selbst irgendwo versteckt«, brachte sie schlussendlich hervor. »Nicht, weil sie ihr etwas antun möchte, sondern aus Angst. Vielleicht, weil sie weiß, dass der Mörder ihrer Eltern noch da draußen ist und sie die Kleine so zu schützen versucht.«

Wieder in Alice Krankenzimmer war das Mädchen eingeschlafen. Ihr fiel die neue und noch fast volle Flasche am Infusionsständer auf, was bedeutete, dass in der Zwischenzeit ein Arzt da gewesen sein musste, der Alice etwas zur Beruhigung verabreicht hatte.

Liv ging näher zum Bett, betrachtete Alice Gesicht, setzte sich auf den Stuhl gegenüber. Ihr Atem ging zwar gleichmäßig, doch die Augäpfel unter ihren Lidern zuckten hektisch hin und her, die Muskeln ihrer Gliedmaßen vibrierten heftig, was Livs Vermutung nur bestätigte. Alice Claasen hatte Angst. Angst, die sie selbst unter Beruhigungsmitteln noch bis in den Schlaf verfolgte. Liv konnte nur hoffen, dass sie Alice schnell zu helfen vermochte, doch das wiederum lag nicht allein in ihrem Ermessen. Nachdem Mats gegangen war, hatte sie noch mit Professor Ulrich telefoniert und ihm den Fall geschildert, ihn gebeten, sich um einen freien Platz auf seiner Station zu kümmern. Er hatte ihr versprochen, sich schnellstmöglich zu melden, und Liv hoffte wirklich, dass er dann gute Nachrichten für sie hatte. Natürlich war es nach allem, was geschehen war, richtig gewesen, Alice gründlich zu untersuchen, sie eine Nacht zur Beobachtung dazulassen, doch ab morgen – da war Liv sicher – wäre es die wesentlich bessere Wahl für das Mädchen, wenn es sich in den nächsten Tagen unter Ulrichs Obhut befände anstatt im Krankenhaus oder schlimmer noch – in Untersuchungshaft oder Polizeigewahrsam.

Plötzlich durchzuckte Liv ein Gedanke.

Fiona!

Mit zitternden Händen zog sie ihr Smartphone hervor, scrollte sich durch ihre Kontakte.

Hielt schließlich erstarrt inne, als sie gefunden hatte, wonach sie suchte. Sie sah auf das Datum vom letzten Anruf ihrer Freundin. Las sich durch den Chatverlauf ihrer beider WhatsApp-Nachrichten.

Spürte, wie sich ihr Magen verkrampfte, ihr übel wurde. Fiona hatte sie angerufen. Nicht nur einmal, sondern mehrmals. Und sie hatte die Freundin jedes Mal weggedrückt, weil sie mies drauf gewesen war und keine Lust zum Telefonieren gehabt hatte. Dann war Fio dazu übergegangen, ihr Kurznachrichten zu schreiben, hatte um ihren dringenden Rückruf und um ein Treffen gebeten, doch Liv hatte sie immer wieder vertröstet.

Hatte ihre Freundin Kummer gehabt, über den sie mit ihr sprechen wollte? Ein Problem, das in direkter Verbindung zu dem stand, was letzte Nacht vorgefallen war?

Hatte Fiona am Ende gar nicht mit ihr als Freundin, sondern als Polizeipsychologin sprechen wollen?

»*Ich muss dich sehen, am besten so schnell wie möglich, es ist wichtig!*« – die erste Nachricht von ihr.

»*Bitte ruf mich dringend an!*« – die zweite.

»*Ich weiß nicht, mit wem ich sonst reden kann …*« – die dritte. Alle stammten vom selben Tag. Von gestern.

Liv spürte, wie sich ihr Hals verengte. Sie hatte Fionas Ehe mit Andreas immer als harmonisch und glücklich empfunden, deswegen hatte sie es nie ernst genommen, wenn die Freundin sie nach einem Streit mit ihrem Mann angerufen und sich bei ihr ausgeheult hatte. Streit und Missverständnisse kamen schließlich selbst in der besten Beziehung vor. Liv schluckte. Sie hatte angenommen, dass es zwischen Fio und Andy mal wieder anständig gekracht hatte, die Freundin sich deswegen bei ihr auskotzen wollte. Dass am Ende etwas viel Schlimmeres der Grund für die Anrufe und Nachrichten der Freundin gewesen sein könnte – daran hatte sie nie auch nur einen Gedanken verschwendet. Stattdessen war sie so mit sich selbst beschäftigt gewesen, mit der Trauer über das Ende der Beziehung mit Mats, mit dem Ärger darüber, dass es für ihn scheinbar nur eine neue, hübsche und blutjunge Partnerin brauchte, um über sie hinwegzukommen.

Liv wischte sich eine Strähne aus dem Gesicht, stand auf.

Hatte Fiona geahnt, dass ihrer Familie und ihr Gefahr drohte und deswegen ihre Hilfe gesucht?

Doch warum war sie dann nicht einfach zur Polizei gegangen?

Weil Fiona dir vertraute, so sehr, dass sie nur dir erzählen wollte, was sie bedrückte und ihr Angst machte.

Die Stimme in ihrem Kopf gab Liv den Rest. Sie musste hier weg! Am besten so schnell wie möglich.

Ihre Gedanken rasten. Je länger sie darüber nachdachte, umso sicherer wusste sie, dass es genauso gewesen sein könnte. Fiona hatte etwas auf dem Herzen gehabt und dabei ihren Rat gesucht. Ein Problem, das ihr selbst und ihrem Mann, vielleicht sogar ihrem jüngsten Kind schlussendlich das Leben gekostet hatte.

Plötzlich wusste Liv, was zu tun war. Sie musste – so schwer es ihr auch fiel, das zuzugeben – auf dem schnellsten Weg zurück nach Sylt, um herauszufinden, was genau Fiona ihr hatte anvertrauen wollen. Doch dazu musste sie Alice allein lassen. Und das wollte sie nun auch wieder nicht.

Das Piepen ihres Handys zeigte den Eingang einer SMS an. Sie war von Professor Ulrich, der ihr anbot, Alice ab morgen früh bei ihm in der Klinik unterzubringen. Zwar konnte er nur ein paar Tage für das Mädchen erübrigen, doch Liv war trotzdem dankbar, weil ihr das ermöglichte, sich ganz in aller Ruhe vor Ort umzusehen, mit Fios Angehörigen zu sprechen. Erleichtert schloss Liv die Augen, tippte eine Antwort, in der sie sich überschwänglich bei ihrem ehemaligen Mentor bedankte.

Sie tippte gerade einen letzten Gruß in die Tastatur, als Alice neben ihr sich in ihrem Bett aufbäumte. Vor Schreck glitt Liv das Smartphone aus den Händen. Es schepperte, als das sündhaft teure Gerät auf dem Boden aufschlug, doch Liv war das egal. Stattdessen versuchte sie mit aller Kraft, das wild um sich schlagende Mädchen zu beruhigen, fragte sich, wo zum Henker die verdammte Klingel war, mit der sie Hilfe rufen konnte.

Aus Alice Mund trat schaumiger Speichel hervor, ihre Augen verdrehten sich, quollen beinahe aus den Höhlen, ihr kompletter Körper war verkrampft, das Gesicht dunkelrot, fast violett.

»Hilfe!«, schrie Liv so laut sie konnte. »Ich brauche einen Arzt!«

Dann plötzlich, von einer Sekunde auf die nächste, beruhigte sich das Mädchen wieder, lag ganz still in seinem Bett, starrte Liv mitten ins Gesicht.

Klar.

Wachsam.

Die Augen des Mädchens füllten sich mit Tränen.

Livs Herz hämmerte wie wild, als Alice begann, ihre aufgerissenen Lippen zu bewegen.

Sie beugte ihren Kopf näher zum Mund des Mädchens, hielt die Luft an, um nur ja kein Wort zu überhören oder gar misszuverstehen.

»Nicht Papa«, flüsterte Alice wieder und wieder in monotonem Singsang, klang dabei so unendlich traurig, so hilflos und zerbrechlich, dass es Liv bis ins Mark traf.

Sie wollte sich gerade noch weiter zu Alice hinunterbeugen, ihr sanft übers Gesicht streichen und ihr etwas Beruhigendes ins Ohr sagen, als das Mädchen hochschoss, sie fest an Haar und Schultern packte und mit Schwung fortstieß.

Liv stieß einen schmerzerfüllten Schrei aus, als sie mit Rücken und Hinterkopf gegen die Wand knallte. Alice kniete inzwischen im Bett. Ihre Haltung erinnerte Liv an ein wildes Tier, das jeden Augenblick zum Sprung ansetzte.

»Was ist nur mit dir passiert?«, fragte sie Alice im Stillen, hoffte von Herzen, irgendwann eine Antwort darauf zu finden.

»Er war es nicht! Das hat er nicht getan!«

Liv zuckte zurück, stieß erneut mit dem Kopf gegen die Wand, stöhnte. Die Worte aus dem Mund des Mädchens klangen klar und fest, standen in keinerlei Einklang zu seiner seelisch labilen Verfassung. Was zum Teufel ging hier nur vor?

»Bitte, Alice, wenn ich dir helfen soll, musst du schon verständlich mit mir sprechen«, sagte Liv mit sanfter Stimme, darauf bedacht, nicht allzu fordernd und drängend rüberzukommen. »Wer genau hat was nicht getan?«

Alice begann zu zittern, dann strömten Tränen aus ihren dunkelbraunen Augen. »Papa«, stammelte sie schluchzend. Dann noch mal. »Papa!« Erschöpft ließ sich das Mädchen zurück aufs Bett sinken, den Blick weiterhin auf Liv gerichtet. »Er war es nicht! Das hat er nicht getan!«

Kapitel 5

Mai 2018
Hamburg

Mats trank den letzten Schluck seines viel zu starken Kaffees aus und stand auf. In seinem Kopf hatten sich die Gedanken zu einem wirren Brei vermischt, einen konstruktiven Gedanken zu fassen, war in einem Augenblick wie diesem nahezu unmöglich. Zu viel ging in seinem Kopf herum, zu sehr zerrte der Druck von außen sowie seine innere Unzufriedenheit an ihm. Da war zum einen Liv, die er nur äußerst ungern mit dem Sylt-Fall betraut hatte, weil er wusste, was dies unter Umständen bei ihr auslösen konnte. Es war viele Jahre her, seit ihre Schwester spurlos verschwunden war, doch aus eigener Erfahrung sowie zahlreichen schmerzhaften Erinnerungen wusste er, wie schwer es Liv noch heute fiel, damit umzugehen. Das Verschwinden ihrer Schwester hatte nicht nur ihre Familie unwiderruflich zerstört, sondern auch sie selbst kaputt gemacht. Und kaputt – das musste Mats zugeben – war Liv auf eine beängstigende Art und Weise tatsächlich. Sie litt unter solch extremen Bindungsängsten, unter enormen Schuldgefühlen, welche in direktem Zusammenhang zur Beziehung mit ihrer Mutter standen. Man brauchte kein Psychologe sein, um das zu verstehen. Mats seufzte. Vier Jahre lang waren sie beide ein Paar gewesen, vier Jahre, in denen er sich täglich nichts mehr gewünscht hatte, als dass es zwischen ihnen beiden funktionierte. Liv war Mats' große Liebe, er vergötterte diese Frau, schaffte es bis heute nicht, auch nur einen verdammten Tag lang nicht an sie zu denken. Und doch war es ihre Schuld, dass er sich während ihres Zusammenseins nie als ihr vollwertiger Partner gefühlt hatte. Die Beziehung mit Liv hatte ihn an den meisten Tagen runtergezogen, ihn depressiv gemacht, aggressiv sogar, sodass er irgendwann akzeptieren musste, dass er ohne sie wahrscheinlich besser dran war. Trotzdem war er in ein tiefes Loch gefallen, als sie die Beziehung beendet und ihrem vierjährigen Auf und Ab den Todesstoß versetzt hatte.

Mats schüttelte den Kopf. Er kam nicht umhin, zuzugeben, dass er Liv noch immer über alles liebte, verrückt nach ihr war, sie am liebsten vor allem beschützen und dafür sorgen wollte, dass ihr niemals wieder jemand so wehtat, wie ihre eigene Mutter es getan hatte. Und doch war er selbst es gewesen, der sie nach Sylt beordert hatte. Dem Ort, an dem Livs Probleme einst begannen.

Zu allem Übel kam nun noch hinzu, dass Liv das tote Ehepaar Claasen kannte, sogar mit ihm befreundet war und sich für Alice und Nelly verantwortlich fühlte. Vor allem für Alice, weil diese sich heute in einer ähnlichen Situation wie damals Liv selbst befand.

Als Liv ihn vorhin angerufen und darüber in Kenntnis gesetzt hatte, dass ihr Mentor sich vorerst des Mädchens annehmen würde, damit sie sich vor Ort selbst ein Bild über die Hintergründe machen konnte, hatte er zuerst gezögert. Als ihm jedoch klar wurde, dass vor allem Liv, die ja keine Unbekannte auf der Insel war, durchaus in der Lage sein könnte, mehr Informationen aus den Angehörigen herauszukitzeln als seine Teamkollegen, hatte er schließlich – wenn auch schweren Herzens – eingewilligt. Zumal er hier vor Ort unbedingt die Ermittlungen in der Mord- und Vermisstenserie vorantreiben musste.

Auch heute hatten sie noch immer keine Spur von Sina, dem vermissten Mädchen, das von seiner Großmutter als vermisst gemeldet worden war.

Er hatte die Technik damit beauftragt, den Handynetzbetreiber zur schnellen Datenherausgabe zu drängen sowie die technischen Geräte wie Laptop und Tablet des Mädchens zu überprüfen. Beides war ins Leere gelaufen, hatte ihnen keine neuen Ermittlungsansätze gebracht. Die Recherche tat seither nichts anderes, als Sinas gesamte Onlineaktivitäten der vergangenen Monate nachzuverfolgen, doch auch das hatte bislang zu keinem Ergebnis geführt. Anke und er selbst hatten die Aufgabe, sich des Umfelds des Mädchens anzunehmen, und waren seither dabei, die Liste an Namen abzuarbeiten, die sie von der Großmutter bekommen hatten.

Inzwischen wussten sie, dass Sina tatsächlich keinen Freund zu haben schien, was das Gespräch mit der besten Freundin Merle bestätigte. Sina hatte sich laut Merle große Ziele im Leben gesteckt, die sie unbedingt erreichen wollte, und eine Beziehung wäre ihr da nur im Weg gewesen.

Auch gab es keine typischen Teenie-Kapriolen wie Alkoholexzesse, Drogenmissbrauch oder dergleichen.

Stattdessen liebte es Sina, ihre Freizeit im Kino zu verbringen, mit der Nase in dicken Wälzern oder beim Shoppen mit Merle – sofern ihr mageres Taschengeld dies zuließ.

So weit, so gut.

Auf Ankes Frage, ob es einen verschmähten Verehrer in Sinas Leben geben könnte, hatte Merle mit den Schultern gezuckt. Natürlich war Sina ein hübsches Mädchen, doch ihrer Schüchternheit zufolge stand sie auf der Beliebtheitsskala nicht gerade weit oben. Was natürlich nichts bedeuten musste – so viel stand fest. Deswegen hatte er Anke abkommandiert, sich in der Schule umzuhören, er selbst wollte die Protokolle von Sinas Verschwinden mit denen der toten und vermissten Mädchen abgleichen. Auch hatte er bereits mit Sinas Ärzten telefoniert, sich einen Überblick über ihre Finanzen gemacht, doch auch diesbezüglich war er keinen Deut weitergekommen.

Er ging zurück zu seinem Schreibtisch, setzte sich, vertiefte sich wieder in die Akte von Sandra Weidmann, deren Leiche man vor knapp zwei Jahren auf einem verlassenen Fischkutter am Elbufer gefunden hatte. Sandras bildschönes Gesicht ähnelte Sinas enorm und auch denen der anderen vermissten und toten Mädchen. Zudem waren alle hellblond, langhaarig, sehr zierlich aber dennoch durchtrainiert.

Mats entnahm den vor ihm liegenden Akten die Fotos, legte sie in Reihenfolge ihres Verschwindens oder Todes vor sich auf den Tisch.

Sandra war die Erste gewesen. Verschwunden auf den Tag genau einen Monat, bevor man ihre verstümmelte Leiche gefunden hatte. Der Täter hatte ihr den Mund bis zu den Ohren aufgeschlitzt, aus ihrem Gesicht so eine verstörende Fratze gemacht. Anfang dieses Jahres hatten sie Carola gefunden. Ihr hatte der Täter das Gesicht zerschnitten, sodass es ihnen anfangs schwergefallen war, in ihr die seit Wochen vermisste Achtzehnjährige wiederzuerkennen. Bei der Identifizierung der Leiche war ihr alleinerziehender Vater zusammengebrochen, bedurfte auch heute noch professioneller Hilfe. Dann Astrid, eine seit Monaten vermisste Siebzehnjährige. Im Februar hatten Spaziergänger ihre Leiche hinter einem Busch gefunden, halb verwest – der Täter hatte ihre Haare verunstaltet und ihr die Lider von den Augen geschnitten.

Und jetzt waren da noch Samantha, Claudia und Sina – alle drei vermisst. Samantha und Claudia seit Januar und Februar, Sina seit einigen Tagen. Mats' Magen zog sich zusammen, als er sich vorstellte, was diese drei jungen Mädchen – sollten sie sich tatsächlich in der Gewalt des gesuchten Irren befinden – durchmachen mussten. Denn eines stand fest – er tötete sie nicht sofort.

Dr. Ohlsen, der Pathologe, zu dem Mats ein freundschaftliches Verhältnis pflegte, hatte bereits bei Sandras Obduktion festgestellt, dass ihr die Verstümmelungen des Gesichts noch zu Lebzeiten beigebracht worden waren. Als Todesursache hatte er

Strangulation angegeben, was ebenfalls auf alle drei bisher gefundenen toten Mädchen zutraf. Mats starrte auf das Foto von Sandra, auf die dunklen Würgemale an ihrem zerbrechlich aussehenden Hals und schüttelte den Kopf. Was für ein Monster musste man sein, einem jungen Menschen auf solch grauenvolle Weise das Leben zu nehmen?

Er packte die Bilder zurück in die jeweilige Akte und machte sich eine Notiz.

Mit Anke hatte er darüber bereits gesprochen und sie war seiner Meinung: Obwohl alle Opfer keinerlei Anzeichen von Vergewaltigung an ihren Geschlechtsorganen aufwiesen, musste dennoch von einem sexuell orientierten Tötungsdelikt ausgegangen werden.

Mats war sicher, dass dieser Wahnsinnige sich Mädchen für seine Untaten auswählte, die ihn sowohl optisch ansprachen als auch sexuell reizten. Oder ihn zumindest an jemanden erinnerten, dessen Sexappeal ihm im Gedächtnis haften geblieben war.

Genau das war es, was Mats nicht aus dem Kopf ging.

Obwohl all diese Mädchen sich optisch sehr ähnelten, teils gleich alt waren, stammten sie doch aus sehr unterschiedlichen Gesellschaftsschichten, lebten sehr verschiedene Leben, in sehr unterschiedlichen Gegenden in und um Hamburg verteilt, zwei sogar sehr weit außerhalb – was die Ermittlungen ziemlich verkomplizierte. Mats und sein Team mussten deswegen sowohl davon ausgehen, dass es doch irgendwo eine versteckte Gemeinsamkeit aller Opfer gab, die sie nur noch nicht entdeckt hatten, als auch davon, dass es sich bei allen Mädchen um Zufallsopfer handelte – was noch viel beschissener wäre, weil das die Ermittlungen erst recht auf einen weiteren Schwierigkeitslevel hob.

Dieser verdammte Mistkerl, dachte Mats. *Warum kannst du nicht einfach einen Scheißfehler machen, so wie die meisten deiner irren Psychopatenkollegen.*

Er seufzte. Wer immer für das Sterben der Mädchen verantwortlich war, machte keine Fehler, hinterließ keine Spuren am Opfer oder am Fundort der Leiche, war ihm und seinem Team mehr als nur einen Schritt voraus.

Das war es, das ihm so zusetzte.

Sinas Großmutter, Samanthas und Claudias Eltern – all diese Menschen vertrauten ihm, seinetwegen schöpften sie täglich neue Hoffnung, gaben es nicht auf, zu beten, um ihre Mädchen wohlbehalten wiederzubekommen.

Mats seufzte. In seinem Innern rumorte es, sein Magen machte ihm zu schaffen. Er wusste, was es mit seinen Beschwerden auf sich hatte – festsitzende Blähungen im Oberbauch, ein ekelhaftes Völlegefühl, auch ohne etwas zu essen, Sodbrennen und Herzrhythmusstörungen – all das waren nur körperliche Symptome für den immensen nervlichen Stress, dem er in seinem Beruf täglich ausgesetzt war und gegen den sich sein vegetatives Nervensystem auf diese Weise wehrte.

Liv hatte ihm das klargemacht, nachdem er über Jahre hinweg täglich Medikamente genommen hatte, die ihm nicht halfen, seine Beschwerden stattdessen nur verschlimmerten.

Um ihretwillen hatte er sich vor zwei Jahren bei einem MBSR-Kurs angemeldet, wo er als einziger Mann zwischen einer Gruppe Frauen gelernt hatte, was es bedeutete, ein achtsames, bewusstes Leben zu führen. Und ja, anfangs hatten sich seine Magenbeschwerden sogar verbessert, doch schon wenige Monate nach dem Kurs war er wieder in sein altes Verhaltensmuster zurückgefallen. Hatte sein Essen nebenher am Schreibtisch verschlungen, viel zu viel auf einmal erledigt, war sich selbst zu weit voraus.

Doch waren all diese Dinge nicht genau das, was ihn als Polizisten ausmachte?

Wie sollte er das, was er in diesem Kurs gelernt hatte, denn in seinen Job integrieren?

Sich auf nur eine Aufgabe zu konzentrieren. Ein Problem nach dem anderen zu lösen und nicht mehrere auf einmal. Ganz davon abgesehen, dass Liv es nicht viel anders machte als er. Doch sie war es auch, die ihm erklärt hatte, dass jeder Mensch anders auf Stress und Kummer reagierte. Bei ihm äußerte sich berufliche Anspannung eben darin, dass er umso mehr Nähe im Privatleben suchte und mit körperlichen Symptomen reagierte, wenn er diese nicht bekam, während Liv selbst auf Abstand ging, noch mehr, als sie es so schon immer getan hatte.

Ein Klopfen riss ihn aus seinen Gedanken.

Er riss den Kopf hoch, starrte Anke an, die gerade ins Zimmer trat.

»Du siehst ganz grau im Gesicht aus.« Sie legte den Kopf schief, musterte ihn sorgenvoll. »Hast du schon was gegessen?«
Er schüttelte den Kopf.

Anke seufzte. »Das hättest du mal lieber tun sollen, denn die nächsten Stunden wird es dazu keine Gelegenheit mehr geben.«

Mats sah sie verwirrt an. »Ist da irgendwas an mir vorbeigegangen, von dem ich nichts mitbekommen habe?«

Sie stieß die Luft aus, sah betreten zu Boden. »Eben kam ein Anruf rein. Eine Frau war mit ihrem Hund im Rantzauer Forst unterwegs. Ihr selbst wäre gar nichts aufgefallen, wenn das Tier nicht plötzlich zu winseln und zu jaulen begonnen hätte. Die Frau sagt, dass ihr Hund sich noch nie zuvor so seltsam benommen hat, sie ihn nur deswegen von der Leine gelassen habe.« Sie brach ab, holte Luft, doch Mats wusste auch so, was sie als Nächstes sagen würde.

»Der Hund hat eine Leiche erschnüffelt?«

Anke nickte düster. »Und wenn wir den Angaben der Frau Glauben schenken dürfen, handelt es sich um die verweste Leiche eines blutjungen Mädchens.«

Als Mats und Anke eine knappe Stunde später am Fundort der Leiche ankamen, tummelten sich bereits die ersten Schaulustigen hinter der Absperrung. Mats bemerkte, wie sich das Gesicht seiner Kollegin beim Anblick der neugierigen Meute verdüsterte, und grinste. Dann sah er Rafael Bergmann und augenblicklich verkrampfte sich sein Magen. Er konnte sich nicht erklären, wie der schmierige Pressefuzzi es geschafft hatte, derart zeitnah von dieser Katastrophe zu erfahren. Doch eins wusste Mats mit Sicherheit: Bergmann würde sich nicht scheuen, die Arbeit der Polizei mit seinem Artikel in den Dreck zu ziehen.

Mats ging schnurstracks auf den Journalisten zu, baute sich dann mit grimmigem Gesichtsausdruck vor ihm auf. »Sie behindern die Arbeit meiner Kollegen«, sagte er forsch und ohne jede Begrüßung als Höflichkeitsfloskel, deutete auf die Kamera des Mannes. »Und Fotos werden hier auch keine gemacht, ist das klar?«

Bergmann hob die Schultern, dann grinste er. »Kein Problem, bin eh schon fast weg.« Er räusperte sich, dann sah er von Mats zu Anke, die ein paar Meter entfernt von ihnen stand. »Ich gehe davon aus, dass sie beide nicht bereit sind, mir ein kurzes Statement abzugeben?«

Mats sah ihn einfach nur an und schwieg. Bergmann wusste genau, wie der Hase lief, dass er auf die offizielle Pressemitteilung warten musste, sich überhaupt nicht hier aufhalten sollte.

»Warum machen Sie nicht einfach den Abgang?«, fragte Anke, die plötzlich neben Mats stand. »Und am besten gehen Sie mal und besorgen sich eine große Portion Pietät mit etwas Anstand als Topping.«

Der Mann musterte Anke abfällig, trollte sich dann aber.

»Unglaublich, was für Vollpfosten heutzutage auf die Menschheit losgelassen werden«, spie Anke ihm hinterher, sah dann zu Mats und deutete auf das Areal innerhalb der Absperrung, in dem sich die Kollegen der Spurensicherung aufhielten. »Irgendwie hab ich Angst, hinzugehen.«

Mats seufzte. »Frag mich mal.« Er straffte die Schultern, ging langsam auf das Buschwerk zu, durch das ein wenig blasse Haut hindurchblitzte.

Der Anblick traf sie dann beide wie ein Hammerschlag. Trotz des entstellten Gesichts erkannte Mats auf Anhieb, dass es sich bei der Toten um einen Teenager handelte und dass es ihr gesuchter Täter war, der das Mädchen derartig zugerichtet hatte. Dem Verwesungsprozess zufolge lag die Leiche bereits seit mehreren Tagen hier, war erst jetzt entdeckt worden, weil der stärker werdende Gestank den Hund ins Dickicht gelockt hatte.

Mats begrüßte seine Kollegen von der Spusi mit einem Kopfnicken, ging dann neben dem Körper des Mädchens in die Knie, betrachtete die violett-schwarzen Würgemale am Hals. Dann betrachtete er das aufgedunsene Antlitz der Toten, die dunkelblauen Schwellungen rund um die Augen, die gebrochene, blutige Nase, aus der der Knochen hervorstach, die blutig krustige Wulst des Mundes, wo einst Lippen gewesen waren.

Mats schluckte, sah zu Anke auf, zuckte mit den Schultern. »Dieser Scheißkerl hat das Gesicht des armen Mädchens so extrem verunstaltet, dass es wahrscheinlich nicht mal die eigenen Eltern identifizieren könnten.«

Kapitel 6

Mai 2018
Sylt

Den gesamten Weg von Hamburg nach Sylt waren Liv die Worte des Mädchens im Kopf herumgegangen. Sie hatte sich weder an der Fährüberfahrt noch an der frischen, salzigen Meeresbrise erfreuen können, stattdessen vermischten sich ihre Gedanken zu einem konfusen Brei, verunsicherten und beunruhigten sie.

Liv war klar, dass ihr erster Weg auf der Insel zu Fionas Mutter führen musste. Beim Gedanken an Hella lächelte Liv. Die Frau hatte sie von Beginn ihrer Freundschaft mit Fiona wie ein eigenes Kind behandelt. Nach dem Verschwinden ihrer Schwester war sie zu einer der wenigen Bezugspersonen für Liv geworden, hatte ihr Trost gespendet, nachdem ihre Mutter sich von ihr abgewandt hatte.

Liv schluckte gegen die aufsteigenden Tränen an. Plötzlich hatte sie ein furchtbar schlechtes Gewissen. Es war ihr bislang nicht klar gewesen, doch mit ihrer Entscheidung, Sylt nach allem, was geschehen war, den Rücken zu kehren, hatte sie Menschen verletzt, die ihr etwas bedeuteten und denen sie etwas bedeutete.

Doch war das nicht immer so? Dass nach einer Tragödie, die das Leben eben manchmal schrieb, es vor allem die Kollateralschäden waren, die uns das Leben schwer machten?

In dem Fall bestanden Livs Kollateralschäden vor allem in zerbrochenen Freundschaften und Beziehungen, die sich nie wieder würden kitten lassen.

Ihr Brustkorb verengte sich, als sie das Ortsschild von Rantum passierte, rechts von sich die ersten reetgedeckten Dächer entdeckte, schließlich den schmalen Weg zum Haus der Frau hinauffuhr, die sie damals an ihrer Mutter statt in die Arme genommen und ihr geholfen hatte, erwachsen zu werden.

Liv stellte den Wagen hinter dem parkenden BMW ab und stieg aus.

Leise seufzend sah sie sich um, spürte, wie sich ihr Herzschlag beschleunigte, als sie in ungefähr vierhundert Metern Entfernung hinter einer Düne den Dachspitz des Hauses sah, in dem sie aufgewachsen war.

Das stand ihr definitiv auch noch bevor. Die Frau aufzusuchen, die sie damals, ohne zu zögern, einfach verstoßen hatte.

Liv straffte die Schultern und ging auf die Treppe zu, die zur Haustür führte, zuckte zusammen. Am obersten Treppenabsatz stand Hella. Oder zumindest das, was nach der wohl schlimmsten Tragödie ihres Lebens noch von ihr übrig war. Aus der so fröhlichen Frau von damals war ein dunkler und verhärmter Schatten geworden, dessen Anblick Liv kaum ertrug.

Hella war komplett in Schwarz gekleidet, die halblangen, einst braunen Haare waren von grauen Strähnen durchzogen und fettig, ihre Augen lagen eingesunken in dunklen Höhlen.

Livs Herz setzte einen Schlag aus, als sie die Treppe hinaufstieg und den säuerlichen Geruch wahrnahm, welcher von der Mutter ihrer toten Freundin ausging.

»Ich hab mir schon gedacht, dass du kommen würdest.« Selbst die Stimme der Frau versetzte Liv in tiefe Traurigkeit, denn sie spiegelte all das Grauen wider, das über sie hereingebrochen war.

»Ist es okay, dass ich mehr oder weniger inoffiziell hier bin?«, fragte Liv und stockte dann, als ihr bewusst wurde, wie unbeholfen und wenig persönlich ihre Worte für die Frau klingen mussten, die ihr die wohl furchtbarste Zeit ihres Lebens erträglicher gemacht hatte.

Liv biss sich betreten auf die Unterlippe, dann nahm sie Hella fest in die Arme.

»Du hast mir so sehr gefehlt«, sagte sie leise, strich der Frau sanft über den Rücken. Als sie sich voneinander gelöst hatten, räusperte sich Liv. »Darf ich reinkommen?«

Hella trat beiseite, um Liv ins Haus einzulassen, in jenes Heim, in das sie damals immer geflüchtet war, wenn ihr Vater sich in seiner Stammkneipe verschanzt hatte und ihre Mutter die Gunst der Stunde nutzte, um sie mit Vorwürfen zu attackieren. »Lass uns in die Küche gehen«, erklärte Hella, »der einzige Raum, in dem es nicht wie bei Hempels unterm Sofa aussieht.«

Unwillkürlich musste Liv lächeln, denn in genau dieser Aussage erkannte sie die alte Hella wieder, der es wichtig war, was die Leute über sie dachten, die Wert darauf legte, dass man sich sowohl in ihrer Gegenwart als auch in ihrem Haus wohlfühlte.

»Wölkchentee?«

Liv nickte, setzte sich an den Tisch in der gemütlichen Essecke, blickte sich in dem kleinen Raum um. Alles war noch genauso wie damals, als sie ein kleines Mädchen war, nichts hatte sich verändert. Noch immer hing oberhalb der Sitzbank an der Wand ein antikes Holzregal, auf dem Familienfotos standen. Auf dem Fensterbrett hatte Hella ihre Leuchtturmsammlung drapiert, die zumindest damals fast täglich abgestaubt wurde. Und dann war da noch die einmalige Lampe – ein ebenfalls antiker Holzbalken, umwickelt mit einem Fischernetz, von dem die Lampen in Form von umgedrehten Flaschen hinabhingen. Liv erinnerte sich noch, dass Hellas Mann zu Lebzeiten dieses Kunstwerk hergestellt und seiner Frau einmal zum Geburtstag geschenkt hatte.

Hella war begeistert gewesen, hatte ihren Mann an jenem Tag in den Himmel gelobt, obwohl jeder ihrer Geburtstagsgäste gewusst hatte, dass die kreative Ader des Mannes eine seiner wenigen guten Seiten gewesen war. Alles in allem hatte Hella kein einfaches Leben an der Seite ihres Mannes gehabt. Lars war Trinker gewesen, hatte keine Möglichkeit ungenutzt gelassen, seine Frau im Suff zu demütigen, und Hella so mehr als einmal das Herz gebrochen. Trotzdem hatte Fionas Mutter der Lebensmut nie verlassen, selbst in der Zeit nicht, als Lars und sie sich schließlich getrennt hatten, sie ihre Tochter fortan alleine großzog.

»Hast du schon etwas gehört, ob der Suchtrupp Erfolg hatte?«, wollte Hella wissen.

Liv schüttelte den Kopf. »Mats, mein Kollege von der Kripo, wollte sich melden, sobald es was Neues gibt, aber bis jetzt …« Sie stockte, wünschte, sie könnte ihrem Gegenüber etwas Tröstliches sagen. »Bestimmt finden sie Nelly bald«, schob Liv schnell hinterher, bemerkte, dass die Frau beim Namen ihrer Enkelin zu zittern begann.

»Wusstest du, dass Fiona mir das Leben gerettet hat?«, fragte Hella schließlich leise, nachdem sie den Teekessel befüllt und Tassen samt Teebeutel bereitgestellt hatte.

Liv schluckte.

Schüttelte den Kopf.

»Das war, als Fiona noch ganz klein war und Lars zum x-ten Mal rückfällig geworden war. Ich stand kurz davor, aufzugeben und die Nerven zu verlieren, war fix und fertig, habe tatsächlich darüber nachgedacht, mir die Pulsadern aufzuschneiden.« Hella schnappte nach Luft. »Schließlich kam meine Kleine ins Badezimmer, umklammerte mich so fest sie konnte.« Hellas Augen glitzerten tränennass. »Ich weiß nicht, ob es Zufall war oder ob Fiona etwas ahnte, doch das war der Moment, in dem mir klar wurde, dass, egal, was Menschen mir anzutun vermochten, es mein Kind ist, das mir alles bedeutet und allein deswegen es sich lohnt, immer weiterzumachen, einen Neuanfang zu versuchen.«

Hella stockte, sah Liv an, dann schweifte ihr Blick zu dem Holzboard, auf dem all die Fotos standen.

Sie nahm eines herunter, auf dem Fiona als kleines Mädchen zu sehen war, reichte es ihr. Dann ging sie zur Anrichte, füllte die bereit stehenden Tassen mit kochendem Wasser und einem Schuss Sahne, gab Kandis dazu, stellte Liv eine davon hin, nahm einen großen Schluck von ihrer eigenen. »Fiona hat mich damals gerettet und jetzt ist sie tot«, sagte sie zwischen zwei Schlucken. »Weil ich sie nicht retten konnte, obwohl das die Pflicht einer jeden Mutter ist – ihre Kinder zu beschützen.«

»Was passiert ist, ist doch nicht deine Schuld«, erklärte Liv sanft, aber bestimmt.

»Nein, aber ich hab es auch nicht verhindern können. Und jetzt ist Fio tot, ihre kleine Tochter verschwunden und Alice, ihre Älteste, wird beschuldigt, etwas mit beidem zu tun zu haben. Zumindest glaube ich, dass die Polizei dies denkt, nach all den Fragen, die mir gestellt wurden.«

»Und was sagst du dazu?«, fragte Liv.

Hella schnaubte. »Alice ist ein liebes Mädchen. Sie hat ihre Eltern geliebt. Und nach Nelly ist sie ganz verrückt. Niemals hätte sie so etwas Furchtbares getan.«

Liv fielen Alice letzte Worte wieder ein. »Und Fionas Mann? Könnte er damit zu tun haben?«

Hella riss die Augen auf. »Was meinst du?«

Liv schüttelte den Kopf. »Ich meine gar nichts. Ich frage nur. Hältst du es für möglich, dass Andreas zuerst Fiona und dann sich selbst erschossen hat? Dass er es war, der die Mädchen vorher aus dem Haus schaffte? Theoretisch könnte es so gewesen sein, dass Alice zurückkam, ihre toten Eltern fand und …«

»Niemals hätte Andreas meiner Fiona etwas zuleide getan«, unterbrach Hella Livs Ausführungen.

»Dann weißt du auch nichts von Eheproblemen, nehme ich an?«

Kopfschütteln. »Natürlich gab es hin und wieder Zoff und da meine Fiona ein Dickschädel ist … war, fielen diese Streitigkeiten manchmal auch etwas heftiger aus, doch ernsthafte Probleme hatten die beiden nicht.«

»Was meinst du mit etwas heftiger?«, fragte Liv schnell.

Hella stieß einen Laut aus, der an den kläglichen Versuch eines Lachens erinnerte. »Sie kam dann meist zu mir, übernachtete eine Nacht in ihrem alten Zimmer. Am nächsten Tag hatten sich die Wogen dann meist geglättet und sie ging wieder nach Hause.«

»Und du weißt auch nichts über eventuelle psychische Probleme in Bezug auf Andreas oder Alice?«

»Natürlich nicht.« Hella sah Liv fest an, ballte die Hände zu Fäusten. »Alice war das nicht, dafür würde ich meine beiden Hände ins Feuer legen. Und mein Schwiegersohn neigte auch nicht zu Gewalttätigkeiten. Hinter dieser grauenvollen Tat muss etwas anderes stecken. Vielleicht hat es was mit Andreas' Job zu tun.«

Liv stieß die Luft aus. »Das ist mir ehrlich gesagt auch schon in den Sinn gekommen. Er hat ja unter anderem Enthüllungsstorys geschrieben und sich dabei sicher den ein oder anderen Feind gemacht.«

Liv stand auf. »Darf ich mich in Fionas altem Zimmer mal umsehen?«

Hella hob die Schultern. »Klar, warum nicht. Deine Kollegen von der Polizei haben da oben auch schon alles umgedreht.«

Liv lächelte Hella warmherzig an, machte sich dann auf den Weg in den ersten Stock. Auch dort hatte sich seit damals nicht viel getan. Noch immer erinnerte der Treppenaufgang dank der blau-weiß gestreiften Tapete und den weiß gebeizten Holzstufen an einen lauen Frühlingsmorgen am Strand, Fionas Zimmer selbst war noch immer ganz in Heckenrosenrot gehalten, Liv fühlte sich augenblicklich zwanzig Jahre und mehr zurückversetzt, sah Fiona und sich auf dem Himmelbett sitzen und in Träumen schwelgen, spürte, wie sich angesichts dieser Erinnerung ihr Innerstes verkrampfte.

Sie riss sich zusammen, suchte systematisch jeden Quadratzentimeter des Raumes nach etwas ab, von dem sie sich erhoffte, dass es etwas Licht ins Dunkel des Todes ihrer Freundin bringen würde. Doch so sehr sie sich auch bemühte, gab es nichts in diesem Zimmer, das Livs Aufmerksamkeit erregte. Sie blätterte selbst in dem alten, in Blumenpapier eingebundenen Poesiealbum herum, jedoch ebenfalls ohne Erfolg. Dies war und blieb das ehemalige Kinderzimmer eines der wichtigsten Menschen ihres bisherigen Lebens. Das Mädchenzimmer ihrer Freundin, die inzwischen selbst Mutter war. Der Rückzugsort einer Frau, die viel zu früh gestorben war, weil jemand ihr Licht einfach ausgeknipst hatte.

Sie wollte sich gerade auf den Weg nach unten machen, als sie das Vibrieren des Telefons in ihrer Gesäßtasche spürte. Rasch zog sie das Smartphone hervor, warf einen Blick auf die eingegangene Nachricht.

Alice hatte einen weiteren Krampfanfall erlitten, deswegen wollte ihr behandelnder Arzt noch vor der Umquartierung zu Professor Ulrich ein MRT veranlassen. Da es jedoch niemanden mehr gab, der das Einverständnis dafür geben konnte und Alice selbst noch minderjährig war, wollte man sich mit der Großmutter des Mädchens in Verbindung setzen, um Zeit für die richterliche Anordnung zu sparen.

In der Küche setzte Liv Hella von der aktuellen Entwicklung bezüglich Alice in Kenntnis und bat sie, sich mit dem Arzt in Verbindung zu setzen, damit Alice schnell geholfen werden konnte. »Es handelt sich sicherlich nur um eine Vorsichtsmaßnahme«, erklärte sie der Frau, die mit besorgtem Blick nach dem Telefon griff, das Zittern ihrer Hände kaum unter Kontrolle hatte. »Nach allem, was passiert ist, denke ich, sind diese Anfälle einfach nur dem Schock zuzuschreiben, den deine Enkelin erlitten hat. Die Ärzte müssen aber auf Nummer sicher gehen, deswegen diese anstehende Untersuchung.«

Hella sah Liv dankbar an. »Kannst du noch ein wenig bleiben?«

Liv sah auf die Uhr, schüttelte dann bedauernd den Kopf. »Ich hab leider noch die unangenehme Aufgabe, mit meiner Mutter zu sprechen, weil sie zu den unmittelbaren Nachbarn der Claasens gehört.«

Hella verzog das Gesicht. »Hast du jemals …« Sie brach ab. Scheinbar hatte Livs düsterer Gesichtsausdruck sie erschreckt. »Seit damals haben wir kein Wort mehr miteinander gewechselt. Selbst als mein Vater gestorben ist, hat sie es nicht fertig gebracht, etwas zu mir zu sagen, geschweige denn, zur Beerdigung zu kommen.«

Auf dem Weg nach draußen schwiegen beide, dann nahm Liv Hella erneut in die Arme. »Ich gehe hier nicht eher weg, bis ich Antworten habe«, versprach sie. Dann machte sie sich auf den Weg zu ihrem Wagen.

Sie wollte gerade einsteigen, als ein Polizeiwagen die Einfahrt hinaufkam. Hinter der Windschutzscheibe erkannte sie einen Mann, der ihr vage bekannt vorkam.

Sie wartete, bis er ausstieg, reichte ihm dann die Hand. »Ich bin Liv Schürmann, Polizeipsychologin. Doch in erster Linie bin ich wegen Fio hier, wir sind … waren alte Freundinnen.«

Der Mann nickte. »Ich weiß, wer du bist, hab dich gleich erkannt. Wir sind damals in dieselbe Schule gegangen. Fio und du wart ein paar Klassen unter mir.«

Liv runzelte die Stirn.

»Das ist Andreas' Bruder Niklas«, erklärte Hella, die noch immer auf dem Treppenabsatz stand.

Plötzlich fiel es Liv wie Schuppen von den Augen. Na klar, Fionas Schwager war ja ebenfalls bei der Polizei, allerdings bei der Streife direkt vor Ort auf der Insel. Sie sah ihn an, stieß die Luft aus. »Der Verlust deines Bruders tut mir sehr leid«, sagte sie dann aufrichtig. »Weißt du denn inzwischen schon mehr als ich? Gibt es Neuigkeiten bezüglich der Ermittlungen?«

Niklas schüttelte den Kopf. »In erster Linie ist es mal wichtig, dass meine Nichte gefunden wird. Alles andere muss Schritt für Schritt aufgeklärt werden. Da bin ich ganz zuversichtlich, dass das Hamburger Ermittlerteam alles in seiner Macht Stehende tun wird, um den Fall zu lösen.« Liv verkniff sich die Bemerkung, dass Mats' Team nicht nur mit dem Verbrechen vor Ort vollkommen überfordert zu sein schien, sondern außerdem noch in einer Mord- und Vermisstenserie ermittelte.

Daher nickte sie nur.

»Kann ich dich auf einen Kaffee einladen?«, fragte sie dann unvermittelt, selbst erstaunt über ihre Zudringlichkeit. Vor allem in Hinsicht darauf, dass sie ja eigentlich vorgehabt hatte, zu ihrer Mutter zu gehen. »Ich würde gerne mit dir über Andreas sprechen und über Alice. Wie du weißt, gilt sie als eine Verdächtige, doch das kann ich mir beim besten Willen nicht vorstellen. Ich denke, dass es nicht schadet, wenn ich mit so vielen Angehörigen wie möglich spreche.«

»Ist es denn üblich, dass Psychologen in die Ermittlungen einbezogen werden?«

Liv sah Niklas scharf an. »Der leitende Ermittler weiß Bescheid, dass ich hier bin, und war einverstanden, dass ich mit ein paar Leuten spreche, eben weil ich selbst von der Insel stamme und …« Sie brach ab.

Niklas hob beschwichtigend die Hände. Dann wurde er blass. »Oh mein Gott, jetzt weiß ich, wer genau du bist und wer …« Er brach betreten ab. »Du bist die Schwester des Mädchens, das vor vielen Jahren beim Spielen verschwunden ist. Das war ein knappes halbes Jahr nachdem Andy, meine Mutter und ich nach Hamburg gezogen sind.«

Liv nickte stumm.

»Fiona hat mir einiges davon erzählt, hat oft von dir gesprochen und davon, was du durchmachen musstest. Warum du der Insel den Rücken gekehrt hast.« Er sah zu Hella, lächelte sie an. »Eigentlich hatte ich mich auf einen Plausch mit dir gefreut, meinst du, wir könnten das später nachholen?«

Fionas Mutter winkte ab, schenkte Niklas ein gequältes Lächeln. »Livvi ist wegen meiner Fiona hier. Es ist also wichtiger, dass du mit ihr sprichst, ihr an einem Strang zieht. Komm einfach vorbei, wann immer du Zeit hast, okay?«

Niklas nickte der Frau zu, sah dann Liv an. »Ich würde vorschlagen, dass wir in die Kupferkanne fahren, dort haben sie den weltbesten Streuselkuchen.« Als er Livs Blick bemerkte, hob er betreten die Schultern, strich sich eine widerspenstige, weizenfarbige Strähne aus der Stirn und grinste. »Ich kann auch nichts dafür, dass mein Appetit unerschütterlich ist, ganz egal, was passiert.«

Als sie eine knappe Stunde später schließlich in dem gemütlichen Kaffee gegenüber saßen, kam Liv sofort auf den Punkt. »Was denkst du über diesen Fall?«

Er legte seine Gabel weg, schob den Teller mit dem Streuselkuchen beiseite, sah sie ernst an. »In der Nacht, in der mein Bruder starb, hatte ich keinen Dienst. Einer meiner Kollegen wurde zum Tatort gerufen, informierte mich anschließend.« Er stockte. »All das Blut … Alice die vollkommen abwesend zu sein schien. Ich bekomme diese Bilder sicher nie wieder aus meinem Kopf. Ich frage mich, ob es zu dieser Tragödie gekommen wäre, wenn Andy diese Waffe nicht besessen hätte, nicht Mitglied in diesem Verein gewesen wäre.«

»Denkst du, dass er selbst es gewesen ist?«

Niklas sah Liv eine Weile schweigend an, wandte dann den Blick ab. »Also dass es das Mädchen gewesen ist, glaube ich in hundert Jahren nicht. Warum sollte meine zwölfjährige Nichte so etwas tun?«

»Das war keine Antwort auf meine Frage«, sagte Liv ein wenig schroff.

Niklas sah sie an. Räusperte sich. »Andy war nur ein Jahr älter als ich, deswegen übertreibe ich wohl nicht, wenn ich sage, dass wir nicht nur Brüder, sondern Freunde waren. Und als Freund und Bruder von Andreas sage ich dir, dass mein Herz mir sagt, dass er es nicht war.«

»Und was sagt dein Bauch?«, wollte Liv wissen.

»Mein Bruder war bei der Presse, hatte ein stressiges Leben, einen belastenden Beruf. Ich kann es mir einbilden, aber ich meine, dass er in der letzten Zeit etwas angespannt war.«

»Auch das ist nicht die Antwort, die ich haben wollte«, mahnte Liv sanft. »Glaubt du, dass dein Bruder das Zeug hätte, seiner Frau etwas anzutun?«

Niklas sah sie an, dann fixierte er einige Kuchenbrösel vor sich auf der Tischplatte. »Deine Hamburger Kollegen haben mir genau dieselbe Frage gestellt. Und jetzt sage ich dir dasselbe – ich glaube nicht, dass er es war oder dass er das Zeug dazu gehabt hätte, doch wer kennt einen anderen Menschen schon so genau, um direkt in seine Seele blicken zu können?«

»Du hältst es also für möglich?«

Er schüttelte den Kopf.

»Die Ehe meines Bruders war harmonisch, die Mädchen waren zwei glückliche brave Kinder. Andy hatte einen tollen aber anstrengenden Job, der ihn ausfüllte. Er hätte also keinen Grund dafür gehabt, seine Frau und sich selbst umzubringen, doch weil auch das nicht die Antwort auf deine Frage ist, jetzt etwas genauer: Ich halte es für nicht sehr wahrscheinlich, aber eben auch nicht für gänzlich unwahrscheinlich, dass mein Bruder für all das verantwortlich ist.«

Liv starrte ihn an. »Gibt es etwas, dass ich wissen sollte?«

Er hob die Schultern. »Andy hat dasselbe durch wie ich. Und wer weiß schon genau, was eine schlimme Kindheit aus einem Menschen machen kann? Unser Vater war ein notorischer Fremdgänger, Lügner und Betrüger, der unserer Mutter das Leben zur Hölle machte. Als es zur Trennung kam, blieben wir beide bei unserer Mutter, die Sylt verließ und nach Hamburg zog. Sie starb mit nur fünfundfünfzig Jahren, wahrscheinlich an gebrochenem Herzen, wegen dem, was mein Vater ihr angetan hatte.«

Liv schluckte, griff über den Tisch nach Niklas Hand. »Und dein Vater? Was wurde aus ihm?«

Niklas lachte verbittert, löste seine Hand aus Livs Umklammerung. »Er selbst blieb auf Sylt, bis es eines Tages hieß, er sei im Suff ins Meer gegangen und ertrunken. Andy hatte all die Jahre nach der Trennung unserer Eltern noch guten Kontakt zu ihm. Er war deswegen regelmäßig auf Sylt, traf während eines Urlaubs Fiona wieder, kam mir ihr zusammen, zog irgendwann ganz auf die Insel. Ich selbst konnte meinem Vater nie vergeben, was er meiner Mutter angetan hatte. Ich machte meine Ausbildung zum Polizisten in Hamburg erst recht spät, weil ich ein paar Jahre davor in der Weltgeschichte herumgereist bin. Ich wollte einfach mal was anderes sehen, Abstand von allem, von meiner Mutter und ihrem Schmerz, von ihrer Verbitterung, doch dann wurde sie schwer Herzkrank, deswegen zog es mich in die alte Heimat zurück. Es kam, was kommen musste. Meine Mutter starb ziemlich schnell nach meiner Rückkehr, kurze Zeit später mein Vater und ich ging schließlich zur Polizei, absolvierte meine Grundausbildung. Als dann auf Sylt eine Stelle frei wurde, dachte ich mir, was soll´s, ich gehe zurück, jetzt wo nicht mehr die Gefahr besteht, dass ich IHM über den Weg laufe. Ich wollte endlich mit meiner Vergangenheit abschließen, verstehst du?«

»Dann hast du ihm nie vergeben? Er ist gestorben, ehe ihr Frieden schließen konntet?«

Niklas presste seine Lippen fest aufeinander und nickte. »Ich war immer schon ein Mama-Kind, während Andy es mehr mit unserem Vater hatte. Meine Mutter und ich, wir waren ein Herz und eine Seele, deswegen konnte ich es meinem Vater einfach nicht verzeihen, dass er das Leben meiner Mutter zerstörte.«

Plötzlich fühlte Liv sich Niklas ganz nahe, was wohl daran liegen mochte, dass sein Schicksal dem ihren gar nicht so unähnlich war.

»Ich weiß, wie du dich fühlst«, erklärte sie und sah ihn aufrichtig an. »Nur ist es bei mir anders herum. Meine Mutter kann mir nicht verzeihen, was damals geschehen ist.«

Niklas lächelte mitfühlend. »Du konntest nichts dafür, dass deine Schwester verschwunden ist. Du warst doch selbst noch ein halbes Kind.«

»Sag das mal meiner Mutter«, flachste Liv, dann sah sie zu Boden.

»Ich vermute fast, dass es nicht allein deine Mutter ist, die dir das Leben auch heute noch schwer macht, nicht wahr?«

Liv sah auf, versuchte, die aufsteigenden Tränen zu unterdrücken.

»Das ist der wahre Grund, weshalb du hier bist, stimmt's? Du hast dir selbst nie verziehen, was damals passiert ist, und da Alice im selben Alter ist wie du damals, willst du alles versuchen, um ihr zu helfen, die Wahrheit ans Licht zu bringen. Eben weil es bis heute niemand geschafft hat, die Wahrheit über das Verschwinden deiner Schwester herauszufinden.«

Als die Tür des Cafés aufging, zuckte Liv zusammen. Ein Pulk Männer und Frauen trat ein, einige davon winkten Niklas zu.

»Das sind Leute, die beim Suchtrupp mithelfen, was hältst du eigentlich davon, wenn wir später zu ihnen stoßen?«

Liv nickte begeistert. »Ich will zuvor nur noch mit meiner Mutter sprechen, ob sie etwas mitbekommen hat, dann wäre ich für heute erst mal fertig.«

Niklas sah sie wie vom Donner gerührt an. »Das willst du dir tatsächlich antun? Nachdem sie dich einfach fortgestoßen hat?«

Liv hob die Schultern. »Es geht hier nicht um mich«, sagte sie schließlich. »Was unser Verhältnis angeht, wird sich nichts ändern. Nur ist sie eben eine – wenn auch entferntere – Nachbarin von Fiona und es besteht die realistische Chance, dass sie irgendwann mal etwas mitbekommen hat.« Das Rauschen eines Walkie-Talkies erregte ihrer beider Aufmerksamkeit. Einer der Männer vom Suchtrupp an der Kuchentheke sprach in das Gerät, sah dann alarmiert zu Niklas. Liv wurde es bei dem Blick des Mannes eiskalt. Hoffentlich hatten sie nicht … Nein, das durfte einfach nicht sein.

Lieber Gott, betete sie im Stillen*, bitte lass es nicht Nelly sein.*

Niklas stand auf, ging auf den Mann zu.

Liv beobachtete, wie sie sich aufgeregt unterhielten, schließlich beide in ihre Richtung sahen.

Livs Knie zitterten, als sie aufstand und langsam auf die Männer zuging.

»Lasse Bormann«, stellte sich der andere Mann vor und Niklas erklärte, dass es sich bei ihm um einen pensionierten ehemaligen Polizeikollegen handelte.

»Was ist passiert?«, fragte Liv forsch, ohne auf die Förmlichkeiten einzugehen oder diese zu erwidern.

Niklas räusperte sich. »Es wurde eine Kinderleiche gefunden.«

»Oh nein«, rief Liv aus, »nicht Nelly!«

Niklas und Bormann wechselten einen beunruhigten Blick. Dann schüttelte Niklas den Kopf. »Nelly kann es nicht sein«, erklärte er betreten. »Die Leiche ist vollkommen skelettiert.«

Als Liv klar wurde, was seine Worte bedeuteten, wurde ihr schwarz vor Augen. Sie kämpfte gegen den Würgereiz in ihrem Hals an, zog blitzschnell ihr Handy aus der Tasche, wählte Mats' Nummer.

Als sie die gereizte Stimme ihres Ex-Lebensgefährten hörte, zog sich ihr Magen zusammen. »Du musst herkommen«, stammelte sie aus letzter Kraft in den Hörer. »Ich glaube, sie haben meine Schwester gefunden.« Dann ließ sie das Smartphone fallen und rannte durch den Gastraum zur Toilette, brach vor der Schüssel keuchend und würgend zusammen.

Kapitel 7

Mai 2018
Hamburg/Sylt

Mats sah Liv schon von Weitem. Sie trug die warme ockerfarbene Strickjacke, die er ihr an ihrem letzten gemeinsamen Weihnachtsfest geschenkt hatte und die er so gerne an ihr sah, weil sie sowohl Livs wunderschöne dunkle Augen betonte als auch ihre braunen Haare.

Mats' Gedärme verkrampften sich, als er näher kam, ihren Gesichtsausdruck bemerkte. Er hatte es noch nie sehen können, wenn Liv litt, und so wie heute, jetzt in diesem Augenblick, hatte er sie noch nie zuvor erlebt. Die Augen weit aufgerissen, starrte sie in die offene Baugrube, wo die Spurensicherung gerade dabei war, ihre Arbeit zu erledigen. Liv schien vollkommen erstarrt, hatte die Arme fest um ihren Oberkörper geschlungen, als wollte sie sichergehen, dass sie sich bei dem zu erwartenden Anblick nicht in tausend Bruchstücke auflöste.

Hans Kohlberg, einer seiner Teamkollegen, winkte ihm zu. Mats hatte auf der Fahrt hierher mit ihm telefoniert, war daher schon einigermaßen gut über den aktuellen Fund informiert. Er winkte zurück, steuerte jedoch direkt auf Liv zu, die ihn noch immer nicht bemerkt hatte.

Als er schließlich neben ihr stand, griff er wortlos nach ihrer Hand, drückte sie sanft.

Langsam wandte Liv sich ihm zu, sah ihn an.

Etwas in ihm brach, als er ihren leeren Blick bemerkte. Ihm war klar, dass die Person neben ihm nicht die Liv war, die er einst geliebt hatte und noch immer liebte, sondern jener

Mensch, der sein Umfeld aus Selbstschutz vor den Kopf stieß, indem er sich in sich selbst zurückzog. Jener Mensch, der dazu fähig war, alles Elend von sich abprallen zu lassen, indem er jeglichen Anflug von Emotionen aus seinem Innern einfach eliminierte. Sich keine Freude, kein Glück zugestand.

»Ich bin für dich da«, sagte er leise, obwohl er wusste, dass seine Worte niemals ganz zu Liv durchdringen würden.

»Sie ist es.«

Der monotone Klang ihrer Stimme erschreckte Mats.

»Das weißt du nicht«, sagte er fest, obwohl sie beide wussten, dass Livs Befürchtung keineswegs zu weit hergeholt war.

Ihre kleine Schwester galt seit vielen Jahren als vermisst und jetzt hatte man das Skelett eines Kindes gefunden, eines Mädchens, wenn der anwesende Arzt richtig lag, welches sowohl vom Alter her als auch vom Zeitpunkt seines Todes auf Livs Schwester passte. Eins und eins ergibt zwei – so einfach war das nun mal.

»Wir müssen die Obduktionsergebnisse abwarten«, setzte er dennoch nach und vermied es, sie direkt anzublicken. Auch ohne hinzusehen, spürte er ihren herablassenden Blick, ihr spöttisches Lächeln. Beides setzte sie stets dann auf, wenn sie sich hilflos und unsicher fühlte.

»Liv … ich …« Mats brach ab, dann atmete er durch.

Er drehte sich so zu ihr, dass sie einander tief in die Augen sehen konnten. »Ich kann nur erahnen, wie du dich fühlst«, erklärte er und glaubte schon, sie zur Gegenwehr ansetzen zu sehen, doch sie schwieg. »Ich will ehrlich mit dir sein. Alles spricht – da hast du absolut recht – dafür, dass diese Überreste in der Grube zu deiner vermissten Schwester gehören. Und ganz genau deswegen mache ich mir große Sorgen. Was, wenn sich herausstellt, dass es tatsächlich Beas Leiche ist? Was macht das dann mit dir? Du bist jetzt schon nicht du selbst.«

Liv stieß ein bitteres Lachen aus, dann funkelte sie Mats an.

»Wenn du denkst, dass mich die Bestätigung meiner jahrelangen Vermutung, die Gewissheit um Beas Tod mehr mitnehmen könnte als all das Hoffen und Bangen, welches rückblickend betrachtet vollkommen umsonst war, dann kennst du mich noch immer nicht gut genug.«

Mats sah Liv verwirrt an. »Was meinst du?«

Sie stieß die Luft aus. Blickte über die Schulter zu den Leuten der Spusi, sah dann wieder ihn an.

»All die Jahre dachten alle, ich hätte nicht auf meine Schwester aufgepasst und sie sei deswegen ertrunken. Selbst ich hielt mich für die Schuldige. Normalerweise müsste ich mich jetzt also besser fühlen, erleichtert, weil, dass man sie in einer Baugrube gefunden hat, bedeutet ja wohl, dass jemand sie getötet und anschließend hier versteckt hat, ich also niemals Schuld daran hatte.« Liv schluckte schwer. »Allerdings wünschte ich jetzt, es wäre doch so gewesen, wonach es all die Jahre aussah. Dass sie, weil ich es vorgezogen hatte, mit Freunden Zeit zu verbringen anstatt mit ihr, weggelaufen ist, dabei verunglückte. Die Vorstellung, dass da jemand war, der ihr etwas Furchtbares angetan hat, fühlt sich schlimmer an als alles, was ich über die Jahrzehnte hinweg durchmachen musste. Ergibt das Sinn für dich?«

Einen Moment lang wusste Mats nicht, was er sagen sollte, ob es überhaupt etwas zu sagen gab, doch dann entschied er sich, dass es manchmal besser war, gar nichts zu sagen. Er zog Liv an sich, hielt sie einfach nur im Arm.

»Wir kennen uns vom Telefon«, ertönte es plötzlich neben ihnen und Mats sah sich einem blonden Hünen gegenüber, dessen Optik ihm auf seltsam düstere Art vertraut vorkam. »Ich bin Niklas Claasen«, stellte der Mann sich vor und reichte ihm die Hand. »Liv und ich kennen uns bereits, ich arbeite bei der Streife hier auf der Insel.«

Mats reichte dem Mann lächelnd die Hand. »Wir beide haben die Suchaktion gemeinsam via Telefon geplant.«

Niklas nickte. Dann verdüsterte sich sein Blick. »Hoffen wir, dass meine Nichte bald wohlbehalten auftaucht.«

Mats war versucht, sich mit der Hand an die Stirn zu klatschen. Wie hatte ihm das entgehen können? Natürlich. Es handelte sich bei dem Mann um den Bruder des toten Andreas Claasen.

»Ihr Verlust tut mir von Herzen leid«, erklärte er und hoffte, dass Claasen nicht bemerkte, dass ihm der Zusammenhang erst gerade eben gekommen war.

»Danke.« Claasen wandte sich Liv zu, drückte sanft ihren Arm. »Ich muss jetzt los, will noch zu Hella rüber. Kommst du klar?«

Es dauerte einen Augenblick, ehe Liv zu sich kam. Sie wandte den Kopf, sah Niklas kurz an, nickte nur.

»Bleibt es trotzdem dabei, dass wir beide an der Nachtsuche teilnehmen?«

Mats warf erst Liv, dann Claasen einen fragenden Blick zu.

»Wir haben ausgemacht, heute Abend bei der Suche nach Nelly mitzuhelfen«, erklärte Niklas Mats.

Liv holte tief Luft. »Was ich versprochen habe, halte ich auch«, erwiderte sie mit für ihre Verfassung erstaunlich klarer Stimme. »Ich werde im Best Western absteigen, kannst du mich dort gegen sieben abholen?«

Niklas nickte und ging langsam davon.

»Bist du sicher, dass du dir das antun willst?«, wollte Mats von ihr wissen.

»Was meinst du?«, fauchte Liv. »Glaubst du, dass ich jetzt die Flucht ergreife, nur weil irgendein Wahnsinniger vor zwanzig Jahren meine Schwester getötet hat?«, rief sie. »Und ja, ich weiß, dass es noch nicht zu hundert Prozent sicher ist, dass es sich überhaupt um Bea handelt, aber tief in mir drin weiß ich, wissen wir beide, dass diese Knochen da unten meiner Schwester gehören.«

Mats ließ ihre Worte unkommentiert, ging stattdessen langsam auf das Absperrband zu. Als er schon fast an der Grube war, sah er sich nach Liv um. »Ich bin gleich wieder da.«

Sie nickte stumm.

Er sah in die Grube hinunter zu den Mitarbeitern seines Teams, dann ließ er seinen Blick an der Baustelle vorbeischweifen, bis er plötzlich an einer Treppe in etwa zweihundert Metern Entfernung hängen blieb, die zu den Dünen hinaufführte.

Die Baufirma hatte die komplette Freifläche hier unten gekauft, um mehrere Ferienhäuser für ihre noble Klientel zu errichten, doch damals, vor über zwanzig Jahren hatte mit einer solchen Aktion noch niemand rechnen können. Von Liv wusste er, dass Bea zum Zeitpunkt ihres Verschwindens in der Nähe ihres Elternhauses gewesen sein musste und das lag knappe sechzig Minuten Fußmarsch entfernt. Wer auch immer für das hier verantwortlich war, hatte also damals schon genau gewusst, dass es sich hierbei um den perfekten Ort handelte, um die Leiche der Kleinen zu verstecken. Mats trat näher an der Rand der Grube, starrte auf den Boden. Wie tief mochte das Grab des Mädchens sein? Knappe drei Meter? Vier Meter?

Also musste es sich rein logisch betrachtet, um einen männlichen Täter handeln. Jemand mit genügend Kraftreserven, um ein kleines Mädchen auszuknocken, es anschließend weit genug von dort wegzubringen, wo man es zuletzt gesehen hatte, seine Leiche am Ende so tief in der Erde zu vergraben, dass selbst die Leichensuchhunde Schwierigkeiten hätten, es zu erschnüffeln.

Eine blaue Plastikfolie erregte Mats' Aufmerksamkeit. Die Spusi-Leute hatten alle Knochen, die bereits geborgen waren, sauber darauf drapiert und katalogisiert. Auch der blasse Kinderschädel lag dort. Mats überlief es eiskalt, als er in die leeren schwarzen Höhlen starrte, wo einst die Augen des Kindes gewesen waren. Dann bemerkte er die brüchige Stelle am linken Scheitelknochen, den zertrümmerten Frontalknochen.

»Ihr wurde der Schädel eingeschlagen«, ertönte plötzlich Livs leise Stimme ganz nah hinter ihm, sodass Mats erschrocken herumwirbelte.

Er sah Liv an, die mit herabhängenden Armen und mit zu Fäusten geballten Händen dastand und ihn mit stahlhartem Blick ansah.

Mats nickte seufzend, dann winkte er den Chef der Spusi zu sich heran. »Gibt es schon etwas, das relevant für die Ermittlung wäre?«

Kohlberg schüttelte den Kopf. »Bis jetzt haben wir nur die Knochen. Keine Textilfasern oder Ähnliches, es wird wohl auf einen Zahnstatus zur Identifizierung hinauslaufen. Ich vermute, dass die Leiche seit mindestens fünfzehn, wenn nicht sogar über zwanzig Jahre dort unten liegt, die Recherche soll also schon mal die Datenbanken nach Vermisstenfällen in dieser Zeitspanne durchsuchen.«

Mats verzog das Gesicht. »Das wird vielleicht gar nicht nötig sein.« Er sah zu Liv, unsicher, ob sie es Kohlberg erklären wollte. Als sie schwieg, ergriff er wieder das Wort. »Livs Schwester verschwand Ende der 90er spurlos. Man dachte all die Jahre, dass sie ertrunken sei, doch der heutige Fund lässt den damaligen Fall in einem anderen Licht erscheinen. Ich schlage deshalb vor, dass wir uns bezüglich der Identifizierung zunächst ganz auf Bea Schürmann konzentrieren.« Er drehte sich zu Liv um. »Und dich muss ich bitten, den Ermittlungen zuliebe vorerst mit niemandem über deinen Verdacht zu sprechen. Lass uns zuerst die Untersuchungsergebnisse abwarten, dann besprechen wir gemeinsam das weitere Vorgehen in diesem speziellen Fall.«

Als Mats am nächsten Morgen ins Büro kam, fühlte er sich matt und kraftlos, was der Tatsache zuzuschreiben war, dass er gestern erst spät von Sylt zurückgekommen und anschließend gleich in die Pathologie, danach sogar noch ins Büro gefahren war.

Am Ende hatte er den Weg ins Bett erst weit nach Mitternacht gefunden und anstatt zu schlafen, noch länger als eine Stunde mit Liv telefoniert. Die Suchaktion war auch gestern erfolglos geblieben, doch wenigstens hatte sie Liv kurzzeitig von dem aktuellen Fund abgelenkt. Er wusste, dass sie seither wie auf heißen Kohlen saß, dem Anruf des Gerichtsmediziners entgegenfieberte. Gott sei Dank hatten sie noch alle relevanten Unterlagen und Untersuchungsprotokolle des damaligen Vermisstenfalls und den dazugehörigen Ermittlungen vorliegen, sodass Mats umgehend hatte alles Erforderliche in die Wege leiten können.

Jetzt hieß es erst mal, abzuwarten, was die Pathologie zutage fördern würde, sowohl in Bezug auf die vermutete Todesursache als auch auf die Herkunft des Mädchens. Außerdem wartete er nach wie vor auf ein Statement seiner Kollegin Anke, die der Obduktion der jüngst gefundenen Mädchenleiche beigewohnt hatte.

Doch bis dahin … ergeben griff er nach der zuoberst liegenden Akte auf dem hohen Stapel vor sich und schlug sie auf. Innerhalb des Bruchteils einer Sekunde schaltete sein Hirn um, von Liv und der gestern gefundenen Leiche weg zu Sandra, Carola und Astrid, die das Pech gehabt hatten, einem Irren über den Weg gelaufen zu sein. Er wusste es selbst nicht warum, doch hoffte er aus tiefstem Herzen, dass es sich bei der jüngsten Leiche nicht um Sina handelte. Natürlich bedeutete sein Wunsch, dass es Samanthas oder Claudias Eltern hart treffen würde, und er schämte sich dafür, doch irgendwie empfand er wahnsinniges Mitleid mit der alten Frau, die vor wenigen Tagen vor ihm gesessen und ihre Enkelin als vermisst gemeldet hatte. Die arme Frau hatte ihr eigenes Kind bei einem Unfall verloren, alles, was ihr noch blieb, war Sina. Und Sina selbst, sie hatte ihre Eltern verloren, in ihrem jungen Alter genug Leid durchlebt, sie jetzt auch noch in der Gewalt des grausamen Killers zu wissen, war mehr, als Mats′ Vorstellungskraft ertrug.

Konzentriert starrte er das Foto in der Akte an, auf die fleischige Masse, die einst ein Gesicht gewesen war, versuchte, die Gesichtszüge zu erahnen und im Geiste mit den vermissten Mädchen abzugleichen.

Ein Klopfen riss ihn aus seiner Konzentration. Als Anke eintrat und er ihren Blick bemerkte, drehte sich sein Magen um. Seine Zunge fühlte sich auf einmal pelzig an, wie ein Fremdkörper, der gar nicht in seinen Mund gehörte.

Seine Kollegin trat ein, setzte sich auf den Stuhl ihm gegenüber, zog die Augenbrauen empor. »Du siehst beschissen aus«, erklärte sie schließlich lapidar. »War das früher auch so, als ihr noch zusammen wart? Falls ja, dann verstehe ich wirklich nicht, warum du noch immer so an dieser Frau hängst. Schließlich sollten wir alle uns nur mit Menschen umgeben, die uns guttun.«

Mats spürte Wut in seinem Innern aufflammen und wollte schon ansetzen, um Anke zurechtzustutzen, als sie ihn liebenswürdig anlächelte. »Allerdings hab ich mir gerade selbst ins Bein geschossen, als ich dich beleidigt habe, nicht wahr?«

Mats seufzte. »Ich weiß selbst, wie ich aussehe«, murrte er schließlich nur. »Ich hab kaum geschlafen heute Nacht. Allerdings nicht, weil Liv mir auf Sylt das Leben schwergemacht hat, sondern weil sie mir leidtut und ich noch nach Mitternacht endlos mit ihr telefoniert habe. Sie hat Angst. Ist vollkommen fertig. Und außer mir hat sie niemanden.«

Anke schluckte. »Das tut mir leid. Dann ist es jetzt sicher? Dass es sich um ihre Schwester handelt?«

Mats verneinte. »Ich warte auf den Anruf aus der Pathologie. Aber wenn ich ehrlich bin, besteht fast kein Anlass für Zweifel. Die gefundene Leiche ist betagt, lag sicherlich seit Jahrzehnten in der Erde. Auch vom Alter könnte es passen. Und Bea verschwand Ende der 90er – deswegen denke ich, denken wir, dass sie es sein könnte.«

»Und wenn? Was dann? Willst du dann gemeinsam mit Liv vor Ort weitermachen und dich von unserem Fall abziehen lassen?«

Mats zuckte unter Ankes Worten regelrecht zusammen. Dabei hatte seine Kollegin ja irgendwie recht. In Hamburg ermordete ein Verrückter ein junges Mädchen nach dem anderen und er, Mats, leitender Ermittler, kam nach dem Anruf seiner Ex wie ein läufiger Hund angewackelt, um sich um sie zu kümmern, ließ im Gegenzug hier alles stehen und liegen.

»Ich lasse mich nicht abziehen, werde aber Liv ein paar Kollegen an die Seite stellen, damit sie nicht das Gefühl hat, vollkommen alleine zu sein.«

Anke nickte zufrieden. Dann zog sie ein Papier aus der Innentasche ihrer Jacke, reichte es Mats. Er faltete das Blatt auseinander, las die Adresse einer Familie Hieber.

»Was willst du mir damit sagen?«

Ankes Gesicht verdüsterte sich. »Die Leiche des Mädchens von neulich. Die Pathologie ist damit durch. Es war wie bei den anderen Mädchen. Die Wunden im Gesicht und am Oberkörper wurden ihr ante mortem beigebracht. Die Todesursache lautet Strangulation. Allerdings hatte dieses Mädchen einen frischen Bruch am Hinterkopf, was bedeutet, dass er ihr diese Verletzung entweder bei der Entführung beigebracht hat, oder eben als er sie bereits in seiner Gewalt hatte. Und das wiederum heißt, dass unser Mann langsam die Kontrolle über sich verliert.«

Mats nickte und sah zu Anke auf. »Wie lautet der Vorname des Opfers?«

Sie schluckte, verzog das Gesicht. »Es handelt sich um Claudia. Der Zahnstatus hat es bestätigt.«

Mats seufzte leise, als er sich an die zierliche Frau erinnerte, die Mutter des Mädchens, an deren letzte Worte, bevor sie sein Büro verlassen hatte.

»Bitte finden Sie mein einziges Kind«, hatte sie gefleht und er hatte es nicht verhindern können, verständnisvoll zu nicken.

Er ohrfeigte sich in Gedanken, wünschte, ein klein wenig mehr wie Liv zu sein, die Fähigkeit zu besitzen, sich unter Anspannung und großem Druck von seinem Innenleben abschotten zu können. Oder wie Anke, die ihren Job wie ein echter Profi machte, keinerlei Emotionen zuließ, selbst dann nicht, wenn sie durchaus angebracht wären.

Und er selbst?

Er war einfach nur ein verweichlichter Mittdreißiger, dem es beinahe körperliche Schmerzen bereitete, einem Elternpaar sagen zu müssen, dass sie ihr Kind nie wieder würden im Arm halten können.

»Manchmal hasse ich dich«, stieß er wütend aus und stellte verblüfft fest, dass Anke seine Bemerkung gelassen hinnahm. »Frag mich mal«, erwiderte sie. »Du bist auch nicht gerade der Traum-Arbeitskollege. Und noch viel weniger der Boss, den ich mir immer gewünscht habe.« Sie brach in schallendes Gelächter aus und er stimmte, noch immer leicht pikiert, mit ein. Das war es, was er an Anke mochte. Dass sie die Fähigkeit besaß, in den richtigen Momenten das Richtige zu sagen. Hätte sie jetzt verständnisvoll reagiert, hätte er wohl – zumindest für den Moment – vollkommen den Halt verloren. Doch mit ihrer provokativen Bemerkung hatte sie ihn genau zum richtigen Zeitpunkt aus der Reserve gelockt, seinem inneren Schweinehund in den Arsch getreten, jenen Mats aus dem Dunkel befreit, der in genau diesem Gebäude vor nicht ganz zwei Jahren zum Cheferrmittler befördert worden war.

Er stand auf, nickte Anke grimmig zu.

»Dann lass es uns hinter uns bringen«, brummte er. »Und anschließend kümmere ich mich darum, dass wir noch heute Hilfe von der Ofa bekommen. Ich will, dass dieser Scheißkerl so bald wie möglich hinter Schloss und Riegel sitzt, wo er auch hingehört.«

Auf dem Weg nach draußen klingelte sein Handy. Er ging dran, warf Anke einen entschuldigenden Blick zu.

Dr. Ohlsen von der Pathologie kam unmittelbar auf den Punkt. »Es geht um die skelettierte Leiche, die gestern auf Sylt gefunden wurde«, erklärte er. »Ihr habt darum gebeten, die Untersuchungen zu beschleunigen.« Ohlsen räusperte sich. »Mein Team und ich haben die Nacht durchgearbeitet und sind mittlerweile zu einhundert Prozent sicher, dass es sich bei den Überresten um die der vermissten Beate Schürmann handelt. Es besteht absolut kein Zweifel.« Der Mann seufzte. »Wer wird es Dr. Schürmann sagen?«

Mats räusperte sich. »Ich erledige das.«

Wieder ein Seufzen.

»Es ist nur … die Todesursache ist nicht ganz eindeutig.«

Der Mann am anderen Ende der Leitung hüstelte nervös. »Wer auch immer das diesem Mädchen angetan hat, muss vollkommen rasend gewesen sein.«

»Was soll das heißen?«, fragte Mats atemlos.

»Dem Mädchen wurde sowohl der Schädel eingeschlagen als auch das Genick gebrochen. Und wir wissen noch nicht in welcher Reihenfolge. Hinzu kommt, dass auch das Zungenbein zerstört ist, was auf Tod durch Strangulation hindeuten könnte. Allerdings wurde die Leiche durch Baggerarbeiten gefunden und das Zungenbein ist ein kleiner, zerbrechlicher Knochen. Er könnte also auch durch die Bergungsarbeiten beschädigt worden sein.«

Als Mats realisierte, was dies bedeutete, wurde ihm auf einen Schlag eiskalt. »Im Grunde könnte dies also bedeuten, dass Bea sich nach den Verletzungen am Schädel noch einige Zeit gequält hat, bis der Irre seine Tat beendet und ihr das Genick gebrochen hat?«

»Wäre möglich, ja.« Ohlsen hüstelte betreten.

Mats schüttelte den Kopf. »Das, oder der Täter hat ihr das Genick zuerst gebrochen und dann seine Wut an einer Toten ausgelassen. Doch egal, wie es letztendlich passiert ist, spricht angesichts dieses Tathergangs einiges dafür, dass der Täter das Opfer gekannt haben könnte.«

Kapitel 8

Mai 2018
Sylt

Rastlos lief Liv in ihrem Hotelzimmer auf und ab. Inzwischen konnte sie nicht mehr zählen, wie oft innerhalb der letzten zwei Stunden sie auf das Display ihres Handys gestarrt hatte, in der Hoffnung, Mats riefe an.

Die Pathologie braucht eben einige Zeit, beschwor sie sich im Geiste selbst, zwang sich dazu, sich auf den Sessel neben dem Fenster zu setzen und einer Nachrichtensendung im Fernsehen zu folgen. Als auch das misslang, gab sie auf, schaltete das Gerät aus, nahm erneut ihr Handy zur Hand. Ihr Zeigefinger schwebte bereits über Mats' Telefonnummer, als das Gerät zu summen begann.

Mats ruft an, stand da auf dem Bildschirm geschrieben, doch paradoxerweise schaffte sie es nicht, das Gespräch sofort anzunehmen. Sie ließ es ein paarmal klingeln, atmete gegen die stärker werdende Beklemmung an, spürte, wie ihr Herzschlag sich beschleunigte, eine dunkle Vorahnung von ihr Besitz ergriff.

Schließlich drückte sie ergeben auf die Annehmen-Taste, doch anstatt einer Begrüßung kam nur ein krächzendes Stöhnen aus ihrer Kehle.

»Bist du krank?«, fragte Mats besorgt und augenblicklich spürte Liv ein warmes Gefühl in ihrer Magengrube.

»Nein«, sagte sie und wunderte sich, wie fest ihre Stimme auf einmal klang. »Irgendwie ahne ich schon, was du mir jetzt sagen wirst«, erklärte sie stattdessen und schluckte trocken. »Ich wusste es bereits gestern, wusste es die ganze Nacht, weiß es jetzt, in genau diesem Augenblick.« Sie brach ab, holte tief Luft.

Mats am anderen Ende schwieg, was im Grunde auch wie eine Antwort war.

»Wie?«, fragte Liv daher nur und hielt intuitiv die Luft an.

»Wir gehen aufgrund der Umstände und des Fundorts der Leiche davon aus, dass es definitiv Mord war.«

»Wie?«, fragte Liv erneut.

»Die Gerichtsmedizin ist sich bezüglich der Todesursache unsicher.«

»Das verstehe ich nicht«, gab Liv zurück und wunderte sich, wie sie es hinbekam, so distanziert zu klingen, so unbeteiligt und emotionslos.

»Ihr wurde der Schädel eingeschlagen und das Genick gebrochen. Dr. Ohlsen benötigt noch ein wenig, um sagen zu können, was letztlich die genaue Todesursache war und …« Er brach ab.

»Was?«, fragte Liv, der sein Zögern nicht entgangen war.

Mats räusperte sich. »Es könnte sein, dass der Täter deine Schwester kannte«, stieß er schließlich aus. »Der Tathergang spricht gewissermaßen dafür, doch um Genaueres sagen zu können, benötigen wir weitere Ergebnisse.«

Liv ließ Mats' Worte in sich nachhallen, wappnete sich innerlich bereits, doch es geschah … nichts. Alles, was Mats gesagt hatte, was jetzt im Raum stand, es ließ sie … nicht direkt kalt, aber …

»Soll ich zu dir kommen?«, drängte sich Mats' besorgte Stimme in ihre Gedanken.

Ihr fiel die Nachrichtensendung von vorhin ein. Dieser kurze Bericht über die vermissten Mädchen. Liv wusste, dass Mats damit betraut worden war, er die Ermittlungen leitete.

Plötzlich wurde der Wunsch, ihn hier bei sich zu haben, das alles nicht allein durchstehen zu müssen, übermächtig.

Sie wollte gerade ansetzen, ihn zu bitten, herzukommen, klappte ihren Mund aber gerade noch rechtzeitig zu.

»Liv«, fragte Mats, »bist du noch dran?«

»Du bleibst mal schön, wo du bist«, erklärte sie schließlich eine Spur forscher, als sie eigentlich gewollt hatte. »Ich muss da jetzt alleine durch, du bist mir zu nichts mehr verpflichtet.«

»Das ist auch nicht der Grund, weshalb …«

»Das weiß ich«, gab Liv einen Tick sanfter zurück. »Trotzdem habe ich mich dafür entschieden, dich gehen lassen. Dich jetzt im Gegenzug zu bitten, herzukommen, deine Gutmütigkeit auszunutzen, käme mir einfach nicht richtig vor.«

Sie hörte, wie sich Mats' Atmung ein wenig beschleunigte, überlegte schon, noch etwas Nettes hinterherzuschicken, verkniff es sich aber. Was gesagt werden musste, war nun eben gesagt, daran ließ sich nicht rütteln.

»Bist du ganz sicher?« Mats' letzter Versuch, ihr den kleinen Finger zu reichen, rührte sie.

»Ja, bin ich.«

»Und was willst du jetzt machen?«

Liv überlegte. Ja, was würde sie jetzt tun?

Die Antwort war, dass sie es nicht wusste.

»Ich bleibe erst mal hier vor Ort«, stieß sie dann hervor. »Ich weiß nicht genau, warum, doch für den Moment fühlt sich das einfach richtig an.«

»Und deine Mutter?«

»Was soll mit ihr sein?«

»Deine Schwester, ihre Tochter, wurde endlich gefunden. Jemand muss es deiner Mutter sagen. Ihr habt Beate nie für tot erklären lassen, sie nie symbolisch beerdigt. Jetzt habt ihr die Gelegenheit, Abschied zu nehmen.«

Eine Welle der Übelkeit überkam Liv.

»Eins nach dem anderen«, brachte sie mühsam hervor. »Und was meine Mutter angeht … das übernehme ich selbst.«

Es war schon später Nachmittag, als Liv aus einem unruhigen Schlaf hochschreckte. Sie hatte sich nach dem Telefonat mit Mats nur kurz aufs Bett legen und ihre Gedanken sortieren wollen, war dann aber doch recht schnell weggedämmert. Wahrscheinlich die Folge des anstrengenden gestrigen Tages sowie der abendlichen Suchaktion nach Nelly, welche leider trotz aller Bemühungen erfolglos verlaufen war.

Als sie sich jetzt verschlafen in ihrem Hotelzimmer umblickte, wurde ihr plötzlich klar, dass sie nicht länger aufschieben konnte, was offensichtlich war.

Allein die Vorstellung, ihrer Mutter nach all den Jahren wieder gegenüberzutreten, brachte ihr Herz zum Rasen.

Egal! Sie stand auf, ging ins Bad, um eine Dusche zu nehmen, schlüpfte in ihre alten Klamotten. Kurz überlegte sie, sich im Shop neben dem Hotel etwas Frisches zum Anziehen zu kaufen, verwarf den Gedanken jedoch wieder. Wofür auch?

Ihre stets adrett aussehende Mutter würde sie auch nicht mehr mögen, wenn sie anstelle eines zerknitterten Shirts eine Bluse trug und anstelle ihrer schwarzen Jeans eine Anzughose.

Den Kopf über sich selbst schüttelnd, griff sie nach ihrer Handtasche und machte sich auf den Weg nach draußen.

Als sie am Hotelbistro vorbeilief und den leckeren Fischgeruch wahrnahm, spürte sie, wie ihr Magen sich zusammenkrampfte. Erst jetzt fiel ihr ein, dass sie seit dem Kuchen gestern Nachmittag nichts mehr gegessen hatte.

Kurz überlegte sie, sich einen Tisch geben zu lassen, um in Ruhe etwas zu essen, entschied sich dann aber dagegen. Sie wollte die Begegnung mit ihrer Mutter so bald wie möglich hinter sich bringen und würde jetzt sowieso keinen Bissen herunterbekommen. Schließlich ignorierte sie das bohrende Hungergefühl, lief zum Hotelparkplatz, sperrte ihren Wagen auf. Als sie hinterm Lenkrad saß und den Schlüssel ins Schloss stecken wollte, zögerte sie.

Ein Anflug von Panik wallte in ihrem Innern auf, doch dann stieß sie einen genervten Zischlaut aus.

»Du bist kein Teenager mehr!«, erklärte sie ihrem Spiegelbild im Rückspiegel und ließ den Motor an.

Zum ersten Mal seit so langer Zeit wieder vor der Tür des Hauses zu stehen, in dem sie aufgewachsen war, fühlte sich seltsam an. Alles wirkte vertraut und fremd zugleich. Der hellgelbe Fassadenanstrich, die weiß gebeizten Fensterläden, der gepflegte Vorgarten, der ihrer Mutter immer besonders am Herzen gelegen hatte. Ganz im Gegensatz zu den Gefühlen, die sie ihrer ältesten Tochter entgegenbrachte.

Bevor das Chaos in ihrem Innern noch stärker werden konnte, drückte Liv kurz entschlossen auf die Klingel.

Ihr Herzschlag setzte einen Moment aus.

Nichts.

Erneutes Klingeln.

Warten.

Nichts.

Der Kloß in Livs Hals wurde dicker, schnürte ihr beinahe die Luft ab.

War ihre Mutter in ihrem Atelier? Falls dem so war, würde ihr Gespräch noch warten müssen. Denn wenn sie zumindest eines aus ihrer Kindheit mitgenommen hatte, dann, dass man eine Künstlerin niemals, NIEMALS einfach bei der Arbeit störte …

Sie wollte gerade gehen, als sie hinter sich eine Bewegung wahrnahm. Erschrocken wirbelte sie auf dem obersten Treppenabsatz herum, sah sich ihrer Mutter gegenüber, die unten am Fuß der Treppe stand und zu ihr hinaufblickte, in einer Hand eine Gießkanne, in der anderen Hand eine Unkrautharke umklammert hielt.

Kurz überlegte sie, was sie zur Begrüßung sagen sollte, entschied sich dann aber gegen jegliche Höflichkeitsfloskel.

Sie waren zwar verwandt – Mutter und Tochter – standen einander jedoch wie Fremde gegenüber.

»Ich werde dich nicht lange aufhalten«, stieß Liv kühler als beabsichtigt hervor und musterte die zierliche Endfünfzigerin.

Ihr fiel auf, dass ihre Mutter sich in den Jahren, in denen sie einander nicht gesehen hatten, kaum verändert hatte. Noch immer trug sie ihr Haar lang und zu einem mädchenhaften Zopf geflochten. Sie war noch immer hellblond, wahrscheinlich jedoch gefärbt, hatte einen durchtrainierten Körper und man sah ihr ihr wahres Alter beileibe nicht an. *Wer diese Frau nicht kennt,* dachte Liv im Stillen, *würde sie mit Sicherheit mindestens zehn Jahre jünger schätzen.* Einzig die feinen Mimikfältchen um Mund und Nase verrieten dem eindringlichen Betrachter zumindest das annähernde Alter der Frau.

»Du bist wegen Bea hier?« Die Stimme ihrer Mutter klang monoton und ohne jegliches Gefühl, fast wie ihre eigene. Liv wurde wie ein Hammerschlag bewusst, dass sie zwar das Aussehen ihres Vaters geerbt hatte, dafür aber charakterlich nach ihrer Mutter kam.

Sie nickte, schwieg aber noch, sortierte in Gedanken ihre Worte, wägte sorgfältig ab, was sie als Nächstes sagen würde.

»Sie haben sie gefunden«, stieß sie schließlich aus, ärgerte sich aber über sich selbst, weil dieses Vorgehen alles andere als subtil war.

»Hab ich mir schon gedacht«, antwortete ihre Mutter und blickte zu Boden. »Schon als ich gestern von diesem grauenvollen Fund auf der Baustelle hörte, wusste ich, dass es die Leiche deiner Schwester ist, die sie gefunden haben.«

Liv ging gar nicht auf die Worte ihrer Mutter ein, verschwieg außerdem, dass sie gestern genau dasselbe gedacht hatte, dass es also selbst nach all den Jahren noch Eigenschaften gab, die sie beide teilten.

»Anhand der Beschaffenheit ihrer Überreste und aufgrund der Verletzungen, die nachgewiesen werden konnten, steht bereits fest, dass sie ermordet wurde.«

Damit schien ihre Mutter nicht gerechnet zu haben, denn die Gießkanne rutschte ihr aus der Hand, landete mit einem lauten Scheppern auf den Steinfliesen.

»Bist du ganz sicher?«

Liv verzog das Gesicht, sagte aber nichts.

Als ihre Mutter kurz davorstand, vollends die Nerven zu verlieren, seufzte sie. »Ich bin Polizeipsychologin und mein Kollege Mats Sahler von der Kripo Hamburg hat vorhin angerufen. Die Gerichtsmedizin ist sich angesichts der Umstände sicher, dass es Mord war.«

Ihre Mutter schluckte schwer, ließ die Harke fallen, stieg die Stufen zu Liv hinauf, schloss die Tür auf. »Ich brauche jetzt einen Drink«, sagte sie matt. »Willst du auch was?«

Liv zögerte einen Augenblick, folgte ihr dann doch ins Innere des Hauses. Es roch nach Vanille und etwas Fruchtigem, ein angenehmer, beruhigender Duft.

Sie wartete auf der Schwelle zum Wohnzimmer, wo ihre Mutter sich an einem der Schränke zu schaffen machte. Als sie wieder auf Liv zukam, hatte sie in jeder Hand ein Glas bis zur Hälfte gefüllt mit einer goldgelben Flüssigkeit.

Sie folgte ihrer Mutter in die Küche, wo sie sich einander gegenüber an den Tisch setzten und jeder für sich einen Moment lang stumm an seinem Scotch nippte.

Ihre Mutter war es, die schließlich das Schweigen brach. »Das mit deinem Vater tut mir leid.«

Etwas in Liv brach, als sie das Wort Vater aus dem Mund der Frau hörte, die es nicht einmal für nötig gehalten hatte, zur Beerdigung ihres Ex-Mannes zu kommen.

»Was tut dir leid?«, fragte sie daher scharf. »Dass er tot ist? Oder dass du ihn nicht einmal auf seinem letzten Gang begleiten wolltest? Oder tut dir vielleicht leid, dass du ihn einfach weggeworfen hast?«

Die Frau schüttelte langsam den Kopf. »Ich habe ihn nicht einfach weggeworfen«, erklärte sie dann leise und mit erstaunlich gefasster Stimme. »Manchmal ist es eben Schicksal, dass wir etwas Grausames durchstehen müssen, das uns letztendlich mit unseren Lieben auseinanderbringt.«

»Es soll tatsächlich Familien geben, die durch ein Unglück fester zusammenwachsen.«

»Aber so war unsere Familie nicht. So waren wir nie.«

»Du meinst wohl, dass DU niemals so gewesen bist. Denn allein du warst es, die bereits kurz nach der Trennung von Papa wieder einen neuen Mann an ihrer Seite hatte. Allzu lieb kann Papa oder deine Familie dir also nicht gewesen sein.«

»Das mit Karl und mir ist auch schon lange wieder vorbei, aber das weißt du längst, nicht wahr?«

Liv schwieg.

»Weißt du auch, warum diese Ehe nicht gehalten hat?«

»Keine Ahnung, weil er genau wie Papa nicht das gemacht hat, was du wolltest?«

»Und was wäre das?«

Liv hob die Schultern. »Du hast Papa verlassen, weil du nicht verstehen konntest, dass er mich nach wie vor lieb hatte, mich nach allem, was geschehen war, trotzdem noch als seine Tochter sah, ich für ihn keine Schuld trug. Also denke ich mal, dass es bei deinem zweiten Mann ähnlich war. Er tanzte irgendwann nicht mehr nach deiner Pfeife und da hast du ihn eben abserviert, genau wie damals Papa.«

Livs Mutter schüttelte den Kopf, wirkte plötzlich noch zerbrechlicher. »Karl ist von Anfang an extrem besitzergreifend und eifersüchtig gewesen, also genau das Gegenteil deines Vaters. Außerdem hab ich im Nachhinein Dinge über ihn herausgefunden, die ich ihm nicht verzeihen konnte. Wirklich schlimme Dinge.«

»Hat er dir die Meinung gesagt? Hinter deinem Rücken deine Arbeit kritisiert?«, flachste Liv kalt.

Ihre Mutter senkte beleidigt den Kopf. Als sie wieder aufsah, bemerkte Liv, dass sie Tränen in den Augen hatte. Dieser Karl musste ihr tatsächlich etwas bedeutet haben. Doch was hatte er getan, dass ihre Mutter auch diese Ehe einfach beendet hatte?

»Er stalkte mich«, erklärte ihre Mutter, ohne dass Liv gefragt hatte. »Und das nicht erst, als wir schließlich verheiratet waren. Er stalkte und beobachtete mich bereits lange, bevor wir überhaupt ein Paar wurden. Als ich ihm durch einen blöden Zufall irgendwann dahinterkam, überlegte ich nicht lange, reichte sofort die Scheidung ein. Denn im Grunde ist es doch so, dass er nicht einfach nur eifersüchtig und besitzergreifend ist, sondern schlichtweg irre zu sein scheint.«

»Bei Papa hat es dich – wenn ich mich richtig erinnere – immer gestört, dass er dir nicht genügend gezeigt hat, wie viel du ihm bedeutest. Was immer er auch tat, es war niemals genug für dich. Wahrscheinlich bist du deswegen am Ende bei einem Mann gelandet, der dir genau das geben konnte. Der dich wie sein Eigentum behandelte.«

»Spricht da jetzt die Psychologin zu mir oder meine Tochter?«

»Soweit ich mich erinnere, hast du keine Tochter mehr, oder irre ich mich da?«

Livs Mutter sah zu Boden, nickte dann.

»Ich weiß, dass Fiona und du, dass ihr regelmäßig Kontakt zueinander hattet«, wechselte sie schließlich das Thema. Sie schüttelte den Kopf. »Was ihrer Familie zugestoßen ist, ist wirklich grauenvoll. Bist du deswegen auf der Insel? Wurdest du mit dem Fall betraut?«

Liv nickte.

»Jetzt bin ich aber vor allem wegen des Funds meiner Schwester da. Ich werde herausfinden, wer das war, und wenn es das Letzte ist, was ich tue. Allerdings tue ich das ausschließlich für Bea und für mich, das hat also nicht das Geringste mit dir zu tun.«

»Bist du wegen Papa böse auf mich oder wegen dem, was zwischen uns beiden war?«

Liv, die niemals damit gerechnet hätte, dass ihre Mutter das Thema von selbst auf den Grund ihrer zerrütteten Beziehung bringen würde, schnappte nach Luft.

Dann atmete sie tief durch. »All die Jahre gabst du mir das Gefühl, Schuld zu sein an dem, was Bea zustieß. Du hast mich verantwortlich gemacht, dass sie verschwunden ist, weil ich nicht auf sie aufgepasst habe. Dabei war ich damals selbst noch ein Kind.«

Ihre Mutter nickte, ließ sie nicht aus den Augen. »Wegen dir habe ich fast mein ganzes Leben mit Schuldgefühlen leben müssen«, fuhr Liv fort, »fragte mich täglich, ob meine Schwester noch leben könnte, wäre ich damals nicht so egoistisch gewesen.«

»Und zu welchem Schluss bist du gekommen?«

Liv starrte ihre Mutter fassungslos an.

»Bitte?«

»Ich frage dich, zu welchem Schluss du kamst. Könnte Bea noch leben, wenn du damals nicht mit deinen Freunden Blödsinn gemacht hättest, anstatt, wie ich verlangt hatte, auf sie aufzupassen?«

In Livs Kopf drehte sich alles.

Ihre Hände zitterten, als sie nach dem Glas griff und den Rest ihres Drinks auf einmal hinunterstürzte.

Sie sah ihre Mutter an, beschwor sich im Innern, jetzt keinesfalls die Nerven zu verlieren. Sie musste, komme was da wolle, jetzt unbedingt sachlich bleiben.

»Wäre sie tatsächlich ertrunken, dann müsste ich diese Frage wohl mit Ja beantworten. Ja, sie könnte noch am Leben sein. Dennoch wäre ihr Tod auch dann nicht meine alleinige Schuld. Ich war ein Kind und Bea war nicht meine Tochter, sondern deine. Wenn also jemand seine Aufsichtspflicht verletzt hat, dann du. Dir war an jenem Tag deine Arbeit mal wieder wichtiger als alles andere. Wichtiger als ich. Wichtiger als Bea. Und weil du es nicht fertig brachtest, dir das einzugestehen, dir deines eigenen Versagens bewusst zu werden, dachtest du, es wäre leichter, deiner eigenen Tochter die Schuld zu geben.«

Als Liv diese Worte ausgesprochen hatte, fühlte sie sich so leicht wie schon lange nicht mehr.

»Aber sie ist nicht ertrunken«, sagte ihre Mutter leise und mit einer Spur Trotz in der Stimme. »Sie ist auch nicht weggelaufen und dabei verunglückt. Jemand hat sie mir … hat sie uns weggenommen.«

Liv sah ihre Mutter irritiert an. »Ändert das denn etwas für dich?«

Die Frau hob die Brauen empor, schluckte. »Es ändert alles. Absolut alles.«

Liv stand auf, blickte auf ihre Mutter hinab. Dann schüttelte sie den Kopf. »Das ist dann wohl Pech für dich«, stieß sie aus und ließ ihre Mutter allein.

Zurück im Hotel war das Hungergefühl in ihrem Magen noch schmerzhafter als zuvor, doch ihr Appetit ging gleich null. Dennoch … sie musste etwas zu sich nehmen, um bei Kräften zu bleiben, um denken zu können. Sie zerrte ihr Smartphone aus der Gesäßtasche ihrer Jeans und suchte online nach einem Lieferservice, als ihr Handy vibrierte.

Niklas. Sie hatten gestern Abend noch ihre Nummern ausgetauscht, wollten in Kontakt bleiben, falls sich in Bezug auf den gestrigen Fund oder der Suche nach Nelly etwas tun sollte.

Ihr Herz hämmerte hart gegen ihre Rippen, als sie das Gespräch annahm. »Habt ihr die Kleine?«, kam Liv sofort auf den Punkt.

Schweigen am anderen Ende der Leitung.

Dann ein Seufzen. »Bis jetzt nicht. Wir haben rein gar nichts.« Wieder ein Seufzen. »Genau deshalb rufe ich übrigens an. Ich hab Hunger, jedoch keinen Appetit. Was denkst du? Gehen wir vor der heutigen Suche gemeinsam noch etwas zu Abend essen, vielleicht bekomme ich in netter Gesellschaft ja etwas runter …«

Als Liv am nächsten Morgen erwachte, fühlte sich ihr Kopf an, als sei er von einem Presslufthammer malträtiert worden. Es dauerte eine ganze Weile, ehe die ersten Erinnerungen des gestrigen Abends auf sie einprasselten, doch anstatt Erleichterung durchflutete sie vor allem Scham. Erst jetzt bemerkte sie den Körper neben sich im Bett, verborgen unter der viel zu großen Hotelbettdecke.

Niklas.

Eigentlich waren sie nur in einem Bistro gewesen, hatten sich jeder ein Sandwich bestellt, bevor sie sich gemeinsam zum Treffpunkt der Abendschicht des Suchtrupps gemacht hatten. Nachdem auch diese wieder erfolglos verlaufen war, hatte Niklas den Vorschlag gemacht, doch noch auf einen Absacker ins ›Penty-House‹, einem netten irischen Pub, zu gehen. Am Ende waren sie beide in ziemlich angetrunkenem Zustand in Livs Hotelzimmer gelandet. Sie sah sich um, sog die Luft scharf ein. Es stand außer Frage, was genau sich zwischen ihnen beiden abgespielt hatte, und obwohl Situationen wie diese für Liv keine Seltenheit waren, fühlte sie sich hier und heute so mies wie niemals zuvor. Was zum Geier hatte sie sich nur dabei gedacht, mit einem um seinen Bruder trauernden Mann zu schlafen, der noch dazu bei der hiesigen Polizei arbeitete?

Sie sah erneut zur Seite, schluckte, als ihr klar wurde, dass sie sehr wohl wusste, was sie zu der Entscheidung, mit Niklas zu schlafen, veranlasst hatte.

Die Antwort war, dass sie sich ihm seltsam nahe fühlte. Zum Teil, weil sie beide schweres seelisches Gepäck auf dem Rücken spazieren trugen, Ähnliches durchgemacht hatten und noch immer durchmachten, Liv daher glaubte, in ihm einen Seelenverwandten gefunden zu haben. Jemanden, dem ihr Gefühlschaos nicht fremd war.

Ein Gedankenblitz jagte durch ihren Kopf.

Sie schoss aus ihrem Bett hoch, rüttelte Niklas wach, strich sie die Haare aus dem vom Schweiß verklebten Gesicht.

»Guten Morgen, meine Schöne«, murmelte Niklas schlaftrunken, doch Liv ging gar nicht darauf ein.

»Kennst du meine Mutter eigentlich näher? Beziehungsweise ihren Ex-Mann?«, fragte sie sofort auf den Punkt kommend.

Niklas sah sie verwirrt an.

»Meine Mutter wohnt noch immer in dem gelben Haus, ein paar Hundert Meter neben dem deines Bruders.«

»Ich weiß, dass das deine Mutter ist. Aber was meinst du damit, ob ich ihren Ex-Mann kenne? Kennst du ihn etwa nicht?«

Liv verzog das Gesicht.

»Eine lange Geschichte …«

Niklas grinste. »Hast du es eilig?«

»Ehrlich gesagt, ja«, erklärte Liv ungeduldig. »Aber um es kurz zu machen – Sie hat nach der Scheidung von meinem Vater noch mal geheiratet. Einen Karl, keine Ahnung wie der mit Nachnamen heißt, denn natürlich hat sie den Namen Schürmann, der ja bares Geld wert ist, behalten. Ich würde gerne mit ihrem zweiten Mann sprechen, da ich aber seinen Namen nicht kenne …«

»Du hättest auch deine Mutter danach fragen können«, gab Niklas zu bedenken.

»Hilfst du mir nun?«, fauchte Liv und hob, als sie Niklas' Blick bemerkte, beschwichtigend die Hände. »Tut mir leid, aber ich muss wirklich dringend mit ihm sprechen und möchte nicht, dass meine Mutter davon erfährt. Zumindest vorerst nicht. Unser Gespräch gestern ist nicht so besonders gut verlaufen.«

Niklas nickte andächtig, dann setzte er sich im Bett auf. »Auf die Schnelle kann ich dir auch nicht sagen, wie der Kerl heißt. Allerdings ist die Insel klein, jeder kennt über ein paar Ecken irgendwie jeden, deswegen schätze ich, dass ich dir in spätestens einer Stunde schon weiterhelfen kann.« Er sah sie an, legte den Kopf schief. »Du siehst aus, als hättest du einen Geist gesehen. War unsere Nacht so furchtbar?«

Jetzt konnte sich auch Liv ein Grinsen nicht verkneifen. »Ich fand es ganz nett mit dir«, sagte sie und knuffte ihn in die Seite. Dann wurde sie schlagartig wieder ernst. »Es ist nur, meine Mutter hat gestern etwas gesagt, das mir im Nachhinein betrachtet keine Ruhe mehr lässt. Ich muss daher unbedingt wissen, wer dieser Mann ist, den meine Mutter geheiratet hat, nachdem wegen des Verschwindens meiner Schwester unsere Familie zerbrochen ist.«

Kapitel 9

Mai 2018
Hamburg

Als Mats am Abend ins Konferenzzimmer trat, war sein Team bereits vollzählig versammelt, ließ sich die bestellten Partypizzen schmecken. Viele von seinen Kollegen waren Familienväter oder Mütter und mussten wegen der Ermittlungen momentan kürzertreten, was es anging, Zeit mit ihren Lieben zu verbringen.

Ein gemeinsames Abendessen zu spendieren, erschien ihm daher nur mehr als gerecht.

Er setzte sich neben Anke, die gerade dabei war, einen großen Bissen von der Meeresfrüchtepizza abzubeißen.

»Schmeckt super«, murmelte sie mit vollem Mund und wies mit dem Kopf auf die Kartons vor ihnen auf dem Tisch. »Greif zu, sonst ist am Ende alles weg und du hast nichts abbekommen.«

Mats schüttelte den Kopf. »Keinen Hunger.«

Anke legte ihr angebissenes Stück auf ihrer Serviette auf dem Tisch ab und musterte ihn sorgenvoll.

»Alles gut«, beschwichtigte er. »Ich muss nur erst loswerden, was ich zu sagen habe. Dann esse ich auch etwas.« Er räusperte sich, sah dann reihum, stand auf. »Ich weiß, dass ihr nicht begeistert sein werdet, doch bis auf Weiteres arbeiten wir in drei Schichten, sieben Tage die Woche. Wer sich nicht gut fühlt, glaubt, krank zu werden, sagt es am besten gleich, damit ich denjenigen doppelt besetzen kann. Ich kann es mir zum gegenwärtigen Zeitpunkt nicht leisten, auf Leute zu verzichten.«

Gemurmel, dann meldete sich Theresa Weiler aus der Recherche. »Mein Sohn ist krank und mein Mann arbeitet auch Schicht. Ich kann nicht einfach …«

»Kein Problem«, unterbrach Mats sie. »Dann arbeitest du nur Früh oder Spät, für die Nacht teile ich Leute ein, die keine Kinder haben.« Er seufzte. »Des Weiteren gibt es keinerlei Urlaubstage, es werden keine Überstunden abgebaut, stattdessen bin ich dankbar um jeden von euch, der die nächste Zeit länger arbeiten kann.«

Er ging zu der Tafel an der Wand gegenüber des Tisches, schrieb die Namen der vermissten und toten Mädchen untereinander. Daneben schrieb er den Namen von Livs Schwester und in die dritte Spalte die Namen des toten Ehepaars aus Sylt und den Namen des vermissten kleinen Mädchens. »Wir haben drei Verbrechen aufzuklären, eines schrecklicher als das andere. Deswegen habe ich in der Chefetage darum gebeten, dass unser Team aufgestockt wird. Uns wurden insgesamt acht zusätzliche Mitarbeiter bewilligt. Davon schicke ich zwei Leute nach Sylt, die sich mit dem Tod von Olivias Schwester beschäftigen. Den Suchtrupp auf der Insel in Bezug auf die Suche nach Nelly habe ich ebenfalls aufstocken lassen und um zwei weitere Tage verlängert. Wir bekommen außerdem Taucher zugeteilt und ein paar zusätzliche Hunde. Was den Mord an dem Ehepaar angeht, würde ich sagen, sollen sich vorerst auch nur zwei Kollegen kümmern, dann bleiben uns für die Mordserie hier bei uns in Hamburg zusätzliche vier Leute. Irgendwelche Fragen bis hierher?«

Anke räusperte sich. »Wie sieht es mit der Ofa aus?«

Mats nickte. »Wir bekommen Jana Limmer zugeteilt. Sie wird uns morgen früh mit ihrer Anwesenheit beglücken und anschließend ein erstes Statement abgeben. Wobei ich mir vorhin auch ein paar Gedanken gemacht habe, die ich gerne mit euch teilen möchte.« Er ging zu seinem Stuhl zurück und spürte plötzlich, wie sich sein Magen zusammenzog. Was gäbe er jetzt für sein Stück … »Iss erst mal was«, unterbrach Anke ihn, entnahm einem der Kartons ein Stück Schinken-Pilz-Pizza und hielt sie Mats entgegen. Die Kollegen nutzten die wenigen Augenblicke, in denen Mats das Stück hinunterschlang, um selbst noch etwas zu essen. Als Mats fertig war, grinste er Anke dankbar an. Schließlich lehnte er sich zurück, wies mit dem Kopf zur Tafel.

»Fangen wir bei Beate Schürmann an. Ihr wurde der Schädel zertrümmert und das Genick gebrochen. Die genaue Reihenfolge und somit die letztendliche Todesursache kennen wir noch nicht. Trotzdem müssen wir aktuell davon ausgehen, dass der Mörder das Mädchen kannte, denn diese Vorgehensweise, vor allem in Hinblick auf Alter und Geschlecht des Mädchens, lässt auf eine emotional gesteuerte Tat schließen – sprich, wer auch immer Beate das angetan hat, muss furchtbar wütend auf sie gewesen sein. Oder auf jemanden, an den Beate ihn erinnerte.« Er stieß die Luft aus, machte in Gedanken ein Häkchen hinter Punkt eins. »Ich weiß noch nicht genau, wen von euch ich nach Sylt schicke, doch egal wer es wird, ihr befragt das damalige Umfeld des Mädchens, ehemalige Nachbarn der Familie, geht alles Punkt für Punkt durch, nehmt euch auch die damaligen Ermittlungsprotokolle zu Hilfe.

Dr. Schürmann ist nach wie vor auf Sylt und wird euch zur Hand gehen. Was immer ihr benötigt, sie wird tun, was in ihrer Macht steht, um euch zu helfen, denn es geht um ihre Schwester.«

Gemurmel erfüllte den Raum. »Wäre es nicht besser, eine andere Psychologin hinzuzuholen?«, fragte Alwin Schindler, ein jüngerer Kollege aus der Technik. »Ich meine ja nur, immerhin ist sie ganz nah dran, zu nah eigentlich.«

Mats schluckte. »Olivia Schürmann ist selbstverständlich – was ihre Schwester betrifft – nicht aus beruflichen Gründen vor

Ort. Allerdings hatte ich sie in Bezug auf den Mord an dem Ehepaar hinzugezogen, was bedeutet, dass ich mir für diese Ermittlung eine weitere psychologische Meinung einholen werde, weil Olivia durch den Fund der Leiche ihrer Schwester nicht mehr in der Lage ist, uns bei den Claasens zu unterstützen. Deswegen habe ich Jana Limmer vorab gebeten, uns auch bei diesem Fall zu unterstützen.«

»Ich glaube übrigens nicht, dass es das Mädchen war«, erklärte Alexandra Hattinger, eine junge und äußerst engagierte Kommissariatsanwärterin.

»Erklären Sie auch, warum?«, wollte Mats wissen.

Die junge Frau wurde rot bis unter die Haarspitzen, knetete nervös ihre Finger im Schoß. Dann hüstelte sie verlegen.

»Schießen Sie einfach los«, ermutigte sie Mats. »Sagen Sie, was Ihnen in den Sinn kommt.«

Die Frau nickte aufgeregt. »Dass Alice gewusst haben könnte, wo ihr Vater die Waffe aufbewahrt, steht außer Frage. Auch, dass ein Teenager manchmal unangemessen emotional auf Streit oder Missverständnisse innerhalb der Familie reagiert. Zudem war es Alice Name, welcher mit dem Blut der Mutter auf den Boden gekritzelt wurde. Doch reicht das schon aus, sie zur Verdächtigen zu machen? Welcher Streit könnte in einem solchen Blutbad gipfeln?« Sie machte eine Pause, ließ ihre Worte wirken. »Es müsste also etwas viel Gravierenderes dieser Tat zugrunde liegen. Missbrauch und Misshandlungen zum Beispiel. Doch dafür gibt es zum gegenwärtigen Zeitpunkt keinerlei Beweise. Nach außen galt das Familienleben der Claasens als mustergültig und harmonisch. Die schulischen Leistungen von Alice sind beispielhaft, ihre sozialen Kontakte entsprechen der Norm. Auch Nelly hatte keinerlei Probleme, entwickelte sich bis zu ihrer Entführung völlig normal. Bei beiden Mädchen deutet absolut nichts auf irgendwelchen familiären Druck hin, deswegen ergaben auch die Onlinerecherchen in Bezug auf Alice keinerlei

Anhaltspunkte auf psychisches Ungleichgewicht. Was also kann ein psychisch gesundes Mädchen in diesem Alter dazu bewegen, nicht nur einen Elternteil, sondern gleich beide kaltblütig zu erschießen, die Waffe insgesamt dreimal abzufeuern? Es gibt nur wenige Menschen, die es selbst in Notwehr schaffen, jemals die Hemmschwelle zu übertreten, einen anderen Menschen zu töten. Und Alice Claasen soll diese Hemmschwelle gleich bei zwei Menschen übertreten haben? Noch dazu bei Menschen, die ihr nahestanden, und ohne ersichtlichen Grund?«

Sie sah von Mats zu Anke, dann fixierte sie ihre Schuhspitzen.

Als sie wieder aufsah, waren ihre Wangen vor Aufregung gerötet. »Fiona Claasen wurde zuerst angeschossen, doch sie starb nicht sofort, deswegen schaffte sie es noch, Alice Name auf den Boden zu schreiben. Doch was bedeutet der Name? Dass es Alice tatsächlich gewesen ist?« Sie schüttelte den Kopf, sah sich im Kreis ihrer Kollegen um. »Nein. Ich denke, dass Fiona Claasen ursprünglich noch mehr schreiben wollte, sie jedoch vor Beendigung ihrer Nachricht die Kraft verließ. Was, wenn sie eigentlich beide Namen hatte schreiben wollen? Alice und Nelly? Vielleicht war es Fiona Claasen selbst, die ihre beiden Kinder aus dem Haus brachte, weil sie um die Gefahr wusste, die ihr und ihrer Familie drohte? Sie könnte ihren Töchtern eingetrichtert haben, unter keinen Umständen nach Hause zu kommen, ehe sie selbst sie holen käme. Und als sie dann im Sterben lag, wollte sie die Nachwelt wissen lassen, wo genau sie Alice und Nelly versteckt hat.«

»Und warum ist Alice dann inzwischen wieder da und Nelly nicht?«, wollte Mats wissen.

»Na, weil Alice ein Teenager ist und einen eigenen Kopf hat. Sie kam zurück, fand ihre toten Eltern, erlitt einen Schock, der sie vergessen ließ, wo Nelly ist und warum ihre Mutter wollte, dass sie nicht zu Hause sind. Erinnerungen durch einen Schock zu verdrängen, ist keine Seltenheit.«

»Oder Alice weiß sehr wohl, wo Nelly ist, und will sie schützen, sagt deswegen nichts«, warf Anke ein. »Sie hat ihre toten Eltern gefunden, der Mörder läuft noch frei herum, deswegen hat sie Angst, auch noch ihre Schwester zu verlieren, wenn sie sagt, wo diese sich aufhält.«

Mats sah nachdenklich von Anke zu Alexandra, nickte dann. »Und der Vater selbst? Was denkt ihr in Hinsicht auf ihn?«

»Ich weiß nicht«, Alexandra hob die Schultern. »Irgendwie macht es mich stutzig, dass gleich zweimal auf seine Frau geschossen wurde. Er war immerhin im Schützenverein, hätte also ganz sicher nicht sein Ziel verfehlt. Warum sollte er also zuerst auf die Brust seiner Frau schießen, wenn er doch geplant hatte, erst sie und dann sich zu töten?«

Anke sah Mats an und nickte, formte ein lautloses »Da ist was dran«.

»Es sei denn, er war wütend auf seine Frau«, schaltete sich Alwin aus der Technik ein. »Vielleicht wollte er, dass sie vor ihrem Tod leidet und hat deswegen bewusst auf ihre Brust gezielt. Eifersucht beispielsweise kann selbst brave Ehemänner zu Bestien machen.«

Alexandra sah ihn zweifelnd an. »Oder es war genau andersrum und er konnte es zu Anfang nicht, brachte es schlichtweg nicht fertig, auf ihren Kopf zu schießen. Und erst als er sah, was er mit dem Schuss auf ihre Brust angerichtet hatte, feuerte er ein zweites Mal ab.«

Mats stand auf, sah in die Gesichter seiner Teamkollegen. »Ihr seht selbst, wir stehen nicht nur vor einem, sondern vor mehreren Rätseln. Und das waren nur die Fälle Claasen und Schürmann. Die Mord- und Vermisstenserie in Hamburg und deren eventuelle Hintergründe haben wir noch gar nicht besprochen.«

Einheitliches Stöhnen erfüllte den Raum, dann hob Alwin die Hand. »Darf ich etwas dazu sagen?«

Mats nickte auffordernd.

»Wir haben bis jetzt vier tote Mädchen und alle starben durch Strangulation, nachdem ihnen zuvor das Gesicht und teilweise der Oberkörper bei lebendigem Leibe verunstaltet wurde. Der Täter will also, dass die Mädchen leiden, sowohl auf körperlicher als auch auf psychischer Ebene und das wiederum lässt den Tathintergrund in erster Linie emotional erscheinen.«

Mats nickte beeindruckt. »Sie haben absolut recht. Er könnte seine Opfer theoretisch überall verletzen, warum also gerade das Gesicht?« Er stieß die Luft aus, sah dann erst Anke und anschließend Alexandra fragend an.

»Weil er weiß, dass den meisten jungen Frauen ihr Äußeres wichtig ist«, setzte seine junge Kollegin zur Erklärung an. »Wenn er ihnen also genau das wegnimmt, bestraft er sie gleich zweimal.«

»Und was schlagen Sie vor?«, wollte Mats wissen.

»Wir sollten schnellstmöglich die Presse ins Boot holen«, mischte Anke sich ein. »Die Bevölkerung warnen, vor allem die Eltern junger Mädchen auf dieses heikle Thema sensibilisieren, damit sie vorsichtiger sind. Vielleicht sollten wir auch eine abendliche Ausgangssperre für Teenager ausrufen.«

»Wir könnten damit eine Panik auslösen oder vor der Bevölkerung als unfähig dastehen, was uns bei den Ermittlungen auch nicht gerade weiterhilft«, gab Mats zu bedenken.

Anke hob die Schultern. »Das wäre trotz allem das kleinere Übel, anstatt weiterer vermisster oder gar toter Mädchen. Fakt ist nämlich, dass wir bis jetzt keinerlei Anhaltspunkte haben, dass die Opfer sich kannten oder irgendwelche Gemeinsamkeiten hatten, was mich persönlich zu der Annahme bringt, dass diese Mädchen dem Wahnsinnigen rein zufällig über den Weg gelaufen sind und etwas ihn ihm auslösen, eine Erinnerung beispielsweise.«

»Eine Erinnerung an was?«, fragte Mats.

Alexandra meldete sich, wurde rot.

Er nickte ihr zu.

»An etwas, das ihm vor langer Zeit angetan wurde«, sagte sie schließlich. »Das ist aber natürlich nur eine Möglichkeit, ich will damit nicht sagen, dass es genauso …«

Mats hob die Hand, um den Redeschwall der jungen Frau zu stoppen, nickte nachdenklich. »Dann sollten wir uns schnellstmöglich ein Täterprofil erstellen lassen, damit wir einen Einblick bekommen, wie alt unser gesuchter Täter sein könnte. Das wäre dann unsere erste richtige Spur, mit der wir arbeiten könnten. Wenn Sie nämlich recht haben«, sagte er mit Blick zu Alexandra, »dann wäre es doch möglich, dass diese vier Mädchen nicht seine ersten Opfer waren. Denn wenn er beispielsweise um die dreißig ist und sich berufen fühlt, junge Frauen für etwas zu bestrafen, das ihm in seiner Jugend angetan wurde, weshalb sollte er dann so lange gewartet haben, bis er erstmals zuschlägt?«

Er sah triumphierend in die Gesichter seiner Kollegen. »Wir sollten also auf alle Fälle jetzt schon mal die internen Datenbanken durchforsten sowie Anfragen an alle Dienststellen in Deutschland und Europa schicken, ob es in der Vergangenheit ähnlich gelagerte und bis heute ungelöste Fälle gibt.«

Kapitel 10

Mai 2018
Sylt

Der Piepston ihres Smartphones ließ Liv aufhorchen. Sie legte ihr Notizbuch beiseite, mit dem sie es sich vor circa zehn Minuten auf dem urigen Sessel vor dem Fenster bequem gemacht hatte, und stand auf, ging zum Tisch, auf dem das Gerät gerade dabei war, vollends aufzuladen. Sie sah aufs Display und atmete auf. Niklas hatte Wort gehalten und ihr innerhalb kürzester Zeit die Kontaktdaten und einige Informationen über den zweiten Ehemann ihrer Mutter besorgt. Er wohnte inzwischen wieder im Haus seiner verstorbenen Eltern in Westerwald, wo er laut Niklas' Informationen den hinteren Teil des Hauses umgebaut hatte und inzwischen an Urlauber vermietete, um seinen Lebensunterhalt ein wenig aufzustocken.

Liv schrieb Niklas, wie dankbar sie ihm für seine Hilfe sei, und steckte das Handy in ihre Hosentasche. Dann schlüpfte sie in ihre Strickjacke und Schuhe, machte sich auf den Weg zum Parkplatz.

Als sie im Auto saß und Richtung Westerwald fuhr, überlegte sie, wie sie in Bezug auf Karl vorgehen wollte. Schließlich entschied sie sich für das einzig Richtige – die Wahrheit. Trotzdem blieb sie nach ihrer Ankunft vor seinem Haus noch einige Minuten im Auto sitzen, genoss die Stille im Wagen, wunderte sich, weshalb sie auf einmal eine solche Unruhe in ihrem Innern spürte, beinahe wie der Anflug einer düsteren Vorahnung.

Sie schloss sie Augen, verwarf das innere Bild von der Baugrube, in der man gestern die Überreste Beas gefunden hatte, verdrängte auch das gestrige erste Gespräch seit Langem mit ihrer Mutter, zwang sich dazu, sich jetzt nur auf eines zu konzentrieren – nämlich das vor ihr liegende Gespräch mit Karl, dem Ex ihrer Mutter und Nachfolger ihres geliebten Vaters. Kurz fragte sie sich, wie sie dem Mann gegenübertreten sollte. Nicht, dass sie direkt Groll gegen ihn hegte, schließlich hatte er nichts anderes getan, als sich in ihre Mutter zu verlieben, nachdem ihr Vater und sie sich hatten scheiden lassen. Das war nicht verboten und doch …

Livs Finger zitterten leicht, als sie die Autotür öffnete und aus dem Wagen stieg, langsam auf das hellbraun gestrichene Häuschen mit dem gepflegten Vorgarten zuging. Als sie schließlich vor der Tür stand, drückte sie schnell auf die Klingel, aus Angst, sie würde es sich kurzfristig doch noch anders überlegen oder der Mut könne sie verlassen. Ihr Herzschlag beschleunigte sich, als sie die näher kommenden, schlurfenden Schritte vernahm und wenig später die Tür aufging.

Wider Erwarten wirkte Karl auf den ersten Eindruck ungemein sympathisch, was es Liv leichter machte, ihr Anliegen hervorzubringen. Sie sah den Mann an, lächelte. »Ich bin Olivia Schürmann und …«

»Ich weiß, wer du bist«, stoppte er Liv und trat beiseite, um sie einzulassen.

Die hellblauen Augen des Mannes funkelten, als er seinen Mund zu einem Lächeln formte.

»Deine Mutter hat mich gestern angerufen und gesagt, dass es sein könnte, dass du mich aufsuchst.« Er brach ab, wartete, bis sie im Gang ihre Schuhe ausgezogen hatte. »Setzen wir uns in die Küche?«

Liv nickte.

»Darf ich dir einen Tee anbieten? Kaffee hab ich leider nicht im Haus.«

Liv nickte dankbar, sah sich in dem freundlich gestalteten

Korridor um, der am Ende in eine sehr hübsche, aber rustikal eingerichtete Wohnküche mündete.

Karl wies mit dem Kopf auf die mit Schnitzereien verzierte Sitzgruppe und bat Liv, Platz zu nehmen, während er sich um den Tee kümmerte. Während der Mann mit Tassen und Wasserkessel hantierte, nutzte Liv die Zeit, seine Körperhaltung zu lesen, ihn zu beobachten, sein Aussehen genau zu studieren. Rein optisch war er genau das Gegenteil ihres gut aussehenden dunkelhaarigen Vaters.

Karls Haar musste einst blond gewesen sein, denn mittlerweile war er schlohweiß, seine hellblauen Augen waren von unzähligen Fältchen umgeben, seine Gesichtszüge rau und kantig. Liv konnte sich auf einmal sehr gut vorstellen, weshalb dieser Mann so extrem eifersüchtig gewesen war, nachdem er gewusst hatte, auf welche Sorte Mann ihre Mutter eigentlich stand.

Sie lächelte, als Karl ein Tablett vor ihr abstellte, auf dem sich neben zwei übervollen Teetassen noch eine Schale Kandiszucker sowie Kekse befanden. Als sie das zarte Gebäck mit der leckeren Zimt-Zucker-Kruste betrachtete, wurde ihr bewusst, wie hungrig sie war. Sie angelte sich einen der Kekse, schob ihn sich auf einmal in den Mund, genoss den himmlischen Buttergeschmack auf der Zunge, den warmen Hauch von Zimt und Vanille, trank vorsichtig einen Schluck des köstlichen Tees hinterher, spürte, wie die Wärme des Heißgetränks ihr Innerstes besänftigte.

»Anna hat mir erzählt, was gestern geschehen ist«, kam Karl ohne Umschweife auf den Punkt. »Es tut mir wirklich sehr leid, was mit Beate passiert ist.« Er brach ab, sah Liv unschlüssig an, griff dann über den Tisch nach ihrer Hand, drückte sie sanft. »Und ich möchte, dass du weißt, dass ich mich freue, dich endlich kennenzulernen. Ich habe deine Mutter damals gebeten, dich unbedingt zu unserer Hochzeit einzuladen, doch sie …«, er suchte nach Worten, »wir wissen beide, wie schwierig sie sein kann.«

Liv lachte hart auf. »Die Untertreibung des Jahrhunderts«, sagte sie schließlich. »Nett, dass wenigstens du an mich gedacht hast.«

Karl musterte sie nachdenklich. »Ich meinte damit nicht, dass deine Mutter nicht an dich gedacht hat, Liv. Denn das hat sie, über all die Jahre hinweg, jeden Tag. Aber ich hatte immer den Eindruck, dass sie nicht anders konnte, als so zu reagieren, wie sie es getan hat. Sie brachte es nicht fertig, über ihren Schatten zu springen, ihren inneren Schweinehund zu überwinden, den Anfang zu machen und dir die Hand zu reichen. Sie war immer sehr schwierig und es war noch nie einfach, mit ihr auszukommen, selbst damals nicht, als Bea noch ...« Er stockte, sah Liv erschrocken an.

»Was willst du damit sagen?«, stieß Liv hervor. »Hattet ihr beide, ich meine ...« Sie schnappte nach Luft. »Wart ihr schon ... ein Paar, als mein Vater noch mit meiner Mutter verheiratet war?«

Karls Gesicht lief unter Livs Blick tiefrot an. Betreten wandte er sich ab, seufzte ergeben. Als er Livs Blick schließlich erneut begegnete, nickte er. »Anna und ich kennen uns seit unserer Kindheit und beinahe genauso lange liebe ich deine Mutter schon. Wir waren bereits im Alter von gerade vierzehn Jahren ein Paar gewesen und dann noch einmal, als deine Mutter Kunst studierte und wir uns an der Uni erneut über den Weg liefen. Unsere Liebe zerbrach an den Kapriolen deiner Mutter, doch wirklich vergessen konnte ich sie nie. Dann lernte sie deinen Vater kennen, heiratete ihn, brachte schließlich dich, dann Bea zur Welt. Damals zersplitterte meine Hoffnung in tausend Scherben, denn ich dachte, ich hätte sie für immer verloren, bis sie eines Abends wieder vor meiner Tür stand.«

»Du hast ein Verhältnis mit ihr angefangen, obwohl du genau wusstest, dass sie vergeben ist und Kinder hat?«

»Deine Mutter war meine erste und einzige große Liebe, ich

konnte einfach nicht anders, egal, wie sehr ich mich dafür verachtete, dazu beizutragen, eine Ehe zu zerstören. Anfangs glaubte ich tatsächlich, dass sie um meinetwillen zurückgekommen ist, weil sie mich genauso liebte wie ich sie, doch dann …« Sein Gesicht verdüsterte sich, als er abbrach. »Ich kam dahinter, dass ich nicht der einzige Mann war, mit dem sie deinen Vater betrogen hat. Da gab es noch mehr, viel mehr, doch anstatt die Sache zu beenden, zog sie mich mehr und mehr mit in den Abgrund, ich war glücklich, traurig und hilflos zugleich, betete jeden Tag, dass sie irgendwann erkennen möge, dass ich der Mann bin, den sie als einzigen an ihrer Seite will und braucht.«

Livs Magen zog sich schmerzhaft zusammen, ihr Mund war staubtrocken. »Sie hat mir erzählt, dass du extrem eifersüchtig gewesen bist, sie sogar gestalkt hast.«

Karl räusperte sich. »Dann sagt sie die Wahrheit«, erklärte er schließlich nur. »Ich wusste, dass die Liebe zwischen Anna und mir wie ein Schmetterling ist, zart und wunderschön, aber extrem zerbrechlich. Trotzdem wollte ich es anfangs nicht wahrhaben, suchte die Bestätigung, dass sie sich geändert hat.« Er stieß die Luft aus. »Nachdem ich wusste, dass sich gar nichts geändert hatte, sie noch immer genauso war wie immer, wollte ich unser Verhältnis beenden, doch ich schaffte es einfach nicht, verrannte mich stattdessen in eine Art Wahn, konnte an nichts anderes denken als daran, es irgendwann zu schaffen, deine Mutter ganz für mich zu haben.«

»Doch das schafftest du nicht«, setzte Liv nach, ließ Karl nicht aus den Augen, studierte jede seiner Bewegungen, seine Körpersprache.

Er schüttelte nur stumm den Kopf, stieß ein Seufzen aus.

In Livs Ohren rauschte es, als sie sich über den Tisch nach vorn beugte, dem Mann fest ins Gesicht sah. »Ich habe nur noch zwei Fragen, dann bist du mich los.« Sie holte tief Luft. »Hat meine Mutter gestern bei dir angerufen, weil sie dich bitten wollte, mir nichts von all dem zu sagen? Mir zu verheimlichen, dass ihr ein Verhältnis hattet, als mein Vater noch an ihrer Seite war?«

Karl wand sich unbehaglich, rutschte ruhelos auf seinem Stuhl hin und her, nickte schließlich.

Liv ballte ihre Hände zu Fäusten, schluckte die aufsteigende Wut herunter, sammelte sich. »An dem Tag, an dem Bea verschwand, sagte sie zu mir, dass sie arbeiten müsse, ich mich daher um meine Schwester kümmern sollte. War sie da bei dir?«

In Karls Augen flackerte es. »Das ist lange her«, wich er Livs Frage aus.

»Und doch weißt du noch, ob sie bei dir war oder nicht, stimmt's?«

Karl stand auf, sah sich unschlüssig in der Küche um. »Es tut mir leid«, stieß er letztendlich hervor. »Ich muss dich jetzt bitten, zu gehen, ich muss nämlich gleich weg.«

Liv sah ihn verdattert an, blieb jedoch sitzen. »Beantworte meine Frage! Wenigstens das bist du mir schuldig.«

Er wischte sich mit der Hand fahrig über das Gesicht, starrte Liv hilflos an. »Ich kann nicht«, brachte er mühsam hervor. »Geh und stelle diese Frage deiner Mutter. Sie ist es, die dir eine Antwort schuldig ist.«

Auf dem Weg zurück nach Rantum überlegte Liv, was sie als Nächstes tun sollte. Ihre Mutter erneut aufsuchen? Sie zur Rede stellen?

Doch wäre es wirklich ratsam, ihr jetzt gegenüberzutreten?

Frustriert nahm Liv die Abfahrt zum Hotel, unterdrückte den Wunsch, ihre Mutter persönlich mit den Vorwürfen zu konfrontieren. Um ehrlich zu sein, wusste Liv nicht einmal, ob es ihr zustand, ihre Mutter zu verurteilen. Wenn es jemandem zustehen würde, dann ihrem Vater, doch der war tot. Sie seufzte.

Ganz anders war die Sachlage jedoch in Bezug darauf, was Bea zugestoßen war. Wenn ihre Mutter damals tatsächlich, anstatt zu arbeiten, ihre Zeit mit einem anderen Mann verbracht hatte, was genau bedeutete das für sie – Liv?

Seufzend fuhr sie auf den Parkplatz des Best Western, hielt den Wagen an, schloss die Augen.

Fakt wäre nach wie vor, dass sie von ihrer Mutter mit der Aufgabe betraut worden war, auf ihre kleine Schwester aufzupassen. So weit, so gut. Doch sie hatte nicht rund um die Uhr aufgepasst, hatte Bea stattdessen gebeten, etwas zu lesen, während sie mit ihren Freundinnen gequatscht und darüber hinaus die Zeit vergessen hatte. Als sie irgendwann nach Hause gekommen war, war Bea verschwunden gewesen. Liv hatte also, das musste sie auch heute noch unumwunden zugeben, ihre Aufsichtspflicht als ältere Schwester vernachlässigt. Doch war sie nicht damals selbst noch ein Kind gewesen? Im Grunde erst knapp ein Teenager?

Ihre Mutter hatte damals schon die Meinung vertreten, dass Liv in einem Alter gewesen sei, wo man ihr durchaus Verantwortung hätte übertragen können. Und nichts anderes hatte sie getan. Sie hatte ihr, Liv, vertraut und sie hatte dieses ihr entgegenbrachte Vertrauen verletzt.

Doch war es nicht auch die Schuld ihrer Mutter, wenn sie, um einen anderen Mann zu treffen, statt zu arbeiten, ihre Kinder alleine ließ?

Liv schluckte. Sicher, Bea könnte noch leben, hätte sie besser aufgepasst. Doch ihre Schwester könnte auch noch leben, hätte ihre Mutter es nicht vorgezogen, an jenem Tag ihre beiden Töchter allein zu Hause zu lassen.

Plötzlich hielt sie es nicht länger aus, musste es sofort jetzt und hier mit Gewissheit wissen.

Mit zitternden Fingern zog sie ihr Smartphone hervor, suchte im Internet nach der Telefonnummer des Ateliers ihrer Mutter, wählte.

Als sie die mädchenhaft und zugleich forsche Stimme ihrer Mutter hörte, wurde sie von einem solchen Zorn geflutet, dass sie nur mit größter Mühe an sich halten konnte. »Ich weiß es«, brachte sie zwischen zusammengebissenen Zähnen hervor, holte tief Luft. »Ich weiß, dass du und Karl, dass ihr bereits was miteinander hattet, als Papa noch da war. Als wir noch eine Familie waren.« Liv hielt inne, fühlte sich auf einmal so verletzlich wie noch nie zuvor in ihrem Leben. »Er hat mir alles erzählt«, rief sie aus, konnte die Tränen der Wut nur mit allergrößter Mühe zurückhalten. »Dass du etliche Affären hattest, selbst als Papa und du noch glücklich wart. Als Bea noch bei uns war.«

Am anderen Ende der Leitung herrschte Schweigen und kurz fragte sich Liv, ob ihre Mutter überhaupt noch dran war. Dann ertönte ein Hüsteln. »Ich hatte Karl gebeten, dir nichts zu sagen, das hätte ich nämlich gern selbst getan.«

»Dazu hattest du gestern mehr als genug Gelegenheit«, herrschte Liv sie an.

»Meinst du?«, fragte ihre Mutter. »Hätte ich nach allem, was gestern geschehen ist, auch noch damit ankommen sollen?«

Liv blieb ihr eine Antwort schuldig, schüttelte den Kopf. »Ich will nur eins wissen«, stieß sie dann aus, »warst du an dem Tag, an dem meine Schwester verschwand, tatsächlich arbeiten?«

Stille.

»Bist du noch dran?«, fragte Liv forsch.

»Ja«, ihre Mutter klang ruhig, beinahe gefasst. »Macht es denn einen Unterschied, ob ich arbeiten oder bei sonst wem war?«

»Für mich schon«, rief Liv. »Denn solltest du bei einem anderen Mann gewesen sein, dann hättest du all die Jahre nicht nur Papa betrogen und belogen, sondern auch mich. Du hättest mich benutzt, um dein Gewissen reinzuwaschen – auf Kosten deiner Tochter.«

»Was willst du damit sagen?«, die Stimme ihrer Mutter klang kalt wie Eis.

»Damit will ich zum Ausdruck bringen, dass es nicht nur meine Schuld wäre, was Bea passiert ist, und dass unsere Familie den Bach runterging.«

»Ich hätte deinen Vater niemals wegen eines anderen Mannes verlassen«, erklärte ihre Mutter vage und ignorierte Livs Vorwurf bezüglich ihrer Schwester. »Jemanden, den man liebt, zu betrügen und ihn letztendlich zu verlassen, sind zwei verschiedene Paar Schuhe.«

»Das heißt, wäre Bea noch am Leben, dann wären wir noch eine Familie?«

Ihre Mutter räusperte sich. »Man weiß ja nie genau, was die Zeit gebracht hätte, aber rein von meinem Gefühl her würde ich sagen, ja, ich wäre bei ihm geblieben.«

»Ich glaube dir kein Wort«, rutschte es Liv heraus, ehe sie sich bremsen konnte. »Du bist und warst eine Lügnerin und ich verachte dich dafür, was du Papa und mir angetan hast.«

Sie legte auf, ehe ihre Mutter noch etwas erwidern konnte, und stieg aus dem Wagen. Für den Bruchteil einer Sekunde hatte sie das überwältigende Bedürfnis, Mats anzurufen, sich bei ihm auszuheulen, sich ihm anzuvertrauen, was seit gestern in ihr vorging, seinen Rat in sich aufzusaugen, doch schlussendlich ließ sie es. Es war auf ihrem Mist gewachsen, dass sie fortan getrennte Wege gehen würden, und ihn jetzt zu ihren Zwecken zu missbrauchen, käme ihr ganz genauso schäbig vor wie alles, was ihre Mutter jemals getan hatte.

Liv seufzte. Alles in ihr schrie danach, den heutigen Abend nicht allein zu verbringen. Kurz entschlossen wählte sie Niklas' Nummer, wartete mit angehaltenem Atem, bis er endlich dran ging. »Hast du heute Abend Zeit?«, kam sie gleich auf den Punkt. »Ich brauche dringend jemanden zum Reden.«

»Das kann ich dir heute leider nicht versprechen.« Niklas am anderen Ende der Leitung seufzte. »Wir haben noch immer keine Spur von Nelly und so langsam werde ich wirklich panisch«, erklärte er entschuldigend. »Außerdem bin ich mittlerweile an dem Punkt angelangt, an dem mir schmerzlich und in aller Deutlichkeit bewusst wird, dass mein Bruder ermordet wurde und es noch immer nicht die geringste Spur zu dem Menschen gibt, der seiner Familie das angetan hat.«

Kapitel 11

Mai 2018
Hamburg

Mats war gerade dabei, die bundesweiten, internen Datenbanken in Hinsicht auf Vermisstenfälle der letzten fünf Jahre zu durchsuchen, als es an der Tür klopfte.

»Herein«, murmelte er gereizt, was unter anderem der Tatsache geschuldet war, dass er den gestrigen Restabend nach der Konferenz damit zugebracht hatte, eine Infomappe für Jana Limmer vorzubereiten. Als er weit nach Mitternacht endlich nach Hause gekommen war, waren Müdigkeit und Erschöpfung verflogen, hatten einer nervösen Unruhe Platz geschaffen. Seit gestern Abend fragte er sich, ob Anke recht hatte, als sie sagte, dass sie die Presse einschalten und die Bevölkerung sensibilisieren müssten. Allerdings hatte er bereits während der gestrigen Besprechung seinen Standpunkt offen dargelegt, dass er der Meinung war, eine solche Reaktion vonseiten der Ermittler würde am Ende nur eine Panik auslösen und ihre Arbeit an dem Fall zusätzlich gefährden. Natürlich hatte Anke im Grunde recht, doch was er gesagt hatte, war auch nicht von der Hand zu weisen.

Er seufzte, dachte wieder und wieder über Ankes Worte nach. Wenn weitere Mädchen verschwanden und getötet wurden, war es dann nicht ein Stück weit auch die Schuld der Kripo, eben weil sie mit Informationen gegeizt hatten?

»Ich bin ein bisschen zu früh«, erklärte eine adrett gekleidete Frau Mitte vierzig und riss ihn aus seinen Überlegungen. Sie trat zu Mats ins Zimmer, reichte ihm lächelnd die Hand. »Mein

Name ist Jana Limmer, ich wurde Ihnen zugeteilt, um bei dem Fall um die vermissten und ermordeten Mädchen zur Hand zu gehen.«

Mats lächelte erleichtert. »Mein Team und ich erwarten Sie bereits sehnlichst«, versuchte er sich an einem Scherz, scheiterte jedoch kläglich an seinem Tonfall.

»Ich habe eine Mappe für Sie vorbereitet«, erklärte er schließlich und reichte ihr den Ordner. »Sie können den Raum am Ende des Gangs auf der linken Seite benutzen«, erklärte er. »Dort sind Sie vollkommen ungestört.«

Die Frau klappte die Mappe auf, warf einen Blick auf die darin befindlichen Unterlagen, nickte dann. »Ich werde Ihnen so schnell wie möglich eine erste Einschätzung geben«, versprach sie schließlich. »Was halten Sie von einem gemeinsamen Kaffee am frühen Nachmittag, bei dem wir alles Weitere besprechen?«

Mats nickte. »Sagen Sie einfach Bescheid, wann immer Sie etwas benötigen oder mit jemandem sprechen wollen.«

Nachdem Jana gegangen war, widmete Mats seine Aufmerksamkeit erneut den Datenbankeinträgen, als das Telefon klingelte. Er warf einen Blick auf das Display, sah, dass es sich um einen internen Anruf handelte.

Er nahm das Gespräch an, klickte sich währenddessen weiter durch die Einträge.

Als er den Sinn des Anrufs begriff, wurde ihm eiskalt. »Wo?«, stieß er zwischen zusammengebissenen Zähnen hervor und setzte sich kerzengerade auf. Er machte sich einige Notizen, wählte dann Ankes Nummer auf der internen Festnetzleitung.

Seine Kollegin nahm bereits beim ersten Klingeln ab.

»In Berlin wurde vor einigen Tagen eine skelettierte Mädchenleiche gefunden, die seit über zehn Jahren im Boden vergraben lag. Die Kollegen vor Ort hätten sich deswegen gar nicht mit uns in Verbindung gesetzt, allerdings ist einer von ihnen auf unsere Anfrage von gestern Abend gestoßen.«

»Die Berliner sehen also einen Zusammenhang zwischen dem Skelettfund und unseren Ermittlungen?«

Mats seufzte. »Es handelt sich bei dem Berliner Opfer um ein junges Mädchen, das vor über fünfzehn Jahren als vermisst gemeldet wurde. Der Name des Mädchens lautet Paula Lehmann.«

Mats hörte, wie Anke etwas auf ihre Computer-Tastatur tippte, schließlich einen frustrierten Zischlaut ausstieß. »Verdammte Scheiße«, rief sie, »das gibt's doch nicht!«

Mats räusperte sich. »Du hast das Foto von der Vermisstenanzeige also gefunden?«

Anke seufzte. »Die Kleine könnte die Doppelgängerin des zuletzt ermordeten Mädchens sein.«

»Das Gleiche hab ich auch gedacht«, merkte Mats an. »Die Kollegen aus Berlin melden sich, sobald die Pathologie etwas Näheres weiß. Doch bis es so weit ist, müssen wir mit dem auskommen, was offensichtlich ist.« Er machte eine bedeutungsschwangere Pause, atmete tief durch. »Paula Lehmann passt vom Typ her also zu hundert Prozent in unsere Ermittlungen. Wenn sich herausstellen sollte, dass es dort weitere vermisste Mädchen ihres Profils gibt, müssen wir tatsächlich davon ausgehen, dass unser gesuchter Mann schon länger sein Unwesen treibt.«

Anke hüstelte betreten. »Ich wollte dich auch gerade anrufen«, erklärte sie. »Du hast zwar gesagt, ich solle bei der Onlinerecherche nur fünf Jahre zurückgehen, doch irgendwie hab ich mir gedacht, dass es wohl nicht schadet, wenn ich das Ganze auf zehn bis fünfzehn Jahre ausweite.«

Mats schnappte nach Luft. »Du hast was gefunden?«

»Nicht in Berlin«, erklärte Anke. »Dafür in München.« Ihre Stimme klang auf einmal belegt und kratzig. »Ich wünschte, ich hätte nichts gefunden«, stammelte sie schließlich leise. »Leider sieht die Realität so aus, dass auch in München vor fünfzehn drei Mädchen spurlos verschwanden. Sie waren allesamt im Teenageralter und passen ebenfalls ins Profil.«

Ein Ruck ging durch Mats' Körper. »Und bis heute wurde keines der Mädchen gefunden?«

»Nicht eins.«

In seinem Kopf wirbelten die Gedanken durcheinander. »Hast du an die betreffenden Dienststellen Anfragen rausgeschickt?«

»Klar«, gab Anke zurück. »Und ich hab auch Kopien der Ermittlungsakten angefordert und darum gebeten, die ungeklärten Mordfälle dieses Zeitraums durchzugehen. Wäre ja möglich, dass es auch da noch eine Parallele gibt.«

Mats seufzte. »Dann muss ich dich jetzt abwürgen, so leid es mir tut«, erklärte er. »Jana Limmer ist hier und sitzt bereits über unseren Akten. Ich muss sie schnellstmöglich informieren, dass die Fälle Berlin und München möglicherweise in Zusammenhang mit Hamburg stehen.«

»Es gibt noch etwas«, rief Anke aus, ehe er auflegen konnte.

»Kann das nicht ein paar Minuten warten?«, fragte Mats ungeduldig.

»Ehrlich gesagt nicht.« Kurzes Zögern am anderen Ende der Leitung, dann kam Anke auf den Punkt. »Eben kam ein Anruf rein, dass Spaziergänger im Rantzauer Forst eine weibliche Leiche entdeckt haben.«

Mats erstarrte.

»Dort, wo Claudia neulich gefunden wurde?«

»Ganz in der Nähe, ja.«

In Mats' Kopf drehte sich alles. Dann fasste er einen Entschluss. »Unser Täter scheint, wie es aussieht, ein Faible für dieses Waldgebiet zu haben. Deswegen schlage ich vor, dass dort innerhalb der nächsten Tage regelmäßig Kollegen in Zivil nach dem Rechten sehen, außerdem beantrage ich noch heute eine groß angelegte Suche samt Grabung in diesem Wald. Ich will, dass das komplette Gebiet abgearbeitet wird, jeder Stein umgedreht, die sollen alles auf den Kopf stellen, Herrgott noch mal.«

Die Gegend um den Rantzauer Forst war bereits weiträumig abgesperrt worden, als Mats und Anke vor Ort eintrafen, trotzdem tummelten sich noch immer zahlreiche Neugierige innerhalb der Absperrung, was Mats auf die Palme brachte. Er und Anke hatten auf der Fahrt hierher fast kein Wort miteinander wechseln können, weil Liv angerufen und er die gesamte Fahrzeit benötigt hatte, sie zu beruhigen. Er wusste noch immer nicht genau, was sie ihm eigentlich hatte sagen wollen, doch eines war ihm bei dem Gespräch klar geworden – er musste sie noch heute von dem Fall um die Claasens abziehen, ihr von offizieller Stelle untersagen lassen, sich an den abendlichen Suchaktionen nach Nelly zu beteiligen, da sie seit dem Fund ihrer toten Schwester am Rande des Nervenzusammenbruchs wandelte. Zwar gab sie nicht zu, dass es ihr beschissen ging – selbst jetzt noch nicht –, doch Mats wusste natürlich, wie es in ihr drinnen aussah. Er hörte es am Klang ihrer Stimme. Was er aus ihrem wirren Gestammel mitbekommen hatte, war, dass ihre Mutter wohl bereits vor dem Verschwinden von Beate ein Verhältnis mit einem anderen Mann gehabt hatte. Und dass Liv sich nun nicht mehr sicher sein konnte, ob sie an jenem Tag tatsächlich in der Arbeit oder bei ihrem Liebhaber gewesen war. Mats hatte dann versucht, ihr klarzumachen, dass die Untreue ihrer Mutter nicht das Geringste mit dem Verschwinden ihrer Schwester zu tun habe, doch Liv hatte jeden einzelnen seiner Einwände abgeblockt, ihm gar nicht zugehört. Schließlich hatte er vollkommen gegensätzlich zu dem gehandelt, was er empfand: Er hatte Liv auf später vertröstet und ihr versprechen müssen, noch heute zu ihr nach Sylt zu kommen, musste seither Ankes bitterbösen Blicken standhalten.

Seit ihrer beider Ankunft auf dem Parkplatz vor dem Naturschutzgebiet schwieg sie ihn an, reagierte auf keinen seiner Versuche, ein Gespräch mit ihr anzufangen.

Sie wollte gerade das Absperrband anheben und darunter hindurchschlüpfen, da hielt er es nicht mehr aus. Er hielt sie am Arm zurück, funkelte sie böse an. »Was hast du für ein Problem, sag mal?«

Anke lachte bitter. »Wir haben drei Ermittlungen am Laufen, inklusive einer weiteren Leiche und du willst dich schon wieder absetzen, nur weil Madame dich braucht.« Anke hob die Hände, ließ sie dann aber resigniert fallen. »Versteh mich nicht falsch. Ich mag Liv, arbeite gern mit ihr zusammen, weil sie eine der Besten auf ihrem Gebiet ist. Aber was dich angeht, ist sie total durchgeknallt und andersrum genauso. Sie nutzt dich aus, du lässt es dir gefallen, merkst das wahrscheinlich nicht einmal. Normalerweise ginge mich das einen verdammten Scheißdreck an, aber in diesem Fall verklären dir ihre Mätzchen so langsam die Sicht auf wichtige Dinge, begreifst du das? Du bist so auf diese Frau fixiert, so unglaublich besorgt um sie, dass du dich selbst darüber hinaus vernachlässigst und das wiederum wirkt sich auf unsere Arbeit aus.«

Anke stieß die Luft aus, fixierte Mats' Gesicht mit einem stahlharten Blick. »Ich mach dir jetzt einen Vorschlag: Heute kümmere ich mich hier noch um alles, damit du dein Versprechen gegenüber Liv einhalten kannst. Doch ab morgen, lieber Mats, würde ich mir wünschen, dass du und dein sonst so schlauer Kopf, dass ihr beide wieder ganz in Hamburg seid. Wenigstens so lange, bis der Fall um all die armen Mädchen abgeschlossen ist.«

Einen Moment stand Mats einfach nur da, den Kopf gesenkt, voller abstruser Gedanken. Dann sah er langsam zu Anke auf, doch wo eigentlich Wut über ihre ehrlichen Worte sein sollte, war nur Dankbarkeit. Nickend zog er sein Smartphone aus der

Innentasche seines Jacketts und suchte Livs Nummer. Sie ging beim zweiten Klingeln dran, klang, als habe sie sich mittlerweile ein Stück weit beruhigt.

»Ich kann heute doch nicht kommen«, erklärte Mats und ging ohne weitere Erklärung sofort zu Punkt zwei dieser momentan eher einseitigen Unterhaltung über. »Außerdem ziehe ich dich hiermit vom Claasen-Fall ab.«

»Was?«, stammelte Liv am anderen Ende der Leitung. »Das kannst du nicht machen«, sagte sie dann etwas gefasster. »Ich kenne die meisten Menschen hier von früher, zu mir haben sie Vertrauen, wenn jemand Hintergrundinfos erfährt, mit denen du dann etwas anfangen kannst, dann ja wohl ich.« Ihre Stimme klang jetzt gar nicht mehr so hilflos, sondern fest und beinahe trotzig.

Mats ignorierte dies, atmete tief durch. »Es ist mein Ernst, Liv. Ich hab hier in Hamburg neben dem Fall deiner Schwester noch eine Mordermittlung zu leiten. Und dann ist da noch der Claasen-Fall, der ebenfalls in meinen Einsatzbereich fällt. Ich kann mich nicht rund um die Uhr mit dir beschäftigen, mir Sorgen um dich machen und mich fragen, ob es falsch war, dich überhaupt nach Sylt zu schicken. Ich brauche jemanden vor Ort, der einen klaren Kopf hat und der weiß, was er tut.«

»Und diejenige bin nicht ich?«, fragte Liv scharf.

»Nein«, erklärte Mats etwas sanfter. »Bist du nicht. Und sei ehrlich, seit deine Schwester gefunden wurde, hast du dich nicht mehr mit Alice, Nelly und deiner ermordeten Freundin beschäftigt, stimmt's?«

»Kann man mir das wirklich verübeln?«, schrie ihm Liv ins Ohr. »All die Jahre wusste ich nicht, was Bea zugestoßen sein könnte und nun, da es offensichtlich ist, dass jemand sie umgebracht hat, wirfst du mir vor, dass mich das mitnimmt!«

»Ich werfe dir gar nichts vor«, sagte Mats bestimmt. »Ich habe nur endlich eingesehen, dass es von Anfang an die falsche Entscheidung war, gerade dich nach Sylt zu schicken. Es zehrt an dir, seit du dort bist, und das war auch schon der Fall, als man Beas Leiche noch nicht gefunden hat. Hinzu kommt, dass ich einfach keine Zeit habe, mich im Geiste ständig mit dir zu beschäftigen. Ich brauche einen freien Kopf und Nerven wie Drahtseile für meinen Job. Außerdem will ich nicht weiterhin meine Arbeit und mich selbst vernachlässigen für eine Beziehung, an die ich mich noch klammere, obwohl sie schon vor langer Zeit gestorben ist.«

»Dann ist das dein letztes Wort?«, fragte Liv gepresst.

»Ja«, seufzte Mats. »Ich wollte das eigentlich gestern schon erledigen, bin allerdings noch nicht dazu gekommen. Dafür betraue ich noch heute zwei Kollegen aus meinem Team mit dem Claasen-Fall, schicke dir außerdem jemanden vorbei, der sich um das ganze Drumherum in Bezug auf deine Schwester kümmert.«

Liv am anderen Ende der Leitung schwieg, was Mats als gutes Zeichen deutete. Gerade als er ihr noch etwas Nettes sagen wollte, hörte er, wie Liv einen langen Zischlaut ausstieß. »Fahr doch zur Hölle, Mats«, brummte sie und beendete das Gespräch.

Mats schluckte schwer, dann steckte er sein Smartphone zurück in seine Tasche, sah Anke erschöpft an. »Zufrieden?«

Doch zu seiner grenzenlosen Verwunderung schüttelte sie den Kopf. »Du hättest ein Gespräch wie dieses schon vor langer Zeit mit ihr führen sollen«, sagte sie schließlich nur. Mats hob die Schultern. »Besser spät als nie.«

Er deutete auf die Kollegen von der Spusi, die sich innerhalb des abgesperrten Geländes zu einer kleinen Gruppe versammelt hatten und in seine Richtung starrten. »Sollen wir?«, fragte er Anke.

Sie nickte, ging ihm voran auf die Kollegen zu. Sein Magen zog sich schmerzhaft zusammen, ein flaues Gefühl breitete sich in ihm aus, während er seiner Kollegin folgte. Zuerst glaubte er, dass es sein schlechtes Gewissen gegenüber Liv war, das sich auf diese Weise bemerkbar machen wollte, doch dann stellte er erstaunt fest, dass es sich richtig anfühlte, was er getan hatte. Aber wenn es nicht Liv war, die ihm zusetzte, was war es dann? Wie vom Donner gerührt, blieb er stehen, horchte in sich hinein. Und plötzlich wusste er, was ihn umtrieb. Was ihm von einem Augenblick auf den anderen so entsetzlich zu schaffen machte.

Sina!

Die verschwundene Enkeltochter der älteren Dame neulich, die er sofort ins Herz geschlossen hatte und für die er enormes Mitgefühl empfand.

Ihre Leiche würde es sein, die sein Team und ihn hier, an diesem eigentlich so idyllischen Ort erwartete.

Mats wusste nicht warum, doch plötzlich war er absolut sicher, dass es Sina war, die dort drüben im Dickicht lag, verborgen unter Ästen oder Laub, vielleicht sogar verscharrt im Dreck, vom Täter entsorgt wie Müll.

Als Anke sich fragend zu ihm umsah, zwang er sich, einen neutralen Gesichtsausdruck aufzulegen, setzte sich in Bewegung, ließ sich auf die Schnelle von den Leuten der Spurensicherung mit ersten Informationen versorgen.

»Es war definitiv unser Mann«, erklärte Roman Meerbusch, ein älterer Kollege, mit dem Mats in der Vergangenheit schon oft zusammengearbeitet hatte. »Dazu muss ich nicht einmal Arzt oder Pathologe sein.« Er seufzte. »Der Täter hat dem Mädchen das Gesicht verstümmelt und das arme Ding anschließend erdrosselt.« Er trat einen Schritt zur Seite, wies Anke und Mats den Weg zu einer Ansammlung dichter Bäume und Büsche in etwa zehn Metern Entfernung. »Dahinter hat er sie im Boden verscharrt, doch irgendwie muss der Regen die Erde wieder aufgelockert haben oder ein paar Viecher haben sich dort zu schaffen gemacht.« Er schnappte nach Luft. »Jedenfalls hat ein Büschel ihrer hellen Haare aus der Erde herausgeragt, was einem Spaziergänger komisch vorkam.«

Mats bedankte sich bei Meerbusch, lief zielstrebig auf die Stelle zu. Als er angekommen war, zog er sich einen Satz Einmal-Füßlinge und -Handschuhe aus der Hosentasche seiner Jeans, stieg über die Markierungen am Boden.

Als er die bleiche, von der Erde verschmutzte und bereits verwesende Leiche sah, setzte sein Atem den Bruchteil einer Sekunde aus. Kurz fragte er sich, ob es die klare Ansage gewesen war, die er an Liv gerichtet hatte und die dafür verantwortlich war, dass er auf einmal das Gefühl hatte, wieder klar denken zu können, seine Gabe – Dinge zu wissen, noch bevor aus Ahnung Gewissheit wurde – zurückerlangt zu haben.

Traurig starrte er in das grauenvolle Antlitz des toten Mädchens, dessen Angehörigen er in Kürze das Herz würde brechen müssen.

»Das verdammte Dreckschwein.« Anke neben ihm ballte ihre Hände zu Fäusten, schüttelte dann den Kopf, sah Mats erschüttert an. »Was glaubst du, könnte es sich um Sina handeln?«

In Mats' Leib verkrampfte sich alles, es fühlte sich an, als umklammere eine eisige Hand seine Gedärme, reiße unbarmherzig an ihnen. Er richtete seinen Blick von Anke auf das tote Mädchen zu seinen Füßen. »Ich glaube es nicht nur, ich weiß es.«

Kapitel 12

Mai 2018
Sylt

Die ausgehobene Baugrube wirkte in der Dunkelheit noch tiefer und noch furchteinflößender. Das aus der Ferne kaum wahrnehmbare Rauschen des Meeres erinnerte an ein näher kommendes, bösartiges Fauchen, welches ihr Innerstes gefrieren ließ. Und doch wagte sie es, einen weiteren Schritt auf den Rand der Grube zuzugehen, dann noch einen, so weit, bis ihre Zehen schließlich einige Millimeter über den Abgrund ragten. Atemlos starrte sie in die Finsternis herab, fragte sich, wie es sein konnte, dass sie selbst noch am Leben war, während ihre kleine Schwester auf solch grauenhafte Weise hatte gehen müssen. Ein Geräusch hinter ihr ließ sie zu Eis erstarren, dann kam die Panik, die es ihr unmöglich machte, sich auch nur einen Zentimeter fortzubewegen. Selbst als sie den Atem eines Menschen im Nacken spürte und ein bedrohlich klingendes Kichern vernahm, vermochte sie es nicht, wegzulaufen, sich in Sicherheit zu bringen.

»Du willst wissen, wie sie gestorben ist?«, flüsterte eine Stimme ganz nah an ihrem Ohr, dann spürte sie eine Hand, die ihren Oberarm mit eisernem Griff umklammerte, sie weiter in Richtung Abgrund schob, bis nur noch der Bruchteil eines Millimeters fehlte, ehe ihr Körper in die Dunkelheit stürzen würde.

»Ich will wissen, warum?«, flüsterte sie entsetzt, schickte ein stummes Stoßgebet zum Himmel, von dem sie wusste, dass es niemals erhört werden würde.

»Das weißt du doch längst«, antwortete die Stimme sanft.

Und obwohl sie keinerlei Kontrolle über den Rest ihres Körpers hatte, schaffte sie es, den Kopf zu drehen und den Menschen anzusehen, der ihren Tod wünschte. Ihr Herzschlag setzte für den Bruchteil einer Sekunde aus, als ihr bewusst wurde, dass da, wo Mund, Nase und Augen sein sollten, nur eine leere, fleischige Masse war.

»Bitte«, flehte sie das gesichtslose Wesen ein letztes Mal an.

Vergebens.

Als sie fiel, schloss sie ergeben die Augen, fragte sich, ob ihre Mutter, wenn sie von ihrem Tod erfuhr, genauso trauern würde, wie sie es bei ihrer Schwester getan hatte.

»Nein!« Die Stimme in ihrem Kopf war stahlhart und frei von jeglicher Emotion.

»Denn du hast den Tod verdient!«

Ein Schrei ließ Liv aus dem Schlaf hochfahren und kurz fragte sie sich, ob sie selbst es gewesen war, die dieses Geräusch verursacht hatte. Doch nein, kurz darauf erklang ein weiterer Schrei, der eines Kindes. Liv stand auf, ging zum Fenster, blickte hinaus, beobachtete eine Gruppe kleiner Jungen, die ausgelassen im Garten des Hotels herumtobten.

Als ihr der Traum einfiel, verkrampfte sich ihr Körper. Dann schoss ihr ein Gedankenblitz durch den Kopf.

War es möglich, dass ihr Unterbewusstsein tatsächlich die Antwort kannte?

Hatte sie deswegen diesen schrecklichen Albtraum gehabt?

Liv setzte sich auf den bequemen Sessel, atmete tief durch. War es möglich, dass Karl, der zweite Mann ihrer Mutter, Bea getötet hatte? War er das gesichtslose Monster aus ihrem Traum? Doch warum sollte er das tun? Weil er die Frau seines Lebens für sich allein wollte?

Doch dann wäre es mit dem Tod ihrer Schwester ja nicht vorbei gewesen, das ergab also keinen Sinn. Er liebte ihre Mutter von ganzem Herzen und über alles, das stand vollkommen außer Frage. Doch würde ein Mann, der so viel Liebe in sich trug, tatsächlich der Frau seines Herzens solch einen grausamen Schmerz zufügen können, den der Verlust eines Kindes in sich barg?

Liv stieß die Luft aus.

Auch das ergab keinen Sinn.

Doch was, wenn …

Allein der Gedanke daran brachte Livs Herz zum Rasen, trocknete ihren Mund aus, nahm ihr die Luft zum Atmen.

Sie griff nach ihrem Handy neben sich auf dem Tisch, wählte die Nummer des Ateliers ihrer Mutter.

»Hast du dich wieder abgeregt?«, kam diese sofort auf den Punkt, nachdem sie bereits beim ersten Klingeln drangegangen war.

Liv ging nicht auf die Stichelei ihrer Mutter ein, überlegte blitzschnell, ob sie der Frau, die sie einst geboren hatte, eine Frage wie diese zumuten konnte.

Schließlich schob sie alle Bedenken beiseite, schluckte gegen den Kloß in ihrem Hals an. »Du bist hundertprozentig sicher, dass Karl dich bereits gestalkt hat, als Papa und du … als ihr noch verheiratet wart?«

Kurzes Zögern am anderen Ende der Leitung.

»Ich bin absolut sicher«, erklärte ihre Mutter dann. »Ich habe Fotos von mir bei ihm gefunden, die das beweisen. Fotos zu Zeiten, als deine Schwester noch lebte und dein Vater noch bei mir war.«

Plötzlich fror Liv, versuchte mit aller Kraft, gegen das Zittern anzukämpfen, das von ihrem Körper Besitz ergriffen hatte. Ergeben schloss sie die Augen. »Hältst du es für möglich, dass Karl nicht nur eifersüchtig, sondern zudem gefährlich sein könnte?«

»Worauf willst du hinaus?«, fragte ihre Mutter argwöhnisch.

»Du hast mir noch immer nicht gesagt, ob du an dem Tag, als meine Schwester verschwand, tatsächlich in deinem Atelier oder bei einem anderen Mann warst.«

Schweigen.

Dann ein Hüsteln.

»Das geht dich nun wirklich nichts an. Was soll das eigentlich mit deiner Frage zu tun haben, ob Karl gewalttätig war?«

»Wenn du nicht arbeiten warst und auch nicht bei Karl, könnte Bea ihn an jenem Tag doch möglicherweise dabei beobachtet haben, wie er dich stalkte? Wir wissen, dass dieser Mann vollkommen verrückt nach dir war, besessen nahezu. Was, wenn Bea wusste, dass er dich und deinen anderen Liebhaber stalkte und er sie tötete, damit sie es dir nicht sagen kann?«

»Das ist absurd!«, rief ihre Mutter aus. »Karl ist total eifersüchtig, liebestoll und auch besitzergreifend. Ich würde mich vielleicht sogar dazu hinreißen lassen, zu sagen, dass seine Liebe zu mir ein klein wenig krankhaft ist.« Sie brach ab, suchte nach Worten. »Karl hat mit Sicherheit psychische Probleme, die unter anderem für das Scheitern unserer Ehe verantwortlich waren. Doch eines ist er hundertprozentig nicht – ein Kindermörder!«

Liv ließ die Worte ihrer Mutter ein klein wenig nachwirken, dann holte sie tief Luft. »Wusstest du, als ihr geheiratet habt, dass er dich kontrollieren würde?«

»Natürlich nicht.«

»Und wusstest du, dass er das auch früher schon getan hat? Dass er über jeden deiner Schritte Bescheid wusste, über Papa, über uns Mädchen?«

»Wusste ich nicht.«

Ein tiefes Seufzen erklang. »Ich weiß, worauf du hinauswillst, und trotzdem bleibe ich dabei. Karl mag ein Kontrollfreak sein, trotzdem ist er kein Irrer, der kleine Mädchen umbringt.«

Nachdem Liv das Telefonat beendet hatte, blieb sie noch ein wenig im Sessel sitzen, um über alles nachzudenken, als ihr Mats einfiel. Alles in ihr schrie danach, ihn anzurufen, seine Meinung zu diesem Thema zu hören, sich bei ihm auszuweinen. Doch letztendlich bahnte sich die Wut über ihn den Weg nach oben, ergriff Besitz von ihr, sodass sie das Bedürfnis, mit ihm zu sprechen, verdrängte.

Wie kam dieser Mann überhaupt dazu, auf diese Art und Weise mit ihr zu sprechen? Ihr noch dazu den Fall zu entziehen? Er wusste doch genau, wie viel Fiona ihr bedeutet hatte. Sollte er doch bleiben, wo der Pfeffer wuchs!

Sie atmete tief durch. Allerdings hatte Mats nicht ganz unrecht, dass seit dem Leichenfund ihrer Schwester alles anders war. Sie hatte sich tatsächlich nur noch damit beschäftigt, kaum noch an Alice, Nelly und Fio gedacht.

Das schlechte Gewissen griff mit eiskalten Klauen nach ihr, drückte sie tiefer in den Sessel hinein, schnürte ihr die Luft ab. *Dennoch,* dachte sie wütend. *Er hätte mir nicht sofort den Fall zu entziehen brauchen. Eine klare Ansage hätte genügt.*

Liv schluckte. Merkwürdigerweise tat es ihr weh, dass er sie aufs Abstellgleis gestellt und ihr klargemacht hatte, dass sie keine Priorität mehr in seinem Leben hatte. Allerdings – und das war ihr genauso klar – war es ihr eigener Wunsch gewesen, Abstand zwischen Mats und sich zu bringen. Sie hatte die Trennung heraufbeschworen, immer wieder darüber nachgedacht, bis sie letztlich Realität wurde.

Als ihr Magen sich schmerzhaft zusammenzog, zwang sie sich, an etwas anderes zu denken.

Fiona. Doch die Erinnerung an ihre tote Freundin tat sogar noch viel mehr weh als das Wissen, dass sie Mats nun für immer verloren hatte.

Ein Geistesblitz durchfuhr sie, stoppte ihr emotionales Gedankenkarussell.

Fiona!

Ihre Anrufe und Nachrichten vor ihrem Tod.

Die Tatsache, dass sie unbedingt mit ihr hatte sprechen wollen, mit Liv.

Hatte all das am Ende gar nichts mit dem zu tun, was ihrer Familie zugestoßen war?

In Livs Kopf drehte sich alles. Konnte es möglich sein, dass das, was Fiona widerfahren war, mit dem zu tun hatte, was ihrer Schwester zugestoßen war?

Hatte Fiona vielleicht eine Antwort darauf gefunden, was mit Bea passiert war? Hatte sie deswegen nur mit Liv sprechen wollen? Sich niemandem sonst anvertraut, nicht einmal der Polizei oder ihrem Schwager?

Hingen beide Fälle am Ende unmittelbar zusammen?

War Bea der gemeinsame Nenner?

Wieder hatte sie das Gesicht jenes Mannes vor ihrem inneren Auge, der ihre Mutter so abgöttisch liebte, dass es ihm egal zu sein schien, dass sie es mit Treue und Monogamie nicht allzu genau nahm.

Traute sie – Liv – ihm zu, einen Mord oder sogar … Morde zu begehen? Zu töten, um sein Geheimnis zu bewahren?

Als Liv klar wurde, dass sie Karl etwas derart Grausames zwar nicht zutraute, es aber dennoch im Bereich des Möglichen lag, fasste sie einen Entschluss. Sie stand auf, zog sich Jacke und Schuhe an, verließ das Zimmer.

Auf der Fahrt zu Karl fühlte Liv sich so aufgewühlt und von Gefühlen wie Wut, Hass, Trauer und Misstrauen überflutet, dass sie den Wagen am liebsten irgendwo am Straßenrand stehen gelassen hätte, um zu Fuß weiterzulaufen. Weiter zu rennen. Sie musste sich dringend beruhigen, das wusste sie, denn nur so wäre es möglich, dem Mann gegenübertreten und ein

Gespräch zu beginnen, das im Grunde darauf hinauslief, das sie ihn des Mordes an ihrer Schwester beschuldigte.

Am Ende hielt sie nicht an, fuhr weiter und immer weiter, bis sie schließlich vor seinem Haus stand, aus dem Auto stieg und auf die Tür zusteuerte, ohne zu zögern auf die Klingel drückte. In ihrem Kopf herrschte ein heilloses Durcheinander, ihr Herz raste vor Angst und Zorn zugleich, umso seltsamer war es, dass sie es trotzdem schaffte, tief durchzuatmen, als seine schlurfenden Schritte erklangen und schließlich die Tür geöffnet wurde.

»Olivia, was verschafft mir denn die Ehre zweier Besuche von dir an einem Tag?« Er klang unbeschwert und arglos, sah sie freundlich an.

»Hast du meiner Schwester etwas angetan, weil sie dich dabei beobachtet hat, wie du meine Mutter gestalkt hast?«, schoss es aus ihr hervor, ohne dass sie sich bremsen konnte.

Karl zuckte zurück, als hätte sie ihm eine Ohrfeige verpasst. Dann füllten sich seine Augen mit Tränen, sein Kinn zuckte. Er sah aus, als bräche er jeden Moment in Tränen aus. »Wie kommst du nur auf so etwas Abscheuliches, Kind? Und was habe ich getan, dass du mir etwas derartig Furchtbares zutraust?«

»Du hast die Ehe meiner Eltern zerstört. Oder zumindest hast du dazu beigetragen.«

Karl schluckte.

Dann nickte er.

»Schuldig im Sinne der Anklage«, gab er schließlich zu. »Trotzdem bin ich kein Wahnsinniger, der einem kleinen Mädchen etwas antun könnte. Noch dazu bedeutet deine Mutter mir mehr als mein eigenes Leben, niemals könnte ich ihr das Kind nehmen.«

»Und warum sagst du mir dann nicht einfach, ob du an jenem Tag mit ihr zusammen warst?«

Er seufzte.

»Das alles ist so lange her.«

»Du weißt es.«

Seufzen.

»Warum fragst du nicht sie danach?«

»Weil sie eine Lügnerin ist. Und es immer war. Und weil sie der Meinung ist, dass mich das nichts angehe.«

Karl räusperte sich. »Glaubst du wirklich, dass sie mich geheiratet hätte, wenn ich der Mann wäre, mit dem sie zusammen war, als deine Schwester verschwunden ist?«

Liv schüttelte den Kopf.

»Warum sagt sie es dann nicht einfach?«

»Weil sie sich schämt, Olivia, deswegen redet sie mit dir nicht darüber. Sie weiß selbst, dass sie eine schlechte Mutter und eine noch schlechtere Ehefrau war. Und doch ist sie ein Mensch. Eine Frau, die sich ihrer Makel sehr wohl bewusst ist und es immer war.«

»Dann war sie also an jenem Tag mit einem anderen Mann zusammen und nicht mit dir?«

Er nickte. »Aber ich habe es von ihr selbst erfahren, lange nachdem wir bereits verheiratet waren.«

»Du hast sie nicht beobachtet?«

»Nicht an dem Tag, an dem Bea verschwand.«

»Gibt es Zeugen?«

Karl lächelte sie warmherzig an. »Man merkt, dass du mit der Polizei zusammenarbeitest.«

»Antworte auf meine Frage!«

»Ich hatte einen Job, musste Geld verdienen. Ich war zwar verrückt nach deiner Mutter und habe sie öfters beobachtet, aber meinen Job wollte ich dafür nicht riskieren.«

Liv sah ihn schweigend an, nickte dann.

»Du glaubst mir trotzdem nicht, stimmt's?«

Karl sah sie mit einer Mischung aus Neugier und Traurigkeit an.

Liv senkte den Blick, hob die Schultern. Als sie wieder aufsah, atmete sie tief durch. »Mein Bauch sagt, dass du es nicht gewesen bist«, sagte sie leise. »Blöderweise hab ich auf den noch nie gehört, war immer schon ein Kopfmensch.«

Auf der Fahrt zurück ins Hotel ließ Liv das Gespräch mit Karl wieder und wieder Revue passieren.

Fragte sich, ob es tatsächlich so war, wie sie es ihm hatte glauben lassen wollen. Dass ein Teil von ihr ihn für unschuldig hielt, während ihr Kopf wusste, dass er schuldig war.

Sie seufzte ergeben. Die Realität sah so aus, dass sie absolut keinen Sinn darin erkennen konnte, weshalb dieser Mann eine solche Tat begangen haben könnte. Auch in Bezug auf Fio ergab das alles keinen Sinn. Ihre Freundin war zum Zeitpunkt des Verschwindens ihrer Schwester mit ihr zusammen gewesen, konnte also gar nicht wissen, wem Bea damals über den Weg gelaufen war. Wie und warum sollte sie Jahrzehnte später einen Zusammenhang erkennen? Einen Zusammenhang, der sie und ihren Mann das Leben kosten würde?

Ein eingehender Anruf riss sie aus ihren Gedanken. Sie sah auf das Display im Armaturenbrett, überlegte, ob sie den Anruf ablehnen sollte, entschied sich dann aber dagegen.

»Wie geht's dir?«, drang Mats' Stimme aus dem Lautsprecher. Er klang zerknirscht und gestresst zugleich, Liv hörte aus seiner Stimme heraus, dass ihm sein gestriger Anruf wohl mehr zusetzte als ihr.

»Ich wollte mich entschuldigen, dass ich dich gestern so schroff behandelt habe«, erklärte er.

»Und dass du mich von Fio abziehst, tut dir das auch leid?«, fragte Liv mehr im Scherz als ernst gemeint.

»Nein!« Mats' Stimme wurde fester. »Du bist definitiv draußen und das ist gut so.«

Liv erwiderte nichts darauf, überlegte blitzschnell, ob sie ihm ihre Gedanken bezüglich Karl anvertrauen sollte. Schließlich entschied sie sich dafür, fasste kurz und bündig alles Relevante zusammen.

Einen Augenblick lang herrschte Stille in der Leitung, dann erklang ein leiser Zischlaut. »Du bist einfach zu ihm hingefahren und hast ihn mit deiner Überlegung, er könne der Täter sein, konfrontiert?«

Liv verzog das Gesicht zu einem Lächeln. »Du weißt, dass ich manchmal zu äußerst fatalen Entscheidungen neige.«

Ein Seufzen ertönte. »Das weiß niemand besser als ich«, bestätigte er. »Trotzdem war es wahnsinnig gefährlich, zu ihm zu fahren und ihm etwas derartig Anmaßendes vor den Latz zu knallen. Was, wenn er tatsächlich damit zu tun hat, und du jetzt eine Gefahr für ihn darstellst?«

»Dann hältst du das für möglich?«

»Ich habe noch nie mit diesem Mann gesprochen, ihn noch nie persönlich gesehen, kenne bislang auch nur deine Seite dieser Geschichte, darf mir im Prinzip überhaupt kein Urteil erlauben.«

»Ist das deine Antwort als mein Freund oder als Polizist?«

»Letzteres, Liv«, erklärte Mats ein wenig sanfter, aber dennoch mahnend. »Deswegen muss ich dir auch dringend raten, dich unbedingt von diesem Mann fernzuhalten, bis meine Kollegen diesbezüglich auf dich zukommen. Ich schätze, dass sie morgen früh vor Ort sein werden und zuerst mit dir sprechen wollen. Erzähl ihnen, was du mir gerade gesagt hast, dann sehen wir weiter.«

Als Liv aus dem Aufzug trat, war sie derart in Gedanken versunken, dass ihr die Silhouette des Mannes vor ihrem Zimmer erst auffiel, als sie nur noch wenige Meter von ihm entfernt war. Im ersten Augenblick dachte sie daran, umzudrehen und wegzulaufen, doch dann straffte sie die Schultern, ging schnurstracks auf ihn zu. Ihre Gedanken um Mord und Totschlag, um Schuld und nicht Schuld spielten ihr Streiche, begannen auf ihrem sowie schon strapazierten Nervenkleid Spuren zu hinterlassen.

Trotzdem stieß sie einen erleichterten Seufzer aus, als sie sah, dass es Niklas war, der vor ihrer Tür stand und mit Tüten vom Lieferservice auf sie wartete. Er lächelte sie an, begrüßte sie mit einem flüchtigen Kuss auf die Wange, schwenkte eine der Tüten vor ihrer Nase. »Ich hoffe, du magst italienisches Essen«, erklärte er und sah ihr prüfend ins Gesicht. »Ist es dir unangenehm, dass ich einfach auftauche, obwohl ich gesagt hatte, dass es heute nicht klappt?«

Liv schüttelte den Kopf. »Ich bin nur überrascht, ehrlich gesagt.«

Niklas' Gesicht verdüsterte sich. »Ich hatte heute einen echten Scheißtag«, setzte er dann zur Erklärung an. »Der Tod meines Bruders, Nellys Verschwinden – das alles setzt mir mehr zu, als ich wahrhaben wollte. Andreas und ich standen einander während unserer Jugend nicht sonderlich nahe, vielleicht weil er ein besseres Verhältnis zu unserem Vater hatte, während ich zu unserer Mutter hielt. Diese gegensätzlichen Zugehörigkeitsgefühle ließen uns auseinanderdriften, unsere Sichtweisen passten irgendwann überhaupt nicht mehr zusammen. Aber innerhalb der letzten Jahre sind wir wieder fester zusammengewachsen, zu Freunden geworden, deswegen schmerzt es umso mehr, zu wissen, dass ich nie wieder mit ihm oder seiner Frau sprechen werde, ich meinen Bruder und meine Schwägerin verloren habe.« Er sah Liv an, schluckte schwer. »Ich wollte wirklich allein sein, doch dann hatte ich auf einmal das überwältigende Bedürfnis, dich wiederzusehen, weil du die einzige Person bist, von der ich mir vorstellen kann, dass sie weiß, wie ich mich fühle. Außerdem hätte es sich für mich einfach nur grausam angefühlt, in diesem Zustand allein essen zu müssen, ich hoffe, das macht dir nichts aus, dass ich dich sozusagen nur für meine Zwecke missbrauche.«

Liv, die es endlich geschafft hatte, die Tür zu öffnen, schob Niklas über die Schwelle. Als sie sich im Gang ihres Zimmers gegenüberstanden, nickte sie. »Okay. Essen und reden – das klingt nach einem guten Plan für den heutigen Restabend.« Sie seufzte, versuchte sich an einem aufmunternden Lächeln, das jedoch kläglich misslang. »Allerdings bin ich selbst total durch den Wind, deswegen kann ich dir beim besten Willen nicht versprechen, dass deine Entscheidung, herzukommen, die richtige war.«

Kapitel 13

Mai 2018
Sylt

Als Mats zu Anke ins Büro trat, fand er seine Kollegin tief konzentriert am Computer vor. Als sie ihn bemerkte, zuckte sie zusammen, wirkte seltsam abwesend. »Was machst du gerade?«, wollte er wissen, setzte sich ihr gegenüber. Anke warf ihm einen Blick zu, seufzte. »Ich habe noch ein paar Antworten an auswärtige Kollegen geschrieben, die wegen unserer Mordserie Fragen hatten.«

Mats wartete geduldig, bis Anke fertig geschrieben hatte, dann räusperte er sich. »Wie kommst du mit Teenagern klar?«, fragte er schließlich.

Anke sah ihn verwirrt an. »Wie darf ich diese Frage verstehen?«

»Du hast keine Kinder, aber soweit ich mich erinnere, zwei jüngere Geschwister. Hast du noch etwas behalten, was den Umgang mit ihnen betrifft?«

Anke verzog das Gesicht. »Du willst mich zu diesem Mädchen schicken, stimmt's?«

Mats nickte. »Da ich Liv von dem Fall abgezogen habe, brauche ich jemanden, der sich mit Alice auseinandersetzt.«

»Und da dachtest du, da ich mit jüngeren Geschwistern aufgewachsen bin, könnte ich das gleich übernehmen?«

Mats bemerkte, dass Anke mit der Entscheidung nicht glücklich war, ignorierte dies jedoch. »Du fährst in die Psychiatrische Kinderklinik rüber und bittest vorab um einen Termin mit Professor Ulrich. Er ist mit Liv befreundet, hat Alice in seiner Obhut, von ihm erfährst du alles zum aktuellen Zustand des Mädchens. Wenn jemand außer Liv vielleicht weiß, wie wir zu Alice durchdringen können, dann er.«

Anke stieß wütend die Luft aus. »Und warum kann das nicht jemand anders machen? Eine Kollegin von Liv beispielsweise?«

»Weil das viel zu lange dauern würde«, erklärte Mats. »Wir müssten erst nach einer geeigneten Kollegin suchen, um Genehmigung bitten, dass sie zu unserem Team stoßen darf, sie dann noch mit dem Fall vertraut machen und die Zeit dafür haben wir einfach nicht. Ich habe vorhin mit dem Leiter der Suchaktionen auf Sylt gesprochen. Wir haben bis heute noch immer nicht die kleinste Spur von Nelly. Das Mädchen ist inzwischen seit Tagen verschwunden und so langsam mache ich mir große Sorgen, ob wir sie überhaupt noch lebendig finden. Ich bin absolut sicher, dass Alice etwas über ihren Aufenthaltsort weiß, und genau an diese Informationen müssen wir kommen. Notfalls mit ein klein wenig Druck, denn gutes Zureden seitens Olivia hat ja nun auch nicht den gewünschten Erfolg gebracht.«

»Alice ist nicht umsonst in der Klinik. Sie ist traumatisiert. Was also soll ich da ausrichten, wo das Fachwissen einer Psychologin versagt hat?«

»Liv hat nicht versagt«, erklärte Mats bestimmt. »Sie wollte vor Ort mit ein paar Leuten reden, dann zurück in die Klinik fahren, hätte sicher auch Erfolg gehabt, wäre nicht das mit ihrer Schwester dazwischengekommen. Doch jetzt ist es nun mal so, dass wir auf uns gestellt sind, und da müssen wir eben versuchen, das Beste draus zu machen.«

Anke schluckte hart. »Dann ist es beschlossene Sache?«

Mats nickte.

»Und wer kümmert sich um alles vor Ort, in Bezug auf das tote Ehepaar?«

»Ich habe gerade ein Team aus drei Leuten zusammengestellt. Alexandra wird fahren, gemeinsam mit drei Kollegen aus Technik und Recherche. Die sollen die Befragungen des Umfelds des Ehepaars durchführen, sich vor Ort auch mit dem Suchtrupp zusammentun.«

»Und Livs Schwester? Was unternehmen wir in Bezug auf sie?«

Mats sah betreten zu Boden. »Darum kümmert sich ebenfalls das Team vom Claasen – Fall. Ich brauche die meisten Leute hier vor Ort in Hamburg. Diese Mordermittlung steht sowieso unter keinem guten Stern, da kann ich nicht noch mehr Mitarbeiter entbehren. Außerdem gehen heute die Grabungen im Rantzauer Forst los und je nachdem, was sich dort ergibt, wird es sowieso eng genug.«

»Was ist mit dieser Limmer? Wann ist sie so weit, uns ein erstes Profil des Täters zu präsentieren?«

Mats sah Anke entschuldigend an. »Ich weiß, dass du lieber nach Sylt gefahren wärst oder die Leitung bei der Grabung hättest, doch ich bin sicher, dass meine Entscheidung richtig ist, dich zu Alice zu schicken.«

»Das war nicht meine Frage«, erwiderte Anke noch immer angesäuert.

Mats nickte unbehaglich. »Wir treffen uns in einer halben Stunde im Konferenzzimmer, danach machen sich alle Kollegen auf den Weg zu ihren Einsatzorten. Im Übrigen hat Ohlsen angerufen – es handelt sich bei dem letzten Opfer tatsächlich um Sina.«

Mats stand auf, ging zur Tür. Er war schon fast draußen, als Anke ihn zurückhielt. »Was machen wir eigentlich mit der Presse? Hast du mal darüber nachgedacht, ob es nicht doch hilfreich wäre, wenn die Bevölkerung Bescheid wüsste und die Mädchen da draußen noch vorsichtiger in Bezug auf Fremde reagieren würden? So könnten wir die Gefahr, weitere Opfer zu riskieren, auf einen Bruchteil minimieren. Wir könnten beispielsweise Jana Limmers Informationen in eine Pressemitteilung einbauen, den Täter so in die Enge treiben.« Sie hob die Schultern, sah Mats fest an. »Ich meine, was haben wir zu verlieren? Im Grunde führen unsere Ermittlungen bislang ins Leere. Wir können nicht weniger als Nichts haben. Aber wir könnten sichergehen, dass es der Täter so schwer wie möglich haben wird, an weitere Opfer zu kommen.«

»Und was ist mit Samantha? Wir haben sie noch nicht gefunden. Was, wenn sie tatsächlich noch am Leben ist und der Täter sich durch eine solche Aktion in die Enge getrieben fühlt, sich zu einer Kurzschlussreaktion hinreißen lässt? Immerhin besteht die realistische Chance, das Mädchen lebendig zu finden – willst du das riskieren?«

Anke sah Mats zweifelnd an. »Wir haben bislang keines der vermissten Mädchen lebend gefunden, selbst Sina nicht und sie ist zuletzt verschwunden. Sollen wir wirklich für eine Unwahrscheinlichkeit weitere Leben riskieren?«

Im Konferenzzimmer herrschte eine bedrückte Stimmung, was mit an Sicherheit grenzender Wahrscheinlichkeit dem jüngsten Leichenfund zuzuschreiben war. Mats kam nicht umhin, zuzugeben, dass sein gesamtes Team mittlerweile geteilter Meinung war und nicht nur, wie angenommen, Anke und er. Der Großteil seiner Kollegen war ihrer Meinung, dass sie die Presse ins Boot holen sollten, um die Bevölkerung intensiver zu sensibilisieren, somit weitere Opfer zu vermeiden. Der weitaus geringere Anteil stand auf Mats' Seite und war dafür, diese Mordserie und alle damit einhergehenden Ermittlungen und Überlegungen so gut es ging unter Verschluss zu halten, nur das Nötigste an die Öffentlichkeit zu geben, um erstens keine Panik zu schüren und zweitens die Ermittlungen sowie Samantha – sofern sie überhaupt noch lebte – nicht zu gefährden. Jana Limmer von der Ofa sah die Sache nach einer kurzen Rücksprache vor der

Konferenz wie Mats. Es konnte passieren, dass sich der Täter mit einer Medienoffensive in die Enge getrieben fühlte und er sich zu einer Kurzschlussreaktion hinreißen ließ, was dem noch immer vermissten Mädchen zum Verhängnis werden konnte.

Bei inzwischen fünf toten Teenagern war Mats dieses Risiko zu hoch. Aber vielleicht verrannte er sich auch, traf die falsche Entscheidung. Er seufzte, sah zu Jana Limmer, die vor dem großen Tisch stand und ungeduldig darauf wartete, bis alle Aufmerksamkeit auf sie gerichtet war.

»Die meisten von Ihnen kennen mich bereits«, eröffnete sie die Konferenz und kämpfte so gegen die letzten Tuschler an, sah sich aufmerksam reihum. »Mats Sahler war so nett, mir die wichtigsten Punkte als Akte zusammenzustellen, sodass ich mir einen umfassenden Überblick verschaffen konnte.«

Sie räusperte sich. »Was die Serienmorde angeht, bin ich zu dem Schluss gekommen, dass Sandra, unser vor zwei Jahren in Hamburgs Umgebung gefundenes totes Mädchen, nicht das erste Opfer des Täters gewesen sein kann. Dafür sieht die Tat an sich zu organisiert aus. Der Täter hat keinerlei Fasern, Haare oder Hautschuppen an der Leiche hinterlassen, was mich darauf schließen lässt, dass er sich gut vorbereitet hat. Zu gut für einen allerersten Mord – wie ich finde. Hinzukommen das Alter der Mädchen, deren Größe und Statur. Sie waren allesamt groß und schlank, im Grunde trotz ihres Geschlechts kräftige Teenager, alt genug, um zu begreifen, was ihnen bevorstand, das heißt, sie müssen mit dem Gedanken gespielt haben, sich zu wehren, haben mit Sicherheit versucht, um ihr Leben zu kämpfen, und trotzdem verloren. Der Täter hat also auch diesen Punkt berücksichtigt, ist kein unnötiges Risiko eingegangen. Doch wie konnte der Täter Sandra und die anderen Mädchen unbemerkt überwältigen, das Überraschungsmoment für sich nutzen? Hat er die Mädchen derart eingeschüchtert, dass sie es nicht wagten, zu fliehen oder gegen ihn anzukämpfen?«

»Vielleicht kannte er sie ja doch«, kam es von einer jungen Frau, die ganz hinten saß und erst seit Kurzem zu Mats' Team gehörte.

Limmer schüttelte den Kopf.

»Dass die Mädchen ihren Mörder kannten, glaube ich nicht, allerdings habe ich vorhin noch mit Sinas Großmutter gesprochen und die ist absolut sicher, dass ihre Enkelin niemals, wirklich niemals ins Auto eines Fremden eingestiegen wäre. Das widerspricht sich also schon mal mit meiner Sicht der Dinge.« Limmer seufzte. »Deswegen sollten wir bei unseren Ermittlungen vorerst beide Möglichkeiten berücksichtigen und erneut das direkte Umfeld aller Mädchen akribisch durchforsten, ob es nicht doch etwas gibt, irgendeine klitzekleine Gemeinsamkeit, die bislang übersehen wurde.«

Jana Limmer setzte sich, trank einen Schluck, ließ ihre Worte wirken. Dann holte sie tief Luft. »Dennoch sollten wir auch meine Vermutung keinesfalls vernachlässigen, nämlich die, dass die Mädchen den Täter nicht gekannt haben. Wenn wir diesen Faden weiterspinnen, bleiben nicht allzu viele Optionen offen. Gerade Sina war kräftig und schnell, trieb Sport, was also machte der Täter, um ein Mädchen wie sie in seine Gewalt zu bekommen?« Sie schluckte, warf Mats einen Blick zu.

»Vielleicht schaffte er es irgendwie, Vertrauen zu seinen potenziellen Opfern aufzubauen. Allerdings muss man bedenken, dass dafür die Zeit viel zu kurz ist. Denn in einem sind wir uns – glaube ich zumindest – alle einig: Wenn Jana Limmer recht hat und der Täter die Mädchen nicht kannte, kann es sich nur um Zufallsopfer handeln. Dafür spricht unter anderem, dass es nach wie vor keinen Hinweis gibt, dass die Mädchen – bis auf ihr Aussehen – Gemeinsamkeiten wie Freundeskreis, Hobbys, sonstiges Umfeld und Alltagsverpflichtungen hatten. Was das angeht, haben wir alles mehrfach durchleuchtet. Soziale Kontakte, Social Media, die Krankenvorgeschichten, finanzieller Status, Schulumfeld etc. Kurzum, die Mädchen hatten, soweit wir bislang wissen, rein gar nichts miteinander zu tun, lebten in verschiedenen Gegenden, sind sich zu Lebzeiten wahrscheinlich nicht einmal über den Weg gelaufen. Wie also könnte sich dieser Mann seinen Opfern nähern, sie überwältigen?«

Jana hob die Schultern, stand auf, blickte in die Runde. »Irgendwelche Ideen bezüglich Mats' Ausführungen?«

»Vielleicht schüchtert er sie ein?«, brachte eine junge Frau aus der Recherche hervor.

»Und auf welche Art und Weise tut er dies?«, fragte Jana zurück.

»Er könnte eine Schusswaffe in seinem Besitz haben!«

»Der Gebrauch einer Pistole zieht zu viel Aufmerksamkeit auf sich«, gab Mats zu bedenken.

»Vielleicht hat er ja ein Messer … Allerdings müsste er dazu erst mal nah genug an die Mädchen herankommen, um sie in Schach zu halten.«

Mats räusperte sich. »Wenn er über ein attraktives, seriöses Aussehen verfügt, könnte er einen Nerv der Mädchen getroffen haben, sie so dazu gebracht haben, sich ihm arglos zu nähern.«

Jana nickte nachdenklich. »Darauf komme ich gleich noch zurück«, erklärte sie. »Doch zuvor wollen wir noch mal auf das WIE eingehen.«

Anke hob die Hand. »Wäre es zum Kampf zwischen Opfer und Täter gekommen, hätten wir zumindest unter den Fingernägeln der Opfer Fasern der Kleidung des Täters finden müssen oder Hautpartikel. Möglicherweise hätten einige der Mädchen auch abgebrochene oder eingerissene Fingernägel oder Schürfwunden sowie Druckstellen aufweisen müssen, doch auch diesbezüglich haben wir keinerlei Auffälligkeiten gefunden, bis auf die offensichtlichen Misshandlungsspuren sowie Rötungen an den Handgelenken, welche auch Fesselspuren sein könnten.«

»Also halten wir fest«, führte die Spezialistin Ankes Ausführung weiter, »dass die Mädchen sich beim Erstkontakt mit dem Täter nicht gewehrt haben. Und da keinerlei Spuren von Betäubungsmittel in ihrem Blut gefunden wurden, müssen wir uns ernsthaft fragen, wie sich diese bedingungslose Unterwerfung der Mädchen dem Täter gegenüber erklären ließe.«

»Alle Mädchen hatten Verletzungen im Kopfbereich«, warf Mats ein. »Wenn es der Täter also entgegen jedweder Vernunft doch schaffte, sich das Vertrauen der Mädchen zu erschleichen, sodass sie sich ihm zumindest auf wenige Meter näherten, dann wäre es ein Leichtes für ihn gewesen, sie niederzuschlagen und sich ihrer habhaft zu machen.«

Jana Limmer nickte nachdenklich. »Also sollten wir die Waffenoption doch in Betracht ziehen und alle Leute aus dem Umfeld der Mädchen, die mit Waffen in Kontakt kommen könnten, genauestens überprüfen, sofern das nicht bereits geschehen ist. Ansonsten würde ich jetzt gerne das Profil verlesen, vielleicht fällt jemandem noch etwas ein.«

Sie zog ein Blatt Papier aus ihrem Ordner, sah sich reihum. »Der Mann, den wir suchen, ist Anfang dreißig bis maximal Mitte vierzig, wobei er mit Sicherheit um einiges jünger wirkt. Er verfügt über ein sehr gepflegtes, wahrscheinlich sogar attraktives Aussehen, ist überdurchschnittlich intelligent. Er hat entweder familiäre Verpflichtungen oder einen Job mit Verantwortung, braucht es, in wenigstens einem Bereich seines Lebens die Kontrolle zu behalten. Und …«, Jana Limmer brach ab und holte tief Luft. »Ich stimme mit Ihren Überlegungen als Team überein – seine Taten sind nicht sexualisierter Natur – ihm geht es bei seinen Taten nicht im Geringsten um die eigene sexuelle Befriedigung. Ich gehe sogar so weit, zu sagen, dass es ihm nicht einmal in allererster Linie ums Morden geht. Vielmehr fügt er seinen Opfern körperliches Leid zu, um sie zu bestrafen, vielleicht tatsächlich für etwas, das ihm selbst angetan wurde, als er im Alter dieser Mädchen war.«

»Das würde dann ja genau zu Ihrer Anmerkung vom Anfang der heutigen Konferenz passen, dass die Morde bereits lange vor Sandra angefangen haben«, erklärte Alexandra und warf Mats einen unsicheren Blick zu.

Jana Limmer nickte betreten. »Ich gehe fest davon aus, dass das Berliner Skelett zu unserem Fall gehört und auch die in München vermissten Mädchen aufs Konto unseres Killers gehen. Schlecht ist, dass sowohl Berlin als auch München so weit in der Vergangenheit liegen, dass es schwierig wird, etwas für unsere Ermittlungen Relevantes zutage zu fördern.«

»Wenn unser Täter früher in Berlin und München sein Unwesen getrieben hat und sich jetzt zum Großteil in Hamburg aufhält und hier mordet, könnte das bedeuten, dass er einen Job als Monteur oder Vertreter hat.«

Limmer schüttelte den Kopf. »Nicht unbedingt«, gab sie zu bedenken. »Berlin und München liegen über zehn, vielleicht sogar 15 Jahre oder länger zurück, fallen aber ungefähr auf denselben Zeitraum. Das Mädchen aus Berlin verschwand etwa zeitgleich wie die Mädchen aus München. Wenn der Täter also Mitte bis Ende dreißig oder sogar älter ist, war er zum Zeitpunkt dieser Taten maximal Mitte zwanzig.«

»Und was wollen Sie damit sagen?«, fragte Mats.

»Dass es auch diesbezüglich mehrere Optionen gibt. Er könnte damals in Berlin oder München studiert haben, was zu seinem Gesamtprofil in Bezug auf seine Bildung passen würde. Doch natürlich wäre es ebenso möglich, dass er damals einen oder gar mehrere Jobs hatte, die regelmäßiges Reisen erforderlich machten, womit jüngere Menschen oftmals weniger Probleme haben. Und jetzt, da er älter ist, hat er sich hier ein festes Standbein geschaffen, wodurch Hamburg zum Mittelpunkt seiner Taten wurde.«

»Und weshalb war da eine so lange Pause?«, wollte Alexandra wissen. »Die Leiche aus Berlin und die vermissten Mädchen aus

München führen unsere Ermittlung weit in die Vergangenheit, während Sandra erst viel später folgen sollte.«

»Es könnte einen Auslöser gegeben haben, der ihn veranlasste, nach einer längeren Pause wieder damit anzufangen«, sagte Anke vage.

Jana Limmer schüttelte den Kopf. »Oder er hat niemals mit dem Töten aufgehört und wir sind einfach nur zu blind, die Zusammenhänge zu anderen Morden zu erkennen. Die Gewissheit darüber, welcher Mord sein erster war, könnte unsere erste richtig heiße Spur werden.«

Mats nickte bestätigend. »Deswegen habe ich bereits veranlasst, auch im Ausland nach ähnlichen Fällen und vermissten Mädchen zu recherchieren, die zu unserem Fall passen könnten. Und wir haben Anfragen an alle Dienststellen im Land weitergeleitet, mit der Bitte um eilige Bearbeitung – bislang leider ohne Erfolg.«

»Könnte der Fall des toten Mädchens auf Sylt mit der Mordserie in Verbindung stehen?«, fragte Alexandra und sah schüchtern von Mats zu Jana Limmer.

Mats sah seine Kollegin erstaunt an. »Wie kommen Sie darauf? Das Sylter Mädchen war zum Zeitpunkt seines Todes erst sieben Jahre alt, während die Opfer der Mordserie …« Er brach ab, als ihm die junge Frau einen Ausdruck reichte, auf dem das um zehn Jahre gealterte Gesicht von Livs Schwester zu sehen war.

»Was bedeutet das?«, fragte er atemlos.

»Irgendwie hab ich in der vergangenen Nacht den Fall von Olivias Schwester nicht mehr aus dem Kopf bekommen und mal ein wenig mit der Bildbearbeitung herumexperimentiert«, erklärte Alexandra. »Ein vermisstes blondes Mädchen, das erst Jahrzehnte später gefunden wird – genauso war es auch bei dem Mädchen in Berlin oder, falls die Leichen irgendwann gefunden werden, bei denen aus München. Wenn wir das Alter von Beate beiseitelassen und nur die Tat an sich betrachten, das gesamte Drumherum, dann haben wir auch in Sylt ein lange vermisstes und am Ende tot aufgefundenes Mädchen, dem grobe Gewalt im Bereich des Kopfes angetan wurde und dessen Zungenbein gebrochen ist, was zwar sowohl durch die Bergungsarbeiten, aber eben auch durch den Täter verursacht worden sein könnte. Hinzu kommt, dass nicht von der Hand zu weisen ist, dass Olivias Schwester, wäre sie älter gewesen, zu einhundert Prozent zu den anderen Opfern passen würde.«

Kapitel 14

Mai 2018
Sylt

Als Liv aus der Dusche trat und ihr Gesicht im Spiegel betrachtete, erschrak sie. Ihre Wangen waren eingefallen und ihre Augen stachen aus dunklen Höhlen hervor, was wohl dem Umstand zu verdanken war, dass sie seit Tagen viel zu wenig aß und genauso wenig schlief, geschweige denn zur Ruhe kam.

Kurz kam ihr der Gedanke, ob es nicht besser gewesen wäre, Niklas gestern Abend nicht weggeschickt zu haben. Vielleicht hätte sie – mit einem warmen Körper neben sich – wenigstens ein paar Stunden Schlaf bekommen, anstatt sich die Nacht mit Grübeleien um die Ohren zu schlagen. Die Vorstellung eines gemeinsamen Frühstücks kam ihr auf einmal wahnsinnig verlockend vor, deshalb überlegte Liv kurz, Niklas anzurufen und ihn zu bitten, ihr Gesellschaft zu leisten, unterließ es dann aber.

Er war enttäuscht gewesen, als sie ihn gestern Nacht noch gebeten hatte, zu gehen, doch irgendwie hätte sich eine gemeinsame Nacht für sie nicht richtig angefühlt. Und auch jetzt war etwas in ihrem Innern, ein Gefühl, Intuition vielleicht, welche Liv sagte, dass es besser wäre, nicht zu viel Zeit mit diesem Mann zu verbringen, sich nicht vollends auf ihn einzulassen. Lag es daran, dass ihr Herz noch immer an Mats hing? Doch der hatte ja keinen Zweifel daran gelassen, dass ihre gemeinsame Vergangenheit nicht viel mehr als eine miese Erinnerung für ihn war, er auf Abstand gehen wollte.

Was also hielt sie davon ab, Niklas näherzukommen, ihm zu erlauben, ihre Mauern, die sie um sich herum aufgebaut hatte, zu durchbrechen, ihr Innerstes zu erforschen. Vielleicht war es ja von Anfang an gar nicht Mats gewesen, der für sie bestimmt war.

Doch konnte derjenige tatsächlich Niklas sein? Ein Mann, mit dem sie momentan nicht viel mehr als ein ähnlich schweres Päckchen verband, das sie beide zu tragen hatten?

Als sie ihm gestern von ihrer Vermutung Karl betreffend erzählt hatte, war er plötzlich seltsam still geworden. Er hatte lange über ihre Worte nachgedacht, schließlich genickt und ausgesprochen, was sie selbst ebenfalls in Betracht gezogen hatte. Nämlich, dass Morde aus Eifersucht und Verzweiflung sehr häufig begangen wurden, ein solch starkes, leidenschaftliches Motiv keineswegs einfach als nichtig beiseitegeschoben werden dürfe.

Dennoch hatte er dasselbe gesagt wie Mats und Liv das Versprechen abgerungen, sich von ihm fernzuhalten. Auch in Bezug auf den Fall seines ermordeten Bruders und Fiona hatte er Mats zugestimmt. »*Du bist, genau wie ich, zu nah dran. Wir sollten dieses Verbrechen deswegen in Hände geben, die das Ganze aus einem neutralen Blickwinkel betrachten können.*«

Zuerst hatte Liv ihm widersprochen, doch dann kam sie auch dahingehend nicht mehr umhin zuzugeben, dass er absolut recht hatte. Zumindest was Mats' Entscheidung anging. Natürlich hatte er sie abziehen müssen. Fiona war ihre beste Freundin gewesen, sie hatte auch deren Mann gekannt. Noch dazu ihre eigene Vergangenheit, die sie mit der Insel verband. Im Grunde hätte Mats ihr gar nicht genehmigen dürfen, herzukommen. Und dass er seinen Fehler nun wiedergutmachen wollte, konnte sie ihm nun wirklich nicht verübeln.

Sie nahm ihre Bürste zur Hand, kämmte sich das dunkle Haar aus der Stirn und zu einem Zopf zusammen, verzichtete jedoch darauf, sich zu schminken.

Bei dem Gesicht bringt das eh nichts mehr, dachte sie frustriert, als sie aus dem Badezimmer ging und in ihre Klamotten schlüpfte. Dann setzte sie sich an den Tisch vorm Fenster, nahm den Notizzettel zur Hand, den sie vergangene Nacht zusammengekritzelt hatte.

Kurz fragte sie sich, ob sie tatsächlich riskieren sollte, so richtig mit Mats aneinanderzugeraten, wenn sie sich über ihn hinwegsetzte, entschied dann aber, dass es ihr egal war. Seine Entscheidung nachvollziehen zu können, sie zu verstehen und nicht als Angriff gegen sich zu sehen, war eine Sache. Sie widerstandslos zu akzeptieren, eine ganz andere.

Fakt war, dass Fiona zu Kinderzeiten ihre beste Freundin gewesen war, und auch als sie älter geworden waren, sich kaum noch gesehen hatten, standen sie einander noch nahe, selbst über die Distanz hinweg. Und ja, Mats hatte nicht unrecht gehabt, als er ihr vorwarf, dass sie, seit man Bea gefunden hatte, kaum noch Zeit damit verbrachte, sich mit dem Tod von Fio und ihrem Mann zu beschäftigen, geschweige denn, weiterhin nach Nelly zu forschen oder sich um Alice zu kümmern. Dennoch war ihr – selbst im Angesicht dessen, dass ihre Schwester ermordet worden war – das Schicksal dieser Familie nicht egal.

Aus diesem Grund hatte sie auch in der vergangenen Nacht diese Liste erstellt. Eine Liste mit Punkten, die sie abarbeiten wollte, solange sie noch hier vor Ort war.

Denn eines war ihr klar geworden, während sie sich im Bett hin und her gewälzt und vergebens versucht hatte, Schlaf zu finden.

Für ihre Schwester konnte sie, so sehr es auch schmerzte, dies zuzugeben, nichts mehr tun. Beate war und blieb tot, ermordet von einem bislang Unbekannten. Vielleicht würde es der Polizei über kurz oder lang gelingen, herauszufinden, wer für diese Tat verantwortlich war.

Doch Nelly … vielleicht war sie wenigstens noch am Leben?

Das musste sie einfach.

Für Fionas sechsjährige Tochter gab es noch den klitzekleinen Hauch einer Chance, das war ihr gestern nach dem Essen mit Niklas klar geworden. Für sie lohnte es sich, weiterzumachen und nicht aufzugeben. Nicht einfach abzuschalten, so wie sie es damals bei Beate getan hatte.

Es war schon früher Nachmittag, als Liv sich endlich eine Pause gönnte. Sie setzte sich in ein schnuckeliges Café, das erst vor wenigen Monaten eröffnet worden war, und bestellte sich eine Portion frisch gebackener Waffeln mit Erdbeeren und Sahne, dazu eine Kanne Tee mit einem Schälchen Sahne.

Neben des Essens ging sie in Gedanken ihre Liste durch, erkannte, dass sie, obwohl sie den kompletten Vormittag damit verbracht hatte, Fionas Nachbarn, Freunde und Bekannte zu durchlöchern, noch immer nichts in der Hand hatte. Ganz davon abgesehen, dass ein paar von ihnen irritiert beziehungsweise gereizt gewirkt hatten, weil sie am heutigen Tag bereits zum zweiten Mal mit den Morden an Fiona und Andreas konfrontiert worden waren. Auf Livs Nachfragen, hatten sie ihr erzählt, dass ein Soko-Team seine Ankunft auf Sylt für die nächsten Stunden angekündigt hatte und deswegen bereits im Vorfeld Termine vereinbart werden sollten. Erst da war Liv eingefallen, dass Mats angedeutet hatte, Mitarbeiter seines Teams vorbeizuschicken, die sich mit dem Fall befassen würden. Sie hoffte inständig, dass es keiner der Leute, mit denen sie selbst vorhin gesprochen hatte, sich darüber beschwerte, anderenfalls wäre ihre private Schnüffelei schneller vorbei, als ursprünglich geplant. Sie hatte zuerst überlegt, mit Alice Lehrern zu sprechen oder mit ihren Freundinnen, evtl. sogar mit Nellys Freundinnen, doch dann war ihr klar geworden, dass, wenn es etwas geben sollte, das Alice dazu veranlasst hatte, tatsächlich ihre Eltern zu töten, sie es niemals ihrem Umfeld anvertraut hätte. Ein

Mädchen, das es fertig brachte, seine Eltern zu töten, wäre clever genug, sich nicht im Vorfeld durch Getratsche zu verraten, es sei denn, die Tat wäre eher überraschend geschehen und nicht im Vorfeld geplant gewesen. Doch zwei Menschen zu töten und einen weiteren aus dem Haus zu schaffen und so gut zu verstecken, dass nicht einmal ein Suchtrupp ihn fand, setzte ein gewisses Maß an Vorbereitung voraus, das war Liv in der vergangenen Nacht mehr als klar geworden. Wer auch immer für Nellys Verschwinden verantwortlich war und außerdem Fiona und Andreas' Leben ausgelöscht hatte, war schlau genug und äußerst bedacht vorgegangen.

Nicht, dass sie Alice für dumm hielt, doch das Mädchen litt unter einem Belastungstrauma, das stand vollkommen außer Frage, und ein solches Trauma passte in keiner Weise zum geplanten Mord samt Entführung nahestehender Menschen. Am Ende hatte Liv entschieden, dass es sinnvoller war, die Nachbarn rund um das Haus von Fiona und Andreas abzuklappern, ihre Mutter ausgenommen, denn die hätte ihr ja bereits erzählt, wenn ihr etwas aufgefallen wäre.

Doch keiner von den Leuten hatte in der fraglichen Nacht etwas mitbekommen, das ihr weiter half oder wusste etwas über irgendwelche düsteren Geheimnisse innerhalb der Familie Claasen. Fiona und ihr Mann hatten eine harmonische Ehe ohne Dramen geführt und auch die Mädchen hatten – zumindest nach außen hin – wie zufriedene Kinder gewirkt. Was also war geschehen, das dieses Familienidyll in jener dunklen Nacht zerstört hatte?

Was die Schüsse anging, hatten die wenigsten Nachbarn etwas gehört und diejenigen, die doch etwas mitbekommen hatten, dachten sich nichts dabei. Sylt war eine Ferieninsel, auf der es immer wieder vorkam, dass junge Leute am Strand unbefugterweise ein Feuerwerk veranstalteten oder sonstigen Lärm verursachten.

Liv fragte sich, wie es Mats anstellen wollte, jemals Licht ins Dunkel dieses Falles zu bekommen. Sie bezweifelte, dass es seinen Mitarbeitern gelänge, etwas zutage zu fördern, wo es absolut nichts zu entdecken gab.

Eventuell sollten sie sich langsam, aber sicher damit abfinden, dass eben nicht Alice die Böse in dieser Geschichte war und auch nicht Andreas, wie es aussah, sondern jemand, der durch Andreas' Job irgendwie zu Schaden gekommen war.

»Darf ich mich zu dir setzen?«

Aus ihren Gedanken gerissen starrte Liv die junge Frau an, die vor ihrem Tisch stand und sie schüchtern anlächelte.

»Du kennst mich nicht mehr, nicht wahr?«

Liv schüttelte verwirrt den Kopf.

»Ich hab mitbekommen, was passiert ist. Ich glaube, es gibt niemanden auf der Insel, der das nicht weiß.«

Liv runzelte die Stirn. »Wer sind Sie?«

Die Frau lächelte und wies mit dem Kopf auf den freien Stuhl an Livs Tisch. »Darf ich?«

Liv nickte ergeben.

»Ich bin Marion, Beates ehemalige beste Freundin. Deine Schwester und ich haben dich früher immer in den Wahnsinn getrieben.«

Plötzlich fiel der Vorhang und sie lachte auf. »Deine Augen kamen mir bekannt vor, aber ansonsten hast du nichts mehr mit dem pummeligen, kleinen Mädchen von früher gemein.«

Marion lachte ebenfalls, dann wurde sie auf einen Schlag ernst. »Ich habe mitbekommen, dass man sie gefunden hat. Und ich will, dass du weißt, wie traurig mich macht, was ihr zugestoßen ist und wie leid es mir tut.«

Liv versteifte sich, nickte dann. »Danke dir. Aber woher weißt du, dass ich hier bin? Hast du mich gesucht?«

Die junge Frau wurde rot. »Meine Mutter lebt doch immer noch in einem der Häuser in der Nähe der Claasens. Sie hat mich angerufen, als du bei ihr geklingelt und sie ausgefragt hast. Ich bin gleich losgefahren, habe dich aber nicht mehr erwischt. Glücklicherweise hat sich meine Mutter gemerkt, was für einen Wagen du fährst. Und als ich so ein Auto eben auf dem Parkplatz hier entdeckte, dachte ich mir, ich versuche einfach mal mein Glück.«

Liv sah die Frau ernst an. »Weißt du etwas in Bezug auf Nelly und Alice oder ihre Eltern?«

Kopfschütteln, dann ein Seufzen. »Ich kannte die beiden nicht näher, bin ihnen nur hin und wieder über den Weg gelaufen, wenn ich meine Eltern besucht habe. Es ist entsetzlich, was dieser netten Familie zugestoßen ist. Vor allem Andy … er war wirklich ein ganz feiner Kerl.« Sie verzog das Gesicht, wich Livs Blick aus. Als sie wieder zu ihr aufsah, hatte sich ihr Gesichtsausdruck verändert. »Kanntest du Fionas Mann eigentlich von früher? Ich meine, bevor er und sein Bruder mit der Mutter von Sylt nach Hamburg zogen?«

Liv schüttelte den Kopf. »Nur flüchtig vom Sehen aus der Schule. Fiona und er kamen ja erst später zusammen, während einem seiner Besuche bei seinem Vater hier auf der Insel.«

Marion nickte. »Wusstest du, dass deine Schwester ihn früher aus der Ferne angehimmelt hat? Da war sie gerade sechs Jahre alt.«

Liv starrte ihr Gegenüber verwirrt an. »Was meinst du? Wen hat meine Schwester angehimmelt?«

Marion verzog das Gesicht zu einem Grinsen. »Na Andreas. Er sah ja damals schon ziemlich gut aus. *Groß und blond, wie ein Märchenprinz*, hat sie immer gesagt. Außerdem war Andy immer sehr nett gewesen, gar nicht arrogant wie die anderen Jungs aus der Oberstufe, hatte immer ein freundliches Wort auf den Lippen, selbst für kleine durchgeknallte Mädchen. Deine Schwester hat davon geträumt, dass sie ihn irgendwann heiraten würde, doch dann …« Sie brach ab, hob betreten die Schultern. »Wir wissen beide, was dann passiert ist.«

Liv sah Marion einen Moment an, schüttelte dann den Kopf. »Warum wusste ich davon nichts? Bea war meine Schwester, warum hat sie kein Wort davon zu mir gesagt?«

Marion stieß ein Lachen aus. »Warum hätte sie das tun sollen? Es war doch nur die harmlose Schwärmerei eines kleinen Kindes. Außerdem warst du viel älter als sie, hättest ihr Gerede mit Sicherheit gar nicht ernst genommen.«

Liv schluckte, denn sie musste Marion recht geben. Sie hatte damals nicht gerade viel für ihre Schwester übrig gehabt, sah Beate immer nur als lästiges Anhängsel, wenn ihre Mutter sie mal wieder zur Babysitterin verdonnert hatte. Warum also hätte Bea gerade ihr ihre erste Verliebtheit anvertrauen sollen?

Ein Gedankenblitz durchfuhr Liv. Ihr wurde heiß und kalt zugleich. Sie schnappte nach Luft, stand wankend auf. »Es tut mir so leid«, stammelte sie, »aber ich muss jetzt weg.« Sie riss ihr Portemonnaie aus der Tasche, knallte einen Geldschein auf den Tisch und rannte, ohne sich noch einmal nach der verdutzten Marion umzusehen, nach draußen.

Kapitel 15

Mai 2018
Hamburg

In Mats' Kopf tobte der Schmerz so heftig, dass er befürchtete, sich jeden Moment übergeben zu müssen. Er wusste natürlich, warum es ihm derart schlecht ging, seine Halswirbelsäule sich starr und verklemmt anfühlte, sein kompletter Rücken dabei war, den Dienst zu quittieren. Er hatte seit Tagen nicht mehr als ein paar Stunden Schlaf bekommen, aß kaum und gönnte sich auch emotional kaum eine Verschnaufpause. Seine Gedanken kreisten unaufhörlich. Mal um die vermissten und toten Mädchen, dann um den Sylt-Fall und schlussendlich um Liv und deren ermordete Schwester. Seit Alexandra angemerkt hatte, dass es sich bei Beate theoretisch um das erste Opfer des damals noch jugendlichen Täters handeln könnte, weil sie optisch – vom Alter abgesehen – ins Beuteschema des Killers fiel, ließ ihn dieser Gedanke nicht mehr los. Alles in ihm sträubte sich gegen diese ungeheuerliche Vermutung seitens seiner Kollegin, doch die Stimme in seinem Innern flüsterte ihm seither zu, dass sie recht haben, es genauso gewesen sein könnte.

Er blickte zum gefühlt tausendsten Mal auf den Ausdruck, den Alexandra ihm gegeben hatte, und seufzte. Blondes Haar, blaue Augen, weiche Gesichtszüge und ein strahlendes Lächeln. Ganz genauso hatten auch Sandra und all die anderen Mädchen auf den Fotos ausgesehen, die ihre Angehörigen ihm ausgehändigt hatten, nachdem sie verschwunden waren.

Warum war ihm das nicht selbst aufgefallen?

Lag es an Liv?

Vernebelte sie ihm selbst jetzt noch das Hirn?

Oder lag es daran, dass er im Grunde selbst zu nah dran war? Sie beide hatten eine Beziehung mit vielen Tiefen und wenigen Höhen geführt und er liebte sie noch immer über alles, obwohl sie ihn am Ende einfach weggestoßen hatte. Ihm war klar, dass sie nichts dafür konnte, dass sie war, wie sie war, es lag an ihrer Vergangenheit, an dem Trauma, das sie hatte durchleben müssen und noch immer durchlebte, an dem, was ihre Mutter ihr über die Jahre hinweg angetan hatte.

Was Liv selbst sich auch jetzt noch Tag für Tag selbst antat.

Schuldgefühle waren das Schlimmste für einen Menschen, das wusste er. Sie hatten die Kraft zu zermürben und zu zerstören, aus Liv hatten sie einen Schatten gemacht. Einen kläglichen Schatten ihres früheren Ichs, der eines Tages im Nichts verschwinden würde. Sofern er das nicht längst war. Denn mal ehrlich – konnte man das, was Liv hatte, noch ein Leben nennen?

Doch was bedeutete dies für ihn?

Für seine Ermittlung?

Was konnte er tun, um der Idee seiner Kollegin nachzugehen, ohne Liv damit konfrontieren zu müssen? Nicht, dass er sie schonen wollte, das tat sie selbst ja auch nicht und erfahren würde sie es sowieso irgendwann. Aber er brauchte vor allem einen klaren Kopf, die Gedanken ganz bei sich, doch mit Liv in seiner Nähe … vor allem jetzt, in dieser Situation …

Er zuckte zusammen, als es an seiner Tür klopfte.

»Herein«, rief er gereizt und hoffte, dass es nicht Anke war, die ihrem Unmut erneut Ausdruck verleihen wollte.

Er seufzte erleichtert auf, als Alexandra hereinkam, eine Tasche in den Händen. »Wir fahren jetzt«, erklärte sie und sah ihn fest an. Dann reichte sie ihm einen Zettel. »Das ist für die Abrechnung«, erklärte sie. »Wir haben uns je ein Zimmer für zwei Nächte gemietet, dann müssen wir nicht jeden Tag spät abends nach Hamburg zurück.«

Er nickte. »Was ich schon lange sagen wollte – können wir uns nicht einfach duzen?«

Alexandra sah ihn an, grinste dann schüchtern. »Okay, gern.«

Mats nickte. »Kannst du mir einen Gefallen tun?«, bat er schließlich.

Alexandra sah ihn fragend an.

»Bitte sage Liv nichts von deiner Vermutung ihre Schwester betreffend. Falls sie sich bestätigen sollte, ist immer noch Zeit dafür.«

Alexandra nickte. »Du willst es dann selbst machen, nicht wahr?«

Er blieb ihr eine Antwort schuldig, wusste jedoch, dass sie ihn auch so verstanden hatte.

»Ich hoffe, ihr kommt weiter«, sagte er schließlich nur. »Falls sich bestätigen sollte, was du gesagt hast, wird deine Beförderung nicht mehr lange auf sich warten lassen.« Er versuchte sich an einem aufmunternden Lächeln, doch Alexandra winkte ab. »Darum geht es mir gar nicht. Ich will nur endlich, dass dieser Scheißkerl, der all diese Mädchen auf dem Gewissen hat, das bekommt, was er verdient hat.«

Als er wieder allein im Zimmer war, schlug er seine Akte auf, las sich durch den Obduktionsbericht von Beate Schürmann. Verglich ihn erneut mit dem der anderen Mädchen. Es passte tatsächlich alles zusammen. Das Zungenbein war genauso zerstört wie das der anderen Opfer. Ihr Schädel wies Anzeichen grober Gewalt auf. Einzig das gebrochene Genick wich in diesem Falle ab. Doch dafür gab es eine einfache Erklärung. Beate war zum Zeitpunkt ihres Todes erst sieben Jahre alt gewesen. In diesem Alter waren die Knochen eines Menschen längst nicht so widerstandsfähig wie die eines Teenagers. Falls es sich also wirklich um das erste Opfer des gesuchten Täters handeln sollte, dann hatte er bei Beate zum ersten Mal in seinem Leben die Kontrolle verloren. Er hatte all seine Kräfte walten lassen, seine

Wut, seine Aggression – warum auch immer – an dem Kind ausgelassen. Und dabei das Genick des zierlichen Mädchens gebrochen. So könnte es gewesen sein.

Er sah auf, schluckte.

Doch irgendwas fühlte sich dennoch falsch für ihn an.

Wenn er damals bei einem kleinen Mädchen die Fassung verloren und zum ersten Mal getötet hatte, weshalb wich er dann später von seinem allerersten Opferprofil ab?

Wieder riss ihn ein Klopfen aus seinen Gedanken.

Ein Kollege aus der Recherche streckte seinen Kopf zur Tür herein. »Wir sind mit Berlin und München durch«, erklärte er. »In der Hauptstadt gibt es keinen weiteren Fall, der zu unserem passt, also bleibt es bei Paula. Ich bin über zwanzig Jahre zurückgegangen, da ist nichts weiter. Und auch in München bleibt es glücklicherweise bei den Mädchen, von denen wir bislang wissen.« Er brach ab, suchte betreten nach Worten.

»Aber?« Mats sah ihn forschend an. »Das ist noch nicht alles, nehme ich an.«

Kopfschütteln. Dann ein Moment des Schweigens. Schließlich schien sich der Kollege gesammelt zu haben, sah Mats fest an. »Die Spanier haben uns schon gestern Abend eine Mail geschickt. Anke weiß schon Bescheid, aber ich hab total vergessen, auch dir die Mail weiterzuleiten.«

»Was steht in der Mail aus Spanien?«, brummte Mats.

»In den beiden Jahren nach Berlin und München gab es in der Gegend um Barcelona einige vermisste Touristinnen, eine aus Norwegen, zwei aus England und eine Schweizerin, auf die unsere Beschreibung passen könnte. Sie wurden bis heute nicht gefunden.«

»Und die anderen Dienststellen im Lande? Kam von denen was?«

»Bis jetzt nicht.«

Mats bedankte sich und stand auf. Er wollte gerade aus dem

Zimmer gehen, um mit Jana Limmer über seine Überlegungen zu sprechen, als das Telefon auf seinem Schreibtisch klingelte.

Genervt ging er zurück, nahm das Gespräch an. Es war der Redakteur eines lokalen Fernsehsenders.

»Sahler!«, meldete er sich unwirsch und wollte dem Mann gerade sagen, dass er keine Zeit habe, sich mit ihm zu unterhalten, als der ihn unterbrach.

»Bevor wir mit dem Bericht rauskommen, wollte ich Ihnen als dem leitenden Ermittler der Mordserie die Chance geben, sich zu dem Fall zu äußern«, erklärte der Mann am anderen Ende der Leitung überheblich und brachte Mats damit aus dem Konzept. »Was für einen Bericht?«, würgte er mühsam hervor und spürte, wie der Schmerz in seinem Kopf noch stärker zu tuckern begann.

»Wir wissen alles«, knallte ihm der Redakteur vor den Latz. »All diese toten Mädchen in Hamburg, zu denen nun auch Sina gehört, die Verbindung zu ähnlichen Fällen in Berlin und München, die Vermutung, dass es einen Zusammenhang zu einem alten Fall geben könnte, bei dem es um ein kleines Mädchen geht. Und wir wissen, dass Sie gerade dabei sind, zu überprüfen, ob all diese Fälle mit dem Verschwinden einiger Touristen im Ausland zu tun haben. Was sagen Sie dazu? Wie erklären Sie der Großmutter des letzten Opfers, dass Sie nicht längst die Presse eingeschaltet und eng mit ihr zusammen gearbeitet haben, um die Bevölkerung zu warnen? Vielleicht könnte Sina dann noch am Leben sein.«

Unglaublicher Zorn wallte in Mats auf. Beinahe konnte er das Blut in seinen Adern rauschen hören. Es kostete ihn alle Kraft, ruhig zu bleiben und nicht die Beherrschung zu verlieren. »Woher haben Sie all diese Informationen?«

Schweigen am anderen Ende der Leitung. Dann ein leises Lachen.

»Sie werden sich also nicht äußern?«

Mats schluckte. »Nein und ich untersage Ihnen hiermit, diese Informationen an die Öffentlichkeit zu tragen! Sollten Sie es doch in Erwägung ziehen und der noch immer vermissten Samantha dadurch schaden, werde ich Sie und Ihre Quelle zur Verantwortung ziehen.«

Mats' Gesprächspartner stöhnte leise. »Wie naiv sind Sie eigentlich?«, fragte er schließlich leise und klang auf einmal beinahe versöhnlich. »Das arme Mädchen ist doch längst tot. Und dass gerade Sie das noch nicht realisiert haben, zeigt mir, dass es das einzig Richtige ist, auf meine Quelle zu hören und diesen Bericht zu bringen, um so wenigstens die Mädchen zu schützen, die dieser Irre noch nicht in seiner Gewalt hat.«

Als Mats vor dem Haus von Sinas Großmutter stand, schlug ihm sein Herz bis zum Hals. Er verabscheute sich dafür, die Frau, deren Vertrauen in seine Arbeit er so bitterlich enttäuscht hatte, jetzt noch um einen Gefallen bitten zu müssen, doch es musste sein. Er drückte auf die Klingel und wartete. Klingelte erneut. Als endlich ein leises Geräusch zu ihm nach draußen drang, wappnete er sich innerlich für diese schmerzliche Begegnung. Als die Tür aufging und die alte Dame ihn erkannte, erschrak er. Natürlich hatte er geahnt, dass es der Frau nach der Gewissheit des Todes ihrer Enkelin alles andere als gut gehen würde, doch die Frau, die jetzt vor ihm stand, sah so gebrochen aus, dass es ihm beinahe das Herz zerriss.

»Ihre Kollegen waren bereits hier, ich fürchte, dass ich Ihnen auch nicht mehr sagen kann«, erklärte sie mit fester Stimmlage, die nicht zu ihrem zerbrechlichen Aussehen passen wollte.

Mats lächelte entschuldigend. »Ich weiß, dass meine Kollegen bereits hier waren«, erklärte er. »Und wir sehen uns ja auch, sobald die Pathologie Sinas … Leiche freigibt, doch ich komme heute zu Ihnen, weil ich eine Bitte habe.« Er stoppte, suchte nach Worten. »Es tut mir leid, dass wir Sina nicht retten konnten. Doch ich verspreche Ihnen, dass wir ihren Mörder finden, so wahr ich hier vor Ihnen stehe.«

»Warum sind Sie wirklich hier?«, fragte die Frau und verschränkte die Arme vor der hageren Brust.

Mats holte tief Luft und wollte ihr gerade offenbaren, warum er sie in ihrer Trauer mit seinem Besuch behelligte, als ihr Blick ihn zwang, innezuhalten.

»Ein Journalist war heute Morgen hier bei mir und hat versucht, mich über Sina auszufragen. Ich habe ihm gesagt, dass ich der Polizei mein Wort gegeben habe, nichts zum Fall meiner Enkelin an die Öffentlichkeit zu tragen, bis der Mörder hinter Gitter sitzt. Ich sagte ihm, dass ich die Ermittlung nicht gefährden möchte, vor allem jetzt nicht, wo noch ein klein wenig Hoffnung für ein anderes Mädchen besteht.« Die Frau hielt inne, studierte Mats' Gesicht. »Samantha wurde noch nicht gefunden, das stimmt doch, oder?«

Mats nickte. »Das ist auch der Grund, warum ich nach wie vor dagegen bin, dass Fernsehen, Radio und die Zeitungen ganz groß über diesen Fall berichten. Die Menschen in Hamburg wissen, dass Mädchen verschwunden sind und einige von ihnen, der Großteil, tot aufgefunden wurde. Das ist – wie ich finde – genug Information, um dafür zu sorgen, dass Eltern vorsichtig sind, ihre Kinder so gut es geht versuchen zu schützen.«

Die alte Dame nickte. »Sie wollen nichts riskieren«, sagte sie. »Das verstehe ich – nicht solange noch Hoffnung für eines der Mädchen besteht.« Sie holte Luft, begann, am ganzen Körper zu zittern. »Ich weiß nur zu gut, wie sich die Eltern der jungen Dame fühlen müssen.« Ihre Augen füllten sich mit Tränen und kurz dachte Mats, sie würde jeden Augenblick auf dem schmalen Treppenabsatz zusammensacken, doch dann sammelte sie sich, straffte ihre Schultern. »Sie haben mein Wort. Ich spreche mit niemandem außer der Polizei über meine Enkeltochter.

Und erst recht werde ich nicht öffentlich meine Meinung darüber äußern, wie ich über Sie oder Ihr Team denke. Oder über das, was Sie eine Ermittlung nennen.«

Mats starrte sie betreten an.

»Was denken Sie denn über unsere Arbeit?«

Die Frau schüttelte den Kopf. »Erst sind Sie am Zug, Ihr Versprechen einzulösen. Finden Sie diesen Wahnsinnigen und helfen mir dabei, meine Meinung über die Hamburger Polizei noch mal zu überdenken.«

Als Mats in seinem Wagen saß und sich auf dem Weg zurück ins Präsidium befand, überlegte er, was er hinsichtlich des bevorstehenden Desasters tun konnte. Im Grunde nichts, außer die Verantwortliche zur Rechenschaft zu ziehen.

Anke!

Dieser schmierige Paparazzo hatte zwar nicht explizit gesagt, dass er seine Information von ihr hatte, doch Mats war imstande, eins und eins zusammenzuzählen. Anke verfügte über alle nötigen Informationen. Und sie war gegen Mats' Entscheidung gewesen, die Öffentlichkeit außen vor zu lassen.

Einerseits verstand er ihre Entscheidung, die Presse einzubeziehen, andererseits hatte er nun mal das Sagen.

Die Frage war jetzt, ob er sie sofort beurlauben, wenn nicht gar suspendieren sollte, oder ob seine Kollegin trotz allem eine zweite Chance verdient hatte.

Als er auf den Parkplatz vorm Präsidium fuhr, stach ihm auf Anhieb Ankes Dienstfahrzeug ins Auge. Er holte tief Luft und stieg aus, machte sich, ohne weiter zu überlegen, auf den Weg nach oben.

Er brauchte gar nicht erst nach ihr zu suchen, Anke wartete bereits auf ihn, stand gegen den Türpfosten vor seinem Büro gelehnt da, die Hände lässig in den Hosentaschen.

Wieder wallte Zorn in ihm auf, ließ in ihm den Wunsch größer werden, sie zu packen und eigenhändig aus dem Haus zu werfen.

Schließlich schluckte er seine negativen Gefühle runter und versuchte, sie so neutral wie möglich anzusehen. »Was machst du schon hier? Solltest du nicht …«

»Ich hatte keinen Erfolg bei Alice«, unterbrach sie ihn ohne Umschweife. »Professor Ulrich ist sich absolut sicher, dass sie an einer posttraumatischen Amnesie leidet und sich wirklich nicht erinnern kann. Sie hat seit Tagen nichts gegessen und nichts getrunken, man hat ihr einen Zugang legen müssen, damit sie wenigstens genug Flüssigkeit bekommt.«

»Hast du sie gesehen?«

Anke nickte.

»Das Mädchen sieht furchtbar aus. Ich glaube nicht, dass sie alles nur spielt.«

»Aber du kannst es nicht mit Gewissheit sagen?«

Sie schüttelte den Kopf. »Dazu kenne ich sie zu wenig. Und ich bin auch nicht vom Fach, kann ein solches Verhalten nicht beurteilen.«

Mats nickte knapp, wandte sich von Anke ab, um sein Büro aufzuschließen.

»Es tut mir leid«, kam es schließlich von ihr.

Langsam drehte er sich wieder zu ihr, musterte sie. »Was genau meinst du?«, fragte er vage.

Sie verzog das Gesicht. »Müssen wir dieses Spiel spielen?«

Mats schüttelte den Kopf.

»Warum?«, fragte er dann leise. »Erkläre mir bitte, weshalb du mein Vertrauen missbraucht hast und deine Karriere aufs Spiel setzt.«

Anke blickte zu Boden, schien ihre Schuhe zu fixieren. Als sie wieder aufsah, wirkte ihr Gesichtsausdruck beinahe trotzig. »Weil ich eben nicht so ein unverbesserlicher Optimist bin wie du. Ich spüre einfach, nein, ich weiß, dass Samantha längst tot ist und dass es daher schwachsinnig wäre, weitere tote Mädchen zu riskieren. Du hast deine Gedanken ständig bei dieser Frau, bei Liv, sie vernebelt dir das Hirn, verklärt deinen Blick auf das Wesentliche.«

»Und das gibt dir das Recht, dich über meine Entscheidung hinwegzusetzen?«

Anke schüttelte den Kopf. »Das tut es nicht. Aber manchmal muss man eben auch etwas riskieren, um ans Ziel zu kommen. Und mein Ziel ist es nun mal erstens, nicht noch mehr Leichen zu riskieren, und zweitens, endlich diesen Fall aufzuklären, an dem wir alle bisher wirklich jämmerlich gescheitert sind.«

Nachdem Anke gegangen war, setzte sich Mats hinter seinen Schreibtisch, um über ihre Worte nachzudenken. Hatte sie recht, dass sie bei ihrer Arbeit bisher versagt hatten? Soweit er das beurteilen konnte, hatten sie alles Menschenmögliche unternommen, dem Täter näherzukommen. Doch was konnten sie tun, wenn sie es mit jemandem zu tun hatten, der keine Fehler machte?

Und Livs Schwester?

Was konnten sie denn anderes tun, als jeder Spur nachzugehen, die sich ihnen bot?

Liv hatte erst kürzlich den Freund ihrer Mutter ins Spiel gebracht und bei ihrem letzten Telefonat erwähnt, dass er sehr besitzergreifend war, seiner Frau – Livs Mutter – bereits hinterherspioniert hatte, als sie und er noch gar kein Paar gewesen waren. Und dass er diese Frau schon immer vergöttert hatte. Wäre das allein tatsächlich Motiv genug, nicht nur ein kleines Mädchen zu töten, das ihn bei einer seiner Beobachtungstouren beobachtet hatte, sondern auch andere Mädchen, die ihn an seine große Liebe erinnerten, die ihn nun für immer verlassen hatte? Jana Limmer hatte gesagt, dass es dem Täter nicht ums Töten ginge, sondern um Bestrafung. Bestrafte er die Mädchen, weil er es bei seiner Ex-Frau nicht übers Herz brachte, sie anzurühren? Oder standen beide Fälle am Ende doch in keinem Zusammenhang? Vielleicht hatte Karl ja die kleine Beate wirklich getötet, aber mit den toten Mädchen aus Hamburg nichts zu tun?

Und dann war da Nelly, Alice Schwester, die immer noch verschwunden war.

Laut Professor Ulrich litt Alice an einem Trauma, das zur Amnesie geführt hatte. War es möglich, dass sie ihre Eltern getötet hatte und über ihre eigene Tat so entsetzt war, dass sich dies jetzt so bemerkbar machte?

Mats schüttelte den Kopf.

Dafür gab es erstens noch immer keinen Anhaltspunkt und zweitens machte es mehr Sinn, einen Schritt weiterzudenken.

Wenn ein Familiendrama der Auslöser für die Tat gewesen wäre, hätten sie längst etwas gefunden, das darauf hindeuten würde. Eine unheilbare Krankheitsdiagnose, Arbeits- und Perspektivlosigkeit, Ehebruch oder Trennung – das waren die Gründe, welche Familienväter hin und wieder zu Monster werden ließen. Doch auch dahingehend gab es bei den Claasens keinerlei Anhaltspunkte.

Blieb also nur Claasens Job als letzte Option. Er selbst würde das jetzt in die Hand nehmen. Wenn es einen Artikel gab, mit dem Andreas Claasen einem anderen Menschen so sehr geschadet hatte, dass dieser sich auf solch grauenvolle Weise dafür revanchiert hatte, dann würde er ihn finden und zumindest diesen Fall aufklären können.

Und somit Nelly finden.

Er wollte sich gerade auf den Weg nach draußen machen, als er vor der Tür seines Büros mit Anke zusammenstieß.

»Der Leiter der Spusi hat gerade angerufen«, stieß sie atemlos hervor und sah ihn mit einer Mischung aus Aufregung und

Selbstgefälligkeit an. »Bei der Grabung im Rantzauer Forst wurden einige Knochen gefunden. Zum Großteil Bruchstücke einer Hand, so viel steht bereits fest. Es wurden vereinzelte Fleischreste an den Fragmenten gefunden, was bedeutet, dass die Leiche noch nicht vollkommen verwest ist und somit noch nicht allzu lange dort begraben liegt. Unsere Leute gehen davon aus, dass ein Tier dafür verantwortlich ist. Ein Streuner vielleicht. Er muss die Leiche erschnüffelt und so lange gebuddelt haben, bis er an die Hand gekommen ist.« Sie hob die Schultern, verzog das Gesicht. »Er hat nur lange genug daran zerren müssen, bis …«

»Es reicht!«, unterbrach Mats ihren Redeschwall ungehalten und schluckte gegen den Würgereiz an. »Was genau willst du mir damit sagen?«, fragte er dann, obwohl er die Antwort längst kannte.

»Ich will damit sagen, dass wir uns mit dem Gedanken anfreunden sollten, dass auch der Rest von Samantha irgendwo dort begraben liegt.«

Kapitel 16

Mai 2018
Sylt

Zitternd startete Liv den Wagen, fuhr mit quietschenden Reifen vom Parkplatz des Cafés weg. Die Blicke der anderen Gäste, als sie an ihnen vorbei nach draußen gestürmt war, gingen ihr am Hintern vorbei. Mochten sie doch reden, was sie wollten. Alles, was zählte, war, dass sie endlich das Gefühl hatte, ein klein wenig klarer zu sehen, auch wenn das wiederum bedeutete, dass sich unter Umständen Dinge offenbarten, die sie gar nicht sehen wollte.

Als sie zu einem Rastplatz kam, von dem aus eine schier endlose Holztreppe erst zu den Dünen hinauf und schließlich hinab zum Meer führte, hielt sie an und stieg aus. Nachdem sie den Wagen abgeschlossen hatte, machte sie sich auf den Weg zu den Treppen, erklomm Stufe für Stufe, bis sich ihr ganz oben eine fantastische Aussicht über einen nahezu weißen Sandstrand sowie das Meer bot. Sie atmete ein paar Mal tief durch, sortierte ihre Gedanken.

Ihre kleine Schwester Bea hatte sich also im Alter von gerade sechs Jahren in den zehn Jahre älteren Andreas Claasen verguckt. In genau den Jungen, der Jahre später Ehemann von Fiona geworden war.

Liv schnappte nach Luft, als ihr plötzlich jener Tag einfiel, als ihre sonst so fröhliche kleine Schwester geknickt von der Schule nach Hause gekommen war, sich in ihrem Zimmer eingeschlossen hatte und niemandem erzählen wollte, was eigentlich vorgefallen war. Sie alle hatten gedacht, dass sie in der Schule gehänselt worden war, doch stattdessen musste das genau die Zeit gewesen sein, als Andreas und sein Bruder Niklas mit ihrer Mutter von Sylt wegzogen. Auch Liv erinnerte sich noch vage daran, wie die Mädchen in der Schule – war nicht sogar Fiona auch dabei gewesen? – den gut aussehenden Brüdern nachtrauerten.

Sie erinnerte sich an das Gerede auf der Insel, dass die Mutter der Jungs ihren Mann beim Fremdgehen erwischt und ihren Mann deswegen verlassen hatte. Niklas ließ sich danach kaum noch bzw. gar nicht mehr bei seinem Vater blicken, während Andreas den Kontakt von Anfang an aufrecht erhalten und ihn regelmäßig besucht hatte. Bei einem dieser Besuche bei seinem Vater hatte er schließlich Fiona wiedergetroffen und beide hatten sich ineinander verliebt.

Livs Mund wurde trocken, als sie genauer über all das nachdachte. Konnte es tatsächlich möglich sein, dass der Mord an ihrer Schwester mit dem Mord an Fiona zusammenhing?

In Livs Kopf vermischten sich die Gedanken zu einem konfusen Konstrukt aus Erinnerungsfetzen und vagen Vermutungen.

An dem Tag, als Bea verschwand, hatte ihre Mutter gesagt, dass sie noch mal ins Atelier müsse, ihr Vater war ebenfalls arbeiten gewesen. Fiona hatte angerufen, gefragt, ob sie Lust habe, sich mit ein paar Mädchen und Jungs am Strand zu treffen, doch sie hatte ja Bea an der Backe. Mal wieder. Liv erinnerte sich noch, dass sie wütend wurde. Sie hatte unbedingt mit zum Strand wollen, mochte aber auch nicht als das Mädchen da stehen, das immer ihre kleine Schwester mitbringen musste. Deswegen hatte sie Bea versprochen, dass sie ihr all ihre Märchenbücher schenken würde, wenn sie einverstanden wäre, allein zu Hause zu bleiben, bis Liv wiederkäme. Bea war begeistert gewesen, weil sie schon lange auf die Buchsammlung ihrer Schwester spekuliert hatte, vor allem jetzt, da sie selbst schon ein klein wenig lesen konnte.

Liv hatte eigentlich nur eine halbe Stunde ausbleiben wollen, doch am Ende war es weit nach neun Uhr abends, bis sie endlich nach Hause kam und feststellte, dass Bea verschwunden war. Aus Angst vor den Konsequenzen hatte sie auch nicht sofort die Polizei verständigt, sondern dummerweise damit gewartet, bis zuerst ihr Vater von der Arbeit und kurz darauf ihre Mutter aus dem »Atelier« gekommen war.

Es war fast Mitternacht gewesen, ehe die Polizei anfing, nach Bea zu suchen.

Was also hatte ihre sonst so folgsame kleine Schwester dazu bewogen, aus dem Haus zu gehen?

Liv hatte erwähnt, dass sie sich mit Fio und ein paar Jungs treffen würde. War es möglich, dass Bea hoffte, Andreas wiederzusehen? Dachte sie, er würde bei den Jungs dabei sein, weil er gerade auf Besuch bei seinem Vater war?

Hatte sie deshalb beschlossen, ihr zu folgen, nur um dann enttäuscht festzustellen, dass diese Jungen am Ende nur langweilige Klassenkameraden ihrer großen Schwester waren?

Doch was war dann passiert?

Vor Livs innerem Auge tauchte das Bild ihrer ermordeten Freundin auf. Sie hatte eine Schussverletzung im Bauch und eine im Kopf erlitten.

Es könnte also tatsächlich so gewesen sein, dass ihr Mörder Hemmungen hatte, sie auf den ersten Schuss zu töten. Andreas selber war auf Anhieb gestorben, durch einen Schuss in den Kopf aus nächster Nähe.

Ohne zu zögern.

Tot und weg.

Hatte er Fiona auf dem Gewissen? Weil sie wusste oder irgendwie herausgefunden hatte, dass er mit Beates Tod in Verbindung stand?

Hatte Fiona sie deswegen so dringend sprechen wollen?

Weil sie ihr anvertrauen musste, was sie herausgefunden hatte?

Musste sie deswegen sterben?

Doch was für einen Sinn ergab es dann, dass Nelly weg war und Alice nicht?

Livs Haut begann zu kribbeln.

Sie musste professionell an die Sache herangehen.

Analytisch.

Eine Frau lag im Sterben und verfügte noch über so viele Kraftreserven, dass sie es schaffte, mit ihrem eigenen Blut der Polizei einen Hinweis auf dem Fußboden zu hinterlassen. Warum hatte sie nicht einfach den Namen ihres Mörders hingeschrieben?

Weil der offensichtlich war?

Andreas Claasen.

Der Tote neben ihr, ihr Ehemann, der sich selbst gerichtet hatte, nachdem er dachte, auch sie wäre tot?

Stattdessen hatte sie Alice geschrieben.

Nur Alice.

Warum nur diesen einen Namen?

War ihr danach die Kraft ausgegangen?

Hatte sie eigentlich beide Namen schreiben wollen, mit dem Hinweis, wo man ihre Töchter finden würde?

Weil sie selbst beide dort versteckt hatte, nachdem offensichtlich war, dass sie ihren Mann mit etwas konfrontieren würde, das er getan hatte. Mit etwas so Furchtbarem, das sie ernsthaft damit rechnete, er könne ihr etwas antun?

»Fio … mein Gott, Fio«, murmelte Liv leise. »Warum bist du nicht einfach zur Polizei gegangen?«

Weil sie ihren Mann liebte, ihn nicht einfach ausliefern wollte, ohne zuvor mit ihm zu sprechen.

Ungestört.

Ohne Kinder im Haus.

Nur, dass das gründlich schiefgegangen war.

Liv atmete tief durch.

Blieb nur noch die Frage, was das alles mit dem Tod ihrer Schwester zu tun hatte.

Was Andreas mit ihrer Schwester zu tun hatte.

War er an jenem Tag tatsächlich auf der Insel gewesen?

Und war Bea ihm über den Weg gelaufen?

Liv wurde eiskalt, als ein Gedanke von ihr Besitz ergriff, der so schrecklich war, dass sich ihr Innerstes verkrampfte.

Was, wenn Andreas pädophil gewesen war?

Er an jenem Tag die Chance ergriffen hatte, seine Gelüste erstmals auszuleben?

Liv kämpfte gegen den aufsteigenden Brechreiz an und schüttelte schließlich den Kopf.

Nein!

Niemals hätte sich Fiona in einen solchen Menschen verlieben können.

Doch war nicht genau so etwas schon sehr oft vorgekommen? Dass sich Familienväter als Monster entpuppten?

Liv schluckte.

Vielleicht war aber auch etwas ganz anderes passiert.

Ein Unfall beispielsweise.

Liv erinnerte sich, dass Andreas viele Freunde gehabt hatte, die bereits Auto fahren durften. Und sicherlich griffen sie damals auch gerne mal zum Alkohol.

War Bea ihnen versehentlich vors Auto gelaufen?

Und hatten sie sie deswegen gemeinsam begraben, weil sie sich vor den Konsequenzen fürchteten? Doch warum sollte Andreas dann nur seine Frau und sich selbst umbringen?

Konnte ein Dritter für alles verantwortlich sein?

Liv vermochte nicht zu sagen, warum, doch sie war plötzlich absolut sicher, dass, egal was passiert war, es etwas sein musste, das mit ihrer Schwester zusammenhing.

Und dass Fiona diesen Hintergrund irgendwie durchschauen konnte.

Weil sie auf etwas gestoßen war.

Etwas entdeckt hatte.

Krampfhaft versuchte sie, sich in die Freundin hineinzuversetzen.

Was würde ich tun, wenn ich etwas über meinen Mann herausfinde, das mich völlig schockiert? Etwas, das meine Ehe und alles drumherum infrage stellt?

Natürlich würde ich alle Hinweise und eventuelle Beweise erst mal in Sicherheit bringen. Irgendwo verstecken, wo mein Mann sie nicht so leicht finden konnte.

Also definitiv nicht im Haus.

Ein Stromschlag durchfuhr Liv.

Natürlich nicht in ihrem Haus! Aber definitiv an einem Ort, den sie genauso gut, wenn nicht besser kannte.

Liv warf einen letzten Blick auf das wild rauschende Meer unter sich, drehte sich um und machte sich auf den Rückweg zu ihrem Wagen.

Hella musste sie bereits bemerkt haben, als sie die Auffahrt hinaufgefahren war, denn die Frau stand auf dem obersten Treppenabsatz und erwartete sie.

»Schön, dass du mich noch mal besuchen kommst«, sagte sie leise und zog Liv in ihre Arme. »Weißt du was Neues wegen Nelly?«

Liv schüttelte den Kopf.

Kurz erwog sie, Hella in ihre Überlegungen einzubeziehen, ließ es dann aber.

»Hattest du Kontakt mit der Klinik, in der ich Alice untergebracht habe?«, kam sie daher gleich auf den Punkt.

Hellas Gesicht verdüsterte sich. »Ich habe gestern Abend mit dem Professor gesprochen, bin dann selbst noch hingefahren, um Alice zu besuchen, doch so wie es aussieht, hat sich ihr Zustand weiter verschlechtert. Sie ist nach wie vor nicht ansprechbar und man geht davon aus, dass sie eine, durch den Schock bedingte Amnesie hat.«

Liv nickte nachdenklich. Das lag durchaus im Bereich des Möglichen, angesichts des Grauens, das sie gesehen hatte.

Ihre toten Eltern.

All das Blut.

So könnte es gewesen sein.

Dass Fiona ihre Kinder tatsächlich weggebracht und ihnen eingeschärft hatte, auf sie zu warten. Nur auf sie und keinesfalls früher nach Hause zu kommen.

Deswegen hatte sie beide auch nicht zu Hella gebracht. Sie wollte niemanden mit reinziehen, keine unnötige Gefahr für ihre Töchter eingehen, das alles nur irgendwie schnell und schmerzlos über die Bühne bringen.

Nur dass Alice eben Alice war. Ein Teenager.

Natürlich hatte sie nicht auf ihre Mutter gehört.

Hatte sie sich Sorgen gemacht und war deswegen doch zu ihrem Elternhaus zurückgekommen?

Wo sie die beiden wichtigsten Menschen ihres Lebens tot vorgefunden hatte.

Ein solcher Anblick konnte durchaus einen Schock auslösen.

Eine Amnesie.

»Soll ich uns Tee aufsetzen?«, fragte Hella und riss Liv so aus ihren Gedanken.

»Gerne.« Sie folgte der Frau in die Küche, setzte sich.

Auf der Anrichte gegenüber des Tisches lief der kleine Röhrenfernseher, von dem Liv wusste, dass Hella sich nur schwer davon trennen konnte. Sie wusste es von Fio, die sich oft darüber beschwert hatte, dass ihre Mutter an dem Ding hing, obwohl sie ihr schon so oft vorgeschlagen hatte, ihn durch ein modernes Flachbildgerät auszutauschen.

Es lief eine Nachrichtensendung, in der es um die Morde an jungen Frauen in Hamburg ging.

Mehrere Bilder wurden eingeblendet. Fotos von hübschen, blonden Mädchen – fast noch Kinder – deren Leichen bereits gefunden worden waren.

Als der Nachrichtensprecher etwas davon erzählte, dass auch in Berlin Überreste eines Mädchens gefunden worden waren und man davon ausgehen musste, dass zwei seit Langem aus München vermisste Mädchen ebenfalls auf das Konto dieses Killers zu gehen schienen, schaltete Hella das Gerät ab.

Liv konnte es ihr nicht verdenken. Sie lächelte dankbar, als Hella eine Tasse mit dampfendem schwarzem Tee vor ihr abstellte, und gab etwas Sahne in die köstlich duftende Flüssigkeit, wartete, bis sich die hellen Wölkchen gebildet hatten, die sie so gerne betrachtete und die ihr das Gefühl vermittelten, zu Hause zu sein. Langsam nahm sie den ersten Schluck, spürte, wie sich ihre Atmung beruhigte.

Dann stellte sie ihre Tasse ab, sah Hella ernst an. »Ich muss mit dir noch mal über die letzten Tage sprechen, als Fiona und Andreas noch am Leben waren.« Liv sah, wie Hellas Körper sich anspannte, sich das Gesicht der Frau verdüsterte, und verspürte augenblicklich Mitleid mit ihr. Trotzdem, da würden sie jetzt beide durch müssen. »Könnte es nicht doch etwas gegeben haben, das Fiona irgendwie aus der Bahn geworfen hat?«, fragte Liv sanft. »Etwas, das sie niemandem anvertrauen wollte, das ihr aber schwer zusetzte? Ist dir nicht aufgefallen, dass Fiona anders war?«

Hella räusperte sich. »Wir haben ja schon mal darüber gesprochen. Fiona war am Tag ihres Todes hier bei mir. Und ja, irgendwie kam sie mir da auch ein bisschen abwesend vor, nachdenklicher vielleicht. Doch da war absolut nichts, das mir Sorgen bereitet hätte. Sie wollte einfach allein sein, daran ist nichts Verwerfliches. Ich dachte, vielleicht hatte sie ja Streit mit ihrem Mann, so was kommt bei vielen Paaren vor.«

Liv stieß die Luft aus. »Du hast natürlich absolut recht. Dennoch möchte ich versuchen, das alles aus einem anderen Blickwinkel zu betrachten. Vielleicht sehe ich als Außenstehende ja mehr als du, weißt du, was ich meine?«

Hella nickte.

»Okay.« Liv atmete tief durch. »Ist dir an Andreas was aufgefallen? Das muss nicht an dem Tag gewesen sein, als Fiona hier war. Früher vielleicht? War er anders? Gereizter als sonst?«

Hella lächelte. »Andreas war nie gereizt. Er war der Traum von einem Schwiegersohn, ich habe ihn geliebt wie mein eigenes Kind«, erklärte sie traurig. »Einen besseren Ehemann hätte ich mir für meine Kleine nicht wünschen können.« Sie seufzte. »Aber vielleicht gab es da doch etwas, jetzt, wo ich genauer darüber nachdenke.« Sie starrte auf einen Fleck an der Wand, als wolle sie in Gedanken noch einmal Revue passieren lassen, was ihr gerade eingefallen war. »Eines Abends rief ich bei Fiona an und hatte Andreas an der Strippe. Er war sonst eigentlich immer gut gelaunt, machte meist Schwiegermutter-Witze auf meine Kosten, die ich ihm aber nie übel nahm. Er foppte mich für sein Leben gern, allerdings auf liebevolle Art und Weise, doch an jenem Tag …« Sie brach ab, schluckte hart. »An jenem Tag sagte er gar nichts, holte einfach nur meine Tochter ans Telefon, das kommt mir jetzt doch ein wenig eigenartig vor.«

In Gedanken atmete Liv auf. Sie hatte es gewusst!

Irgendetwas war vorgefallen und sie musste jetzt herausfinden, was das gewesen sein könnte.

»Darf ich dich um einen Gefallen bitten?«, fragte Liv.

Hella sah sie liebevoll an. »Um jeden, meine Kleine.«

»Ich möchte mich hier im Haus einmal gründlich umsehen. Es ist nur so, dass ich dazu ungestört sein muss, weil …« Sie brach ab, suchte nach Worten. »Fiona und ich standen einander sehr nahe, auch wenn wir uns zum Schluss kaum noch gesehen haben. Und eben weil wir uns so nahestanden, möchte ich versuchen, mich ganz tief in sie hineinzuversetzen, um nachvollziehen zu können, was in ihr vorging, als sie zum allerletzten Mal hier war.« Liv sah Hella flehend an. »Ich möchte meiner Freundin ein letztes Mal ganz nahe sein, verstehst du das?«

Hella schien mit sich zu ringen, dann nickte sie ergeben und stand auf. »Ich gehe eine halbe Stunde an den Strand hinunter.«

Liv ging auf sie zu, nahm sie fest in die Arme. »Eine halbe Stunde ist alles, was ich brauche.« Schließlich löste sie sich von Hella, sah sie an. »Würdest du das bitte für dich behalten? Ich möchte nicht, dass …«

»Ich werde niemandem etwas sagen«, versprach Hella und versuchte sich an einem Lächeln. »Jeder geht anders mit Verlust um und wenn das eben deine Art ist, Lebwohl zu Fiona zu sagen, dann will ich dir dabei nicht im Weg stehen.«

Als Hella gegangen und Liv endlich allein im Haus war, atmete sie tief durch. Dann ging sie zur Haustür und versetzte sich erneut in ihre Freundin hinein.

Fakt war, dass Fiona am Tag vor ihrem Tod etwas bedrückt hatte. Was auch zu den Anrufen und Nachrichten passte, die sie Liv geschickt hatte. Etwas, das mit Beas Schicksal in Verbindung stand, weswegen sie auch Liv und nicht die Polizei sprechen wollte.

Sie war also zu ihrer Mutter gefahren, wo sie Zeit allein verbringen und in Ruhe über alles nachdenken wollte.

Langsam stieg Liv die Treppe hinauf zum Zimmer ihrer Freundin, stieß die Tür auf. Das Bett. Fiona hatte sich daraufgesetzt, vielleicht hingelegt und überlegt, was sie tun sollte. Sie hatte einen Plan geschmiedet, wie sie gleichzeitig ihre Kinder schützen und ihren Mann mit dem konfrontieren konnte, was sie über ihn herausgefunden hatte.

Also musste sie zwei Optionen schaffen. Erstens die, bei der ihren Kindern nichts zustieß. Und eine weitere, mit der sie schlussendlich beweisen konnte, sowohl der Polizei gegenüber als auch ihr – Liv –, was sie über ihren Mann herausgefunden hatte.

Liv sah sich im Zimmer um. Irgendwo hier musste Fiona etwas versteckt haben. Einen Hinweis, ein Beweismittel vielleicht, irgendetwas, das sie gefunden hatte und das Aufschluss darüber geben konnte, was damals wirklich geschehen war.

Doch das Zimmer ihrer Freundin hatten sowohl die Leute von der Kripo als auch sie selbst schon auf den Kopf gestellt.

Wo würde ich etwas verstecken, von dem ich nicht will, dass es jemand anderem in die Hände fällt?, dachte Liv im Stillen und zermarterte sich das Hirn.

Ihr Zimmer fiel aus, denn dort machte Hella regelmäßig sauber, die Gefahr, dass es gefunden wurde, war Fiona zu groß gewesen. Somit fielen auch das Badezimmer aus, das Schlafzimmer, die Küche und das Wohnzimmer.

Auf dem Dachboden vielleicht?

Doch dann fiel Liv ein, dass Fiona erzählt hatte, dass Hella dort oben die ganzen Babyklamotten von ihr und den Enkeltöchtern hortete, weil sie sich nicht davon trennen konnte.

Das Gartenhaus fiel ebenfalls flach, denn dort hatte Andreas regelmäßig Zugang, weil er sich auf Hellas Bitte hin um die Pflege des Grundstücks kümmerte. Auch das wusste sie von Fio.

Was also blieb in diesem Haus übrig, was sich als Versteck eignete und an das niemand so schnell dachte? Vor allem nicht Hella?

Ein Gedankenblitz durchfuhr Liv. Dann fiel ihr jener Nachmittag vor fast fünfundzwanzig Jahren ein, als Fiona und sie in diesem Haus Verstecken gespielt hatten und sie am Ende wütend geworden war, weil sie ihre Freundin einfach nicht finden konnte. Schließlich war Fiona lachend aus ihrem Versteck gekrochen und hatte sie besänftigend an die Hand genommen, ihr den winzigen Verschlag unterhalb der Treppe gezeigt.

Liv begann zu zittern, als sie zum Flur hinunter stieg. Sie bückte sich, um zu der kleinen Holztür unterhalb des letzten Treppenabsatzes zu gelangen, welche mit einem kaum sichtbaren Schieber verschlossen war. Hella hatte eine kleine Trittleiter gegen die Tür gelehnt, was wohl der Grund war, weshalb von der Kripo niemand diese Tür gesehen hatte.

Liv schob sie beiseite und öffnete den Verschlag, quetschte sich so gut es ging durch die winzige Luke, tastete mit ihrer rechten Hand vor sich auf dem Boden herum.

Sie wollte schon fast aufgeben, als sie mit dem Zeigefinger etwas ertastete. Es fühlte sich an wie … eine Plastikfolie.

Liv holte tief Luft und zog den Bauch ein, um auch noch die letzten Millimeter Distanz zu überwinden. Dann endlich schaffte sie es, danach zu greifen und es aus der Dunkelheit hervorzuziehen.

Als sie aus dem Verschlag herausgekrochen war, verschloss sie die Luke wieder, schob die Trittleiter an Ort und Stelle, dann krabbelte sie unter der Treppe hervor und stand auf.

Ihr Herz hämmerte wie wild gegen ihre Rippen, als sie einen Blick auf das Ding in ihrer Hand warf. Es handelte sich um einen Plastikbeutel von Edeka, um den jemand fein säuberlich einen Gummi gewickelt hatte. Sie entfernte ihn, sah in den Beutel hinein, runzelte verwirrt die Stirn. In seinem Innern befanden sich etliche winzige Tütchen, säuberlich mit Aufklebern versehen. Vorsichtig zog sie eine der Tütchen heraus, wusste im ersten Moment nicht genau, was sie da sah. Erneut griff sie in den Beutel, holte ein weiteres dieser Dinger hervor.

Als ihr klar wurde, was genau sie da in ihren Händen hielt, schnappte sie nach Luft. Nur mit Mühe schaffte sie es, sich zu beherrschen und nicht einfach loszuschreien.

Als sie hörte, wie von außen ein Schlüssel ins Schloss geschoben wurde, stopfte sie alles zurück in den Beutel und schob ihn sich unter ihren Pullover.

Sie musste hier so schnell wie möglich weg!

»Ich bin wieder da«, hörte sie Hellas leise Stimme und versuchte krampfhaft, sich nicht anmerken lassen, wie verstört sie war.

Mit gesenktem Kopf ging sie auf die Mutter ihrer Freundin zu, drückte ihr einen letzten Kuss auf die Wange, vermied es dabei, die Frau anzusehen. »Ich danke dir«, murmelte sie, weil sie nicht wusste, was sie sonst sagen konnte. Dann ließ sie Hella los und ging zur Tür.

»Was ist passiert?«, rief sie ihr hinterher, doch Liv schaffte es einfach nicht, ihr zu antworten, geschweige denn, sich zu ihr umzudrehen.

Stattdessen ging sie wie ferngesteuert weiter, stieg in ihren Wagen, zog den Beutel unter ihrem Pullover hervor und warf ihn neben sich auf den Beifahrersitz, startete die Zündung, fuhr los. Erst als sie auf dem Parkplatz ihres Hotels angekommen war und in einer der Parkbuchten stand, wagte sie es, einen Gedanken daran zuzulassen, was sie da eben in diesem Tütchen gesehen hatte.

Sie schloss die Augen, schluckte gegen die Übelkeit an.

Schließlich nahm sie den Beutel erneut zur Hand, öffnete ihn, starrte eine gefühlte Ewigkeit auf das Grauen, das sich darin befand.

»Fio«, flüsterte sie leise und schüttelte den Kopf. Liv vermochte es nicht, sich vorzustellen, wie ihre Freundin sich gefühlt hatte, nachdem sie …

Den Beutel fest gegen ihre Brust gepresst, stieg Liv aus dem Wagen.

Sie musste sich konzentrieren, immer ein Bein vor das andere zu setzen, um sich nicht zu verhaspeln, nicht hinzustürzen. In ihrem Kopf drehte sich alles, sie bekam kaum noch Luft, ihr war schwindelig und übel zugleich, hinzukam diese Schwäche, die ihren Körper von Sekunde zu Sekunde mehr lähmte.

Liv war klar, wo das hinführen würde, sollte sie den richtigen Zeitpunkt verpassen, gegenzusteuern.

Sie war im Begriff, eine Panikattacke zu erleiden.

Atmen!, befahl sie sich im Stillen und betete darum, nicht zusammenzubrechen.

Du musst einfach weiteratmen!

Als Liv spürte, dass die Kraft in ihre Muskeln zurückkehrte, seufzte sie auf und steuerte zielstrebig auf die Hotelbar in der Lobby zu.

Ein Drink!

Der Gedanke an Alkohol war in diesem Augenblick das Einzige, wozu sie noch imstande war.

Kapitel 17

Mai 2018
Hamburg

Mats nutzte die Zeit, während er auf den Pathologen wartete, um eine Kleinigkeit zu essen. Er hatte es wie immer am Morgen nicht geschafft, sich ein Frühstück zu machen, geschweige denn, etwas zu Mittag zu essen, deswegen hatte er auf dem Weg hierher bei Starbucks gehalten und sich einen doppelten Espresso samt Schoko-Muffin geholt. Als Energiekick sozusagen, doch bereits, als er den ersten Bissen der Süßigkeit herunterschluckte, bereute er diese Entscheidung. Er hatte seit Tagen nichts Anständiges zu sich genommen, ernährte sich während der Ermittlungen von Süßkram, die er im Präsidium fand, und von Fast Food, das er sich zwischendurch auf die Schnelle besorgte und quasi zwischen Tür und Angel vertilgte. Einen fettigen Kuchen und Espresso als einzige Mahlzeit des Tages erschien ihm plötzlich als die am wenigsten geeignete Variante, um gegen seine Dauerübelkeit anzugehen.

Er biss ein letztes Mal in den Muffin und warf ihn schließlich in den Papierkorb ein paar Meter seitlich von ihm, schmiss das nur zur Hälfte getrunkene Heißgetränk gleich hinterher.

»Einen schönen guten Tag«, erklang Ohlsens Stimme hinter ihm und Mats fragte sich unwillkürlich, wie es der Mann schaffte, einem Tag, an dem er die Überreste eines Menschen untersuchen musste, der viel zu früh aus dem Leben geschieden war, etwas Positives und Schönes abgewinnen konnte.

Er verzog das Gesicht, nickte dem Pathologen knapp zu, folgte ihm ins Innere des Obduktionsraumes.

Das Team der Spurensicherung und die Grabungsleute hatten nach dem Fund der Fingerknochen unermüdlich weitergesucht und gegraben, bis sie schließlich die zu den Knochen zugehörige Leiche gefunden und diese sofort aus ihrem dunklen Grab geborgen hatten. Dank der Tiefe des Lochs, in welchem der Täter sein Opfer begraben hatte, war es ihnen trotz des fortschreitenden Verwesungsprozesses und der extremen Verunstaltungen des Gesichts nicht schwergefallen, zu erkennen, um wen es sich handeln könnte.

Samantha.

Groß und schlank, blonde Haare.

Der Reporter und Anke hatten also tatsächlich recht gehabt.

Das Mädchen war vor etwas mehr als zwei Monaten spurlos verschwunden und seither hatte es nicht den kleinsten Hinweis zu ihrem Verbleib gegeben. Die gesamte Suche nach ihr, die Ermittlungen rund um ihr Verschwinden, die Umfeldbefragungen waren allesamt ergebnislos verlaufen. Genau wie bei den anderen toten Mädchen.

Als Mats auf den Tisch zuging, der in der Mitte des Raums stand, hatte er das Gefühl, gegen einen Widerstand zu atmen.

Hinzukam der fürchterliche Gestank von Verderben und Zerfall, der bei Mats sowohl Übelkeit als auch eine tiefe Traurigkeit verursachte.

Als Ohlsen das Tuch von dem leblosen Körper zog, schloss Mats für einen Moment die Augen.

Als er sie wieder öffnete und seinen Blick auf die Leiche richtete, sog er die Luft scharf ein. Der Körper des Mädchens hatte sich bereits stark verfärbt, der Torso war aufgedunsen, an einigen Stellen der Gliedmaßen hing das Muskelfleisch bereits von den Knochen weg. Er versuchte, sich auf seine Atmung zu konzentrieren, zwang sich, einen Teil seiner Sinne abzuschalten. Er verbot es sich, an die Eltern des Mädchens zu denken, die bis zuletzt gehofft hatten, ihr Kind bald wieder in die Arme schließen zu dürfen.

»Fangen wir an?«, drängte sich Ohlsens Stimme in Mats' Bewusstsein.

Er sah den Mann an, nickte ergeben.

Zurück im Präsidium lief ihm zuerst Jana Limmer über den Weg. Mats sah auf Anhieb, dass sie wütend war, auch wenn sie versuchte, es durch einen neutralen Gesichtsausdruck zu verbergen. »Wir haben eine weitere Leiche?«

Mats nickte.

»Das Grabungsteam hat den Bereich, in dem die Knochen gefunden wurden, weiträumig abgesucht und schließlich Erfolg gehabt. Ich hab anschließend in der Pathologie Bescheid gegeben, dass unser Fund den Vortritt bekommt.«

Jana Limmer zog die Brauen empor.

»Das Zungenbein ist gebrochen, dem Kopf wurden durch extreme Gewalt schwere Schäden zugefügt. Alles sieht nach unserem Mörder aus.«

»Dann ist es Samantha? Das letzte vermisste Mädchen?«

Mats nickte schwach.

»Davon müssen wir ausgehen. Und sie ist seit über sechs Wochen tot. Es wurde bislang kein weiteres Mädchen als vermisst gemeldet. Und da die Leiche weiblich ist, der Pathologe anhand der Beschaffenheit des Knochenaufbaus sagen konnte, dass es sich um einen Teenager handelt, bleibt nur der Rückschluss auf Samantha.

Außerdem spricht auch der erste Eindruck absolut dafür. Die Haarfarbe des Opfers konnte trotz der Verschmutzung festgelegt werden. Statur und Größe passen ebenfalls.«

Limmer räusperte sich. »Wann bekommen wir das endgültige Gutachten?«

Mats sah Jana betreten an. »Wenn wir Glück haben, noch heute. Samantha ist im Alter von gerade neun Jahren am Darm operiert worden. Eine seltene OP, die in dem Alter so gut wie nie vorgenommen wird und die bei der Obduktion auffallen würde. Ohlsen wollte sich melden, sobald er mit den Innereien fertig ist.«

»In Ordnung.« Die Ofa-Spezialistin nickte. »Vorhin wurde bei den Nachrichten in aller Ausführlichkeit über unseren Fall berichtet. Seither hören die Telefone nicht auf zu klingeln, der Bürgermeister ist stinksauer und die Chefetage tobt.

Die Sprecherin hat keinen Hehl daraus gemacht, dass sie unsere Ermittlungen für ein Desaster hält, unser Team eine Ansammlung von Idioten ist.«

Mats ballte seine Hände zu Fäusten. »Das war mir von vornherein klar, dass eine Story über den Fall uns nicht besonders toll erscheinen lässt. Aber das war nicht der Grund, weshalb ich dagegen war. Mir ging es ja eher darum, Samantha zu schützen, ihretwegen kein Risiko einzugehen. Allerdings ist das Mädchen bereits seit Wochen nicht mehr am Leben, was diesen Bericht in einem ganz anderen Licht dastehen lässt.«

»Trotzdem wurde er gegen den Beschluss der Leitung ausgestrahlt. Jemand aus unserem Team hat eigenmächtig gehandelt und die Ermittlung gefährdet.«

»Ich weiß.« Mats seufzte. »Und ich werde denjenigen die Konsequenzen auch tragen lassen.«

Jana Limmer sah ihn noch einige Sekunden forschend an, dann verzog sie ihr Gesicht zu einem kühlen Lächeln. »Ich weiß, dass Sie beide sich gut verstehen, ein eingespieltes Duo sind. Und dass es Ihnen schwerfallen wird, Ihre Partnerin zur Verantwortung zu ziehen. Allerdings darf so etwas kein zweites Mal passieren und das wissen Sie hoffentlich.«

»Das kann nicht dein Ernst sein!« Anke sah ihn fassungslos an, schüttelte den Kopf. »Du beurlaubst mich?«

Mats räusperte sich.

»Nur bis der Fall abgeschlossen ist und wir Zeit haben, gemeinsam mit der Chefetage zu entscheiden, was weiter passieren wird.«

»Dann kann es also sein, dass ich suspendiert werde?«

Mats nickte.

»Und ich nehme an, dass ich auf deine Hilfe nicht werde zählen können ...«

Mats sagte nichts. Sein Schweigen würde Anke Antwort genug sein.

»Für deine bescheuerte Ex bist du immer da, stehst noch immer für sie ein, selbst nachdem sie dich wie Dreck behandelt und weggeworfen hat. Aber für mich, deine engste Kollegin, bringst du es nicht fertig, ein gutes Wort einzulegen oder über eine Fehlentscheidung hinwegzusehen.«

»Dann siehst du also ein, dass du falsch gehandelt hast?«

»Das hab ich so nicht gesagt«, spie Anke ihm entgegen. »Ich finde noch immer, dass wir es den Leuten da draußen schuldig sind, ihnen nichts zu verheimlichen oder vorzumachen. Unter ihnen ist ein gefährlicher Irrer, der es auf junge Mädchen abgesehen hat. Auf Töchter, Schwestern, beste Freundinnen. Keine ist sicher, sobald sie auch nur ansatzweise ins Profil dieses Psychopathen passt. Ich wollte vermeiden, dass die Menschen da draußen blauäugig durch die Gegend laufen, weil sie denken, dass so etwas immer nur den anderen passiert. Sie sollten begreifen, dass dem nicht so ist. Dass es auch ihre Kinder treffen kann! Dass jedes junge Mädchen sich in potenzieller Gefahr befindet.«

»Und im gleichen Atemzug hast du riskiert, dass ein Mädchen sein Leben verlieren könnte, wenn sich der Täter wegen des Berichts in die Enge getrieben fühlt.«

»Aber Samantha ist doch längst tot«, schrie Anke ihn frustriert an.

»Was du zum Zeitpunkt deiner Fehlentscheidung aber noch nicht wissen konntest. Außerdem hast du in deiner Gedankenlosigkeit erwähnt, dass ein Zusammenhang zum Leichenfund von Livs Schwester bestehen könnte. Und damit hast du nicht nur Samanthas Leben riskiert, sondern auch unsere Ermittlung ins Wanken gebracht.«

Sie sah ihn betreten an und Mats bemerkte, dass ihre Körperhaltung von Sekunde zu Sekunde an Spannung verlor, sie kurz davor stand, die Fassung zu verlieren. »Dann steht dein Entschluss also?«

Er nickte entschlossen.

»Du hast mein Vertrauen missbraucht.«

»Das habe ich, allerdings solltest du die Absicht dahinter nicht außer Acht lassen.«

»Das tut nichts zur Sache.« Mats holte tief Luft, sammelte sich innerlich. »Ich will dich bis auf Weiteres nicht mehr in meinem Team haben. Du bist ab sofort raus.«

Als er allein in seinem Büro saß, klopfte es an der Tür. Jana Limmer streckte den Kopf herein, sah Mats fragend an. »Haben Sie Lust, mir beim Essen Gesellschaft zu leisten?«

Mats sah sie verdutzt an, dann schüttelte er den Kopf. »Ehrlich gesagt hab ich keinen Hunger. Ganz davon abgesehen, dass sich auf meinem Schreibtisch die Arbeit stapelt.«

»Dann haben Sie noch nicht vor, Feierabend zu machen?«

Mats lachte bitter. »Heute nicht.«

Jana Limmer verzog das Gesicht. Dann hob sie die Schultern, sah ihn bedauernd an. »Ich wünsche Ihnen dennoch einen erholsamen Abend und eine angenehme Nacht. Und falls Sie es sich anders überlegen, ich bin sicherlich die nächsten zwei Stunden im Camouflage. Dort gibt es die besten Tapas der Stadt.«

Wieder allein schlug Mats die Akte von Beate Schürmann auf. Seit Anke vorhin Liv ins Gespräch gebracht hatte, bekam er sie nicht mehr aus dem Kopf. Was, wenn Alexandra tatsächlich den richtigen Riecher hatte und der Fall damals mit den Morden der Mädchen zusammenhing und irgendwie auch mit dem Tod dieses Ehepaars?

Ein Adrenalinstoß durchfuhr Mats und er wusste im ersten Moment nicht, woher er die Gewissheit nahm, dass es tatsächlich so sein konnte. Dass nicht nur die Mädchen aus Hamburg, Berlin, München und dem Ausland auf das Konto des Wahnsinnigen gingen, sondern auch die kleine Schürmann und die Claasens. War das der Fehler, den er die ganze Zeit über gemacht hatte? Dass er all diese Fälle getrennt voneinander betrachtet hatte und deswegen auf keinen grünen Zweig gekommen war, weil sie eigentlich zusammengehörten?

Er rieb sich fahrig über das Gesicht, nahm sein Handy zur Hand, wählte Livs Nummer. Als sie nach dem dritten Klingeln noch immer nicht abgenommen hatte, warf er das Gerät frustriert in die Schublade. Bestimmt war sie wegen des letzten Telefonats mit ihm noch wütend, ignorierte deshalb seine Anrufe. Er seufzte.

War es möglich, dass Livs Vermutung zutraf? Dass dieser Karl die kleine Beate damals getötet hatte, weil er die Frau, die er liebte, dafür bestrafen wollte, dass sie außer mit ihm auch noch mit anderen Männern schlief? Unter anderem mit ihrem Ehemann?

Mats wusste, dass Verliebtheit manchmal zu Besessenheit werden konnte und es den Betroffenen dann schwerfiel, die Realität nicht aus den Augen zu verlieren, auf dem Boden zu bleiben, nicht die Kontrolle über ihre Gefühle zu verlieren.

Hatte dieser Karl die Kontrolle verloren?

Zuerst bei Beate und dann … Jahre später bei all diesen Mädchen?

Eine Möglichkeit, die er nicht außer Acht lassen durfte, ganz egal, ob der Mann in Limmers Täterprofil passte.

Jede Spur, der sie nachgehen konnten – egal ob richtig oder falsch –, war ein Schritt näher zum Täter.

Doch wie passten die Claasen da mit rein?

Seufzend stand er auf und sah auf die Uhr oberhalb der Tür.

Egal, wie spät es inzwischen war, er musste sich auf den Weg zum Newsmagazin machen, der Redaktion, für die Claasen hauptsächlich geschrieben hatte. Denn wenn er eine Antwort auf die Frage zur Verbindung all dieser Fälle wollte, musste er zuerst ausschließen, ob nicht doch ein beruflicher Fauxpas des Reporters hinter dem Mord an ihm und seiner Frau stand.

Auf dem Weg zum Medientempel Hamburgs, in dem auch die Redaktion des Newsmagazins zu Hause war, rief ein Kollege aus der Recherche an, der seit Stunden nichts anderes machte, als die Online-Aktivitäten von Samantha zum wiederholten Male durchzugehen, ihren Rechner wieder und wieder auf Hinweise zu durchsuchen und schnellstmögliche Termine für Befragungen der Angehörigen und Bekannten des Mädchens auszumachen.

»Wir haben das Gutachten aus der Pathologie«, schallte es aus dem Lautsprecher der Freisprecheinrichtung. »Es handelt sich zweifelsfrei um Samantha Wagner«, erklärte der Mann. »Dr. Ohlsen hat den OP-Bericht von damals mit der Beschaffenheit des Darms von heute verglichen und es besteht kein Zweifel. Die Tote ist das letzte vermisste Mädchen.« Er räusperte sich. »Außerdem sind die Akten der Kollegen aus Spanien da. Wir sind gerade dabei, alles ins Englische zu übersetzen, dann machen wir uns an die Auswertung der Vermisstenanzeigen der

Mädchen, teilen uns auf, überlegen, wer morgen mit welchen Angehörigen spricht. Ich hoffe nur, dass es keine Probleme wegen der Sprachbarriere gibt.«

Mats bedankte sich bei dem eifrigen jungen Mann, dann beschleunigte er den Wagen. Irgendwie fühlte er sich seltsam hibbelig, beinahe aufgekratzt, fast als stünde er tatsächlich kurz davor, die wohl zermürbendsten Fälle seiner beruflichen Laufbahn endlich zum Abschluss zu bringen.

Doch da war auch noch etwas anderes in seinem Innern.

Eine Art Furcht, die er so noch nie zuvor gespürt hatte und auch nicht näher definieren konnte.

Als er auf den Parkplatz des Hochhauses fuhr, wurde ihm mit einem Schlag bewusst, was es mit seiner Panik auf sich hatte.

Liv!

Er machte sich Sorgen um sie.

Vor allem, weil er wusste, wie eigensinnig und sturköpfig sie sein konnte.

Erneut versuchte er, sie an die Strippe zu bekommen.

Vergebens.

Schließlich rief er seine Kollegin Alexandra an.

Sie ging trotz der späten Stunde noch dran.

Er kam sofort auf den Punkt, erklärte ihr, warum er ihre Vermutung, die sie bei der gestrigen Konferenz geäußert hatte, für möglich hielt, und bat sie, diesen Karl gründlich zu durchleuchten und ihn möglichst nicht aus den Augen zu lassen.

»Dann willst du, dass wir ihn beschatten?«, hakte Alexandra vorsichtshalber noch mal nach.

Mats überlegte blitzschnell, stieß dann die Luft aus. »Ich möchte, dass sein Haus rund um die Uhr beobachtet wird. Ich will wissen, wer dort ein und aus geht, wann er selbst das Haus verlässt und wiederkommt, wo er sich in der Zeit dazwischen aufhält. Und das Wichtigste von allen …« Er schluckte gegen die Enge in seinem Hals an. »Ich will, dass ihr aufpasst, dass Liv ihm nicht in die Quere kommt. Sobald sie bei seinem Haus auftaucht, möchte ich, dass ihr sie in Gewahrsam nehmt.«

»Das kann ich nicht machen«, rief Alexandra aus. »Ich kann nicht einfach die Polizeipsychologin festhalten. Was, wenn sie mir anschließend den Arsch aufreißt? Übernimmst du dann die Verantwortung?«

Mats klappte angesichts des überraschenden Ausbruchs der ansonsten so zurückhaltenden Kollegin der Mund auf.

Als er sich wieder gefasst hatte, straffte er die Schultern. »Ich verspreche dir, dass es für dich keinerlei negative Auswirkungen haben wird, solltest du meiner Anweisung Folge leisten.« Er atmete tief durch. »Liv ist auf Sylt unterwegs und wie es aussieht, hat dieser Irre nicht nur ihre Schwester auf dem Gewissen. Ich möchte nicht riskieren, dass sie dem Täter zu nah auf die Pelle rückt und dabei selbst in Gefahr gerät, verstehst du?«

Eine knappe Stunde später hatte Mats die armen Schweine des redaktionellen Spätdienstes dazu gebracht, ihm auch ohne Vorlage eines richterlichen Beschlusses sämtliche Artikel von Andreas Claasen vorzulegen.

Jetzt saß er auf einer gemütlichen Couch im Eingangsbereich der Redaktion und blätterte sich durch einen Stapel von Magazinen und Zeitungen, in denen sich Artikel und Reportagen des toten Journalisten befanden.

Als er weitere vierzig Minuten später noch immer nichts hatte, mit dem er etwas anfangen konnte, die Müdigkeit langsam überhandnahm, überlegte er, ob es nicht mehr Sinn machte, nach Hause zu fahren. Er wollte gerade aufstehen und Schluss machen, als eine junge und gutaussehende Frau auf ihn zutrat. »Ich bin Lena, die Volontärin, und ich soll Ihnen diese beiden Artikel noch bringen.« Sie hielt ihm einen Stapel Blätter entgegen.

»Was genau ist das?«, fragte Mats.

Die junge Frau lächelte.

»Das sind Artikel von Andy, die noch nicht veröffentlicht wurden«, erklärte sie. »Vielleicht ist da etwas dabei, das Sie weiterbringt.« Sie stockte, suchte nach Worten. »Wir alle schätzten Herrn Claasen sehr und es ist uns ein großes Bedürfnis, Ihnen bei den Ermittlungen behilflich zu sein, damit die Person gefunden und verurteilt werden kann, die für diese schreckliche Tat verantwortlich ist.«

Mats bedankte sich überschwänglich bei Lena und machte es sich wieder bequem. Doch keine Sekunde später sprang er wie von der Tarantel gestochen von dem Sofa hoch, starrte schockiert auf die Schlagzeile des Artikels in seiner Hand.

VERMISST HEISST NICHT VERGESSEN …

Nach all den Jahren fragen sich die Eltern dieser Mädchen noch immer: WO sind unsere Kinder?

Ein Report von Andreas Claasen

Als Mats mit dem Lesen fertig war, atmete er tief durch.

Konnte man das noch als Zufall sehen?

Dass Andreas Claasen einige Monate vor seinem Tod an einer Reportage gearbeitet hatte, die sich mit Vermisstenfällen in Deutschland und Europa befasste? Unter anderem mit den Mädchen aus Berlin und München sowie den verschwundenen Touristinnen aus Spanien, die in direktem Zusammenhang mit den Hamburger Opfern stehen könnten?

Seine Hand zitterte, als er sein Smartphone aus der Tasche zog und erneut Livs Kontakt antippte.

Und wieder ging sie nicht dran. Schließlich gab es Mats auf, ließ sich von der Auskunft die Nummer von Niklas Claasen heraussuchen. Wenn jemand ihm helfen konnte, auf Liv aufzupassen, dann er.

Es war Mats egal, dass es inzwischen fast zehn Uhr war. Alles, was er denken konnte, war, dass Liv nichts passierte. Sie hatte genug gelitten, viel zu oft seelische Schmerzen erdulden müssen, die Begegnung mit einem Psychopathen wollte er ihr ersparen.

»Niklas?«, rief er in den Hörer, als die Stimme eines Mannes erklang. »Niklas Claasen?«

»Wer ist da?«, kam es mürrisch vom anderen Ende der Leitung.

Ohne Umschweife kam Mats auf den Punkt.

»Wir haben uns kennengelernt, als Beates Leiche aus der Baugrube geborgen wurde«, erklärte er. »Ich bin Olivia Schürmanns Ex-Lebensgefährte und Leiter der Mordkommission Hamburg.«

»Ich erinnere mich an Sie«, kam es etwas versöhnlicher von Claasen.

Mats fand, dass er trotzdem noch etwas gereizt klang, gehetzt irgendwie, doch dann fiel ihm ein, dass er den Verlust seines Bruders und seiner Schwägerin zu beklagen hatte und zudem noch immer seine kleine Nichte als vermisst galt.

»Ich hoffe, ich habe Sie nicht bei etwas Wichtigem gestört oder aus dem Schlaf gerissen?«, fragte Mats der Form halber.

»Nein«, erklärte Claasen, »ich kann seit Tagen nicht schlafen, schlage mir deswegen die Abende und Nächte mit Überstunden um die Ohren.«

»Das tut mir leid«, sagte Mats und meinte es genauso. »Darf ich Sie dennoch um einen riesigen Gefallen bitten?«

Claasen antwortete nicht, was Mats vermuten ließ, dass er abwarten wollte, woraus der erbetene Gefallen bestand.

»Ich kann Ihnen nichts Genaueres sagen«, erklärte Mats, »weil es zum Großteil den aktuellen Stand der Ermittlungen betrifft, aber wären Sie bitte so nett, ein Auge auf Liv zu haben? Sie ist immer noch auf Sylt unterwegs, und ich habe Angst, dass ihre Schnüffelei sie noch in Schwierigkeiten bringt.«

»Welche Schnüffelei?«, fragte Claasen.

»Ich kann Ihnen wirklich nicht mehr sagen«, erklärte Mats.

»Geht es um die Mordserie bei euch? So wie ich aus dem Bericht im Fernsehen herausgehört habe, könnte alles mit ihrer Schwester zu tun haben, ist das wahr?«

Mats überlegte kurz, ob er ihn einweihen sollte. Zumindest, was die heutige Erkenntnis seinen Bruder betreffend anging, diese Reportage, an der Andreas noch gearbeitet hatte, bevor er starb, die Möglichkeit, dass auch sein Tod und der seiner Frau in all das hineinspielte, entschied sich dann aber dagegen.

»Ich muss wissen, dass Liv nichts zustößt«, drängte er Claasen zu einer Entscheidung, ohne auf seine Frage einzugehen. »Und da Sie ebenfalls Polizist sind, denke ich, dass Liv Schürmann nirgendwo sicherer wäre als unter den wachsamen Blicken eines Kollegen.«

Kapitel 18

Mai 2018
Sylt

Als Liv eine knappe Stunde später auf ihr Zimmer taumelte, wünschte sie, sich zusammengerissen zu haben. Stattdessen waren aus einem geplanten Drink insgesamt vier Gin Tonic geworden, die sie auf beinahe nüchternen Magen und fast auf ex hinuntergeschüttet hatte.

Sie stöhnte leise, als ihr Innerstes sich schmerzhaft zusammenkrampfte. Zudem hatte sie einen furchtbar ekeligen Geschmack im Mund und ihre Zunge fühlte sich wie ein Fremdkörper darin an. Und als wäre das noch nicht genug, wütete ein scharfer Schmerz in ihrem Kopf, ließ sie bei jeder noch so kleinen Bewegung wimmernd zusammenzucken.

Als sie die Tür hinter sich schloss, überlegte sie, ob es nicht besser wäre, sich eine Stunde Schlaf zu gönnen, doch dann fiel ihr die Tüte wieder ein, die sie noch immer an ihre Brust gedrückt hielt.

Angewidert warf sie sie auf den Tisch am Fenster, beschloss, eine eiskalte Dusche zu nehmen, um der alkoholbedingten Trägheit zu Leibe zu rücken.

Doch zuvor … Wieder spürte sie einen scharfen Schmerz in der Körpermitte, atmete dagegen an. Sie ging zum Telefon neben ihrem Bett, rief bei der Rezeption an, orderte einen Snack auf ihr Zimmer.

Als sie schließlich unter der Dusche stand und das kalte Wasser ihre Haut wie kleine Eisnadeln malträtierte, spürte sie, wie ihre Lebensgeister langsam zurückkehrten.

Eine knappe halbe Stunde später fühlte sich Liv fast wieder wie ein Mensch. Einzig ihr Magen rebellierte noch immer, doch wie auf Befehl klopfte der Zimmerservice an die Tür. Liv öffnete, gab der jungen Frau ein üppiges Trinkgeld und schlang anschließend die Fischsuppe und das Knoblauchbrot, ohne groß darüber nachzudenken, hinunter.

Als sie fertig war, atmete sie tief durch.

Ob sie wollte oder nicht, sie musste diese Tüte jetzt öffnen, den Inhalt herausnehmen und versuchen, das Chaos in ihrem Kopf zu ordnen, eine Erklärung finden, die all ihre Befürchtungen fortwischte, sie eliminierte, gänzlich auslöschte, damit es ihr gelänge, diese schrecklichen Bilder aus ihrem Kopf zu bekommen.

Da der kleine Tisch mit schmutzigem Geschirr vollgestellt war, setzte sie sich kurzerhand auf den Boden.

Ihr gesamter Körper zitterte vor Anspannung, als sie den Beutel auf dem verblichenen Teppich ausschüttete, die Tüten mit den Haarsträhnen genauer in Augenschein nahm. Natürlich wusste sie, dass es sich hierbei um wichtiges Beweismittel handelte, sie daher aufpassen musste, keine Spuren zu verfälschen. Daher begnügte sie sich damit, sich ein wenig näher vorzubeugen, um ganz sicherzugehen, dass sie sich nicht getäuscht hatte, ihr ihre Fantasie sowie ihre angeschlagenen Nerven nicht einfach einen Streich spielten.

Doch nein.

Je länger sie darauf starrte, desto bewusster wurde ihr, dass es tatsächlich Haare waren, die sich in den kleinen Tütchen befanden.

Haarsträhnen in allen möglichen Blond-Variationen.

»*Fio …*«, flüsterte sie erneut und musste sich beherrschen, um nicht in Tränen auszubrechen.

Sie musste sich konzentrieren.

Überlegen, was sie tun konnte.

Was sie tun musste.

Doch Moment mal …

Was hatten diese kleinen und nur mit je einem einzigen Buchstaben beschrifteten Aufkleber auf den Tüten zu bedeuten?

Sie riss die Augen auf, als ihr klar wurde, dass sie die Antwort längst kannte.

Wankend stand sie auf, schaltete den Fernseher an, suchte den Lokalsender. Zwar lief gerade eine Dokumentation über ein neu eröffnetes Restaurant in Hamburg, doch Liv war sicher, dass es nicht lange dauern würde, bis der Bericht zur Hamburger Mordserie erneut ausgestrahlt wurde. Sie setzte sich wieder, starrte mit klopfendem Herzen auf das ganze Zeug vor sich auf dem Boden, versuchte, sich an den Bericht zu erinnern, der vorhin in Hellas Küche gelaufen war.

Der Reporter hatte die Namen der toten Mädchen genannt, doch in Livs Kopf herrschte ein solches Durcheinander, dass sie bezweifelte, sich an alle zu erinnern.

Da war eine Claudia gewesen. Eine Sandra.

Ihr Blick fixierte die Tüte mit einem C darauf. Dann die mit einem S.

Liv schluckte.

Wie hatten die anderen Mädchen geheißen?

Als der Reporter von vorhin auf der Mattscheibe erschien, stellte Liv den Fernseher lauter.

Ihr Herzschlag war so heftig, dass sie befürchtete, es könne aussetzen, wenn sie auch nur noch eine Sekunde länger hinsah, doch sie konnte nicht anders.

Sandra, Carola, Astrid, Claudia und Sina waren bereits tot aufgefunden worden. Bei Samantha wartete man noch auf die letztendliche Bestätigung durch die Polizei.

Wieder blickte Liv auf den Boden vor sich. Auf einer der Tüten war ein P, auf einer anderen ein F.

Stockend begann sie zu zählen, stellte fest, dass es sich insgesamt um dreizehn Strähnen handelte.

Ihre Augen begannen zu brennen.

Ruhe bewahren!, sagte sie sich wie ein Mantra im Stillen.

Du musst atmen, bei klarem Verstand bleiben, bloß nicht die Nerven verlieren!

Du musst jetzt einfach nur die Fakten sortieren und dann Mats anrufen.

Wieder sah sie auf das Elend zu ihren Füßen.

Felsenfest stand, dass sich vor ihr auf dem Boden in Tüten verpackte Haare befanden.

Strähnen von Mädchen, die inzwischen tot waren. Daran gab es absolut nichts zu rütteln.

Fiona, ihre tote beste Freundin, hatte im Haus ihrer Mutter die Trophäen eines Killers versteckt.

Doch was bedeutete dieser Fund genau?

Dass ihre arme Freundin erkannt hatte, dass sie mit einem Monster verheiratet war und deswegen sterben musste?

Liv biss auf ihrer Unterlippe herum, bis sie Blut schmeckte. Energisch saugte sie daran, bis die wunde Stelle zu brennen begann.

So musste es gewesen sein!

Andreas Claasen war der gesuchte Serienkiller und Fiona hatte es gewusst und deswegen ihre Hilfe gesucht.

Als Liv klar wurde, wie entsetzlich sich ihre Freundin in diesem Augenblick gefühlt haben musste, wurde ihr speiübel.

Sie hasste sich dafür, nicht für sie da gewesen zu sein.

Hasste es, dass sie ihr nicht hatte helfen können.

Doch warum sollte Andreas das getan haben? Was erwog einen Mann, junge Mädchen, fast noch Kinder umzubringen? Vor allem einen Mann, der selbst stolzer Vater zweier Töchter war?

Etwas im Fernsehen erregte ihre Aufmerksamkeit.

Was hatte der Reporter da eben gesagt?

Dass es sowohl einen Zusammenhang zum Verschwinden

zweier Mädchen in München gab als auch zu einer gefundenen Leiche in Berlin. Und dass man im Moment prüfe, ob nicht der Tod eines kleinen Mädchens auf Sylt vor zwanzig Jahren ebenfalls auf das Konto dieses Täters ging.

Liv hatte das Gefühl, keine Luft mehr zu bekommen.

Meinte dieser Kerl etwa Bea?

Ihre kleine Schwester?

Livs Gedanken rasten. Ihr wurde schwindelig, der Schweiß brach ihr aus.

Was sollte Bea mit einer Reihe von Morden an fast erwachsenen Mädchen zu tun haben?

Sie war sieben Jahre alt gewesen, als man sie aus dem Leben gerissen hatte. All diese armen Mädchen aus Hamburg, Berlin und München waren mehr als doppelt so alt gewesen. Das ergab gar keinen Sinn oder etwa doch?

Welche Gemeinsamkeit hatte ihre Schwester mit all den toten und vermissten Mädchen?

Ihr Blick fiel auf die Tüten zu ihren Füßen. Plötzlich erstarrte sie, riss ihren Kopf hoch, fixierte den Fernseher.

Und wenn es da doch etwas gab?

Ihre Mutter …

Bea war das Ebenbild von ihr gewesen, während sie selbst nach ihrem Vater schlug.

Und diese Mädchen …

Sie alle ähnelten vom Typ her ebenfalls ihrer Mutter.

Als Liv bewusst wurde, wie sehr die Opfer des Irren sie an eine jugendliche Version ihrer Mutter erinnerten, fing sie an zu zittern. Wie hatte sie diesen Hinweis nur so lange übersehen können?

Plötzlich fielen ihr Karls Worte ein.

Er war am Tag von Beas Verschwinden nicht mit ihrer Mutter zusammen gewesen.

Und er hatte sie damals schon geliebt.

War er so verletzt gewesen, dass sie einen anderen ihm vorzog, dass er sich auf diese Weise hatte rächen wollen?

Doch Liv hatte ihn bereits darauf angesprochen und die Art und Weise, wie er reagierte, war ihr sowohl ehrlich als auch nachvollziehbar vorgekommen.

Allerdings kannte sie diesen Mann nicht näher, war auch nicht seine Therapeutin, konnte daher auch nicht beurteilen, wie es in seinem Innern aussah.

Andererseits – warum sollte er Jahre später junge Mädchen töten, die ihn an seine Liebste erinnerten? Warum tötete er nicht einfach den Ursprung seines Leidens – ihre Mutter?

Weil er es nicht konnte?

Weil er sie noch immer liebte?

Doch wenn er sie in den Gesichtern der Mädchen zu erkennen glaubte, welchen Sinn ergab es dann, ihnen Leid zuzufügen, nachdem er es bei ihr selbst nicht fertigbrachte?

Liv schüttelte den Kopf, stand auf, lief unruhig im Zimmer hin und her.

Ihr Smartphone begann zu vibrieren, doch sie ignorierte es genauso wie die unzähligen Male davor.

Sie konnte jetzt mit niemandem reden. Musste einfach immer weiterdenken, so lange, bis das Rätsel gelöst war.

Was ergab Sinn?, fragte sie sich wieder und wieder.

Und vor allem – wie passte Andreas in die Option, dass ihre Mutter der Part war, der Beas Fall mit dem der toten Mädchen vereinte?

Die Erkenntnis ließ Liv wie unter einem heftigen Stromschlag zusammenzucken.

Sein Vater hatte die Trennung von Andreas' und Niklas' Mutter durch einen Seitensprung verursacht.

War das die Lösung?

Rächte er sich auf diese Weise für das Zerbrechen seiner Familie?

Schwere Traumata in der Kindheit konnten aus Menschen Bestien machen, das hatte sie in ihrer beruflichen Laufbahn schon häufig erlebt.

Doch würde ein Vater zweier wunderhübscher Prinzessinnen es tatsächlich schaffen, anderen Eltern ihre Mädchen zu nehmen?

Auch das hatte es schon gegeben, doch seltsamerweise bezweifelte Liv diese Möglichkeit in Hinsicht auf Andreas Claasen.

Fiona an der Seite eines Serienmörders?

Das passte einfach nicht.

Und wenn es gar nicht Andreas war?

Plötzlich hatte Liv das Gefühl, den Boden unter ihren Füßen zu verlieren.

Sie keuchte, schleppte sich mit letzter Kraft aufs Bett, setzte sich, atmete ein paar Mal tief ein und aus.

Ein Film lief vor ihrem inneren Auge ab.

Dann wanderte ihr Blick zu den Tütchen am Boden.

Deshalb waren sie ihr auf verstörende Weise vertraut vorgekommen.

Weil es sich dabei um Asservatentaschen zur Sicherung von Beweismaterial handelte.

Als sie Niklas' Stimme in ihrem Innern vernahm, sprang sie auf.

Er selbst war es gewesen, der ihr erzählt hatte, wie der Verrat des Vaters an der Mutter die Familie entzweit hatte.

Andreas hatte den Kontakt zum Vater weiterhin gewahrt, während Niklas ihn seit der Trennung mied und stattdessen zu seiner Mutter hielt.

Niklas!

Liv wurde übel, als sie an die gemeinsame Nacht dachte, die sie mit ihm verbracht hatte.

War es ihre unterschwellige Vorahnung gewesen, die sie seither daran gehindert hatte, eine weitere Nacht mit ihm zu verbringen?

In ihrem Kopf formierten sich die Bruchstücke zu einem stabilen Fundament.

Und dann plötzlich war sie da.

Die unwiderrufliche Gewissheit, dass es genauso passiert sein könnte.

Ihre Mutter hatte eine Affäre mit Niklas' und Andreas' Vater gehabt. Und die Mutter der Jungen war ihrem Mann auf die Schliche gekommen und hatte sich von ihm getrennt.

Niklas, der seinem Vater diesen Vertrauensbruch nicht verzeihen und es nicht ertragen konnte, seine Mutter leiden zu sehen, war gekommen, um ihn zur Rede zu stellen. Um seinen Vater dazu zu bewegen, um seine Ehe zu kämpfen.

Doch anstatt seine Frau zurückzuerobern, trieb es der Mann noch immer mit seiner Geliebten und wie es aussah, hatte Niklas beide dabei beobachtet.

Und hier kam Bea ins Spiel.

Allein der Gedanke an ihre zarte Schwester brachte Liv dazu, dass ihr der Schweiß in Sturzbächen ausbrach.

Niklas und Andreas hatten einander zwar nicht wie ein Ei dem anderen geähnelt, trotzdem hatten sie viele Gemeinsamkeiten, die auf den ersten Blick zu Verwechslungen führen konnten. Hatte Bea ihn für Andreas gehalten und war ihm deswegen gefolgt?

Und war ihr dies zum Verhängnis geworden?

Hatte Niklas ihre Schwester als sein erstes Opfer für die Sünden der Frau bestraft, die für das Zerbrechen seiner Familie verantwortlich war?

Und als er Gefallen daran gefunden hatte, anderen Schmerzen zuzufügen, war er dazu übergegangen, Mädchen zu ermorden, die ihn an diese Frau erinnerten?

Blieb immer noch die Frage, weshalb er ihre Mutter, die Wurzel allen Übels verschont hatte?

Die Antwort war so simpel wie einleuchtend. Weil er wollte,

dass sie mit dem Schmerz weiterlebte. Mit dem Schmerz der Gewissheit, dass ihr eigener Ehebruch dazu geführt hatte, dass sie eines ihrer Kinder nicht beschützen konnte.

Plötzlich ergab alles einen Sinn.

Die Tatsache, dass es dieser Wahnsinnige irgendwie schaffte, dass seine Opfer sich ihm trotz aller Vorsicht und Bedenken näherten, er sich ihrer problemlos bemächtigen konnte.

Welches junge Mädchen würde sich einem Polizisten widersetzen?

Und hatte Niklas nicht gesagt, dass er erst sehr spät in den Polizeidienst eingetreten und vorher in der Weltgeschichte herumgereist war?

Das erste Mädchen war vor über zwei Jahren aus Hamburg verschwunden. Also zu der Zeit, als Niklas wieder auf der Insel wohnte – im Grunde ein fast perfektes Alibi, denn wer würde einen auf Sylt lebenden und arbeitenden Polizisten für einen in Hamburg wütenden Serienkiller halten?

Und die Mädchen aus Berlin und München?

Ebenfalls perfekt getarnte Verbrechen. Alles Zufallsopfer eines Täters, der als junger Mann viel auf Reisen gewesen war, sich wahrscheinlich nur kurze Zeit in der Hauptstadt und in Bayern aufgehalten hatte.

Liv stöhnte.

Alles sah plötzlich so klar aus, lief vor ihrem inneren Auge wie ein Horrorfilm ab.

Zwar fragte sie sich immer noch, wie genau Fiona an die Haare der Mädchen gekommen war, doch diese Frage musste Niklas eben beantworten, sobald er in Untersuchungshaft säße.

Sie wollte gerade nach dem Telefon greifen und Mats anrufen, als ihr Nelly und Alice einfielen.

Wie konnte Alice es aus dem Haus geschafft haben, nachdem Niklas ihre Eltern überwältigt und getötet hatte?

Sie war ein Teenager mit einem eigenen Kopf, hatte sie sich

über ihre Eltern hinweggesetzt und spätabends heimlich das Haus verlassen, um Freunde zu treffen?

Liv erinnerte sich daran, dass sie so etwas früher ebenfalls getan hatte.

Und war Alice zurückgekommen, als ihre Eltern bereits tot waren?

Wenn es so gewesen war, müsste Niklas Nelly nach wie vor in seiner Gewalt haben.

Weil er es nicht gekonnt hatte, sie ebenfalls zu erschießen?

Doch wie lange würde er sich noch zurückhalten können?

Sie durfte die Sicherheit des kleinen Mädchens nicht gefährden.

Und ein Polizeiaufgebot auf dem Weg zu Niklas' Haus wäre definitiv zu auffällig.

Ohne groß zu überlegen, zog Liv sich ihre Schuhe an, schlüpfte in ihren Cardigan.

Sie musste so schnell es ging zu Niklas fahren, es irgendwie schaffen, in seine Wohnung zu kommen.

Ihre Hände zitterten, als sie auf die Uhr sah. Eigentlich müsste er noch eine ganze Weile unterwegs sein. Den Schein nach außen wahren und den Trupp bei der Suche nach seiner Nichte unterstützen.

Sie wählte Hellas Nummer, wartete ungeduldig, bis sie sich meldete.

»Ich brauche Niklas' Adresse«, kam sie ohne Umschweife auf den Punkt.

Im ersten Moment schien Hella vollkommen überrumpelt, dann schien sie sich wieder gefasst zu haben.

»Er wohnt in Archsum«, erklärte sie. »Hat dort ein steinaltes Haus mitten in der Einöde gemietet. Ich hab mich schon immer gefragt, warum er sich nicht auch etwas gekauft hat, eine schicke Wohnung in Rantum oder Westerwald, doch verstehe einer die jungen Leute.« Sie seufzte. »Am Geld kann es nicht gelegen haben, denn davon hat der Junge wirklich genug.«

»Niklas hat Geld? Wie kann das sein?«

Hella stieß ein Seufzen aus. »Nachdem der Vater der Jungen gestorben war, verkauften beide das Haus zu einem sehr guten Preis, teilten sich das Geld. Außerdem war da noch das Erbe der Mutter, die durch den Tod ihres Vaters zu Geld gekommen war. Andreas steckte einen Großteil seines Erbes in die Renovierung seines Hauses und den Rest in die Studienfonds seiner Töchter, doch Niklas wollte das Geld erst mal für sich arbeiten lassen und lieber weiterhin zur Miete wohnen. Soll ich dir die Adresse geben?«

Liv atmete in Gedanken auf.

»Das wäre lieb.«

Mangels eines Zettels notierte sie sich alles mit dem Kugelschreiber auf ihre Handfläche und bedankte sich bei Hella.

Keine zwei Minuten später saß sie hinter dem Lenkrad ihres Wagens und machte sich auf den Weg nach Archsum.

Sie war schon fast auf der Hauptverkehrsstraße, als ihr etwas einfiel.

Sie fuhr rechts ran, kramte ihr Smartphone hervor, sah, dass sowohl Mats als auch ihre Mutter mehrfach versucht hatten, sie zu erreichen. Auch ihr SMS-Fach quoll über, genauso wie ihr WhatsApp-Ordner.

Egal!

Sie tippte Niklas' Namen an, wartete, bis das Freizeichen ertönte.

»Hi, ich bin es«, säuselte sie in den Hörer, als seine Stimme erklang.

»Schön, dass du dich meldest«, erwiderte er und klang dabei so schmierig, dass es Liv den Magen umdrehte.

»Ich wollte nur fragen, wo ihr heute seid und wie lange ihr noch macht?«, erklärte Liv und achtete darauf, so arglos und überzeugend wie möglich zu klingen.

»Wir haben uns aufgeteilt. Ich bin mit einer Handvoll Leuten gerade in der Nähe des Campingplatzes in Rantum unterwegs, die anderen suchen überall auf der Insel verteilt. Willst du auch noch kommen?«, fragte Niklas und Liv glaubte, ein klein wenig Gereiztheit in seiner Stimme zu hören. Oder war es Misstrauen? Irgendwie klang Niklas auf beklemmende Art und Weise anders als sonst, aber das konnte angesichts ihrer Vermutung auch täuschen.

Doch dann stieß er ein leises Lachen aus. »Ich würde mich freuen«, sagte er. »Wir werden schon noch eine Stunde weitermachen, anschließend was trinken gehen.«

Liv atmete tief durch und spürte, wie eine Welle der Erleichterung sie überrollte.

»Ich fahre in zehn Minuten los«, erklärte sie. »Was hältst du davon, wenn wir später nur zu zweit losziehen? Ich hätte wahnsinnig Lust auf einen kleinen Mitternachtssnack.«

Wieder ein Lachen. »Dann sehen wir uns gleich?«

Liv schickte ein Stoßgebet zum Himmel. »Treffen wir uns am Eingang des Campingplatzes, in, sagen wir, zwanzig Minuten?«

Nachdem Liv das Telefonat beendet hatte, warf sie das Handy auf den Beifahrersitz und trat das Gaspedal durch. Sie hatte für ihr Unterfangen gerade mal eine halbe Stunde Zeit, danach würde Niklas anfangen, sich zu fragen, wo sie denn bliebe und was ihr Anruf für einen Zweck gehabt haben könnte, falls sie gar nicht mehr auftauchte. Die Aussicht, von ihm überrascht zu werden, erschreckte sie. Nicht, weil sie sich vor ihm fürchtete. Natürlich sollte sie das, schließlich könnte er ein gefährlicher Irrer sein, doch die Wahrheit war, dass sie sich vor sich selbst fürchtete. Dem Mann gegenüberzustehen, der vielleicht Bea und zahlreiche Mädchen getötet hatte, war schrecklich genug. Doch noch grauenhafter war die lebendige und gänzlich reale Erinnerung daran, dass sie mit diesem Freak geschlafen hatte.

Sie schüttelte sich angewidert, schob jeden Gedanken an jenen Abend energisch beiseite.

Als ihr Navi endlich verkündete, dass sie ihr Ziel erreicht habe, stieg sie aus, sah sich ausgiebig um.

Niklas' Haus war auf einem relativ großen Grundstück erbaut, der nächste Nachbar wohnte etwa in fünfzig Metern Entfernung.

Leider waren die Lichter bereits erloschen, sodass sie bezweifelte, Hilfe von den dort lebenden Menschen erwarten zu können.

Auf dem Weg zum Haus verschaffte sie sich zuerst einen schnellen Überblick. Die Fenster im Erdgeschoss waren natürlich verschlossen, doch an der Hintertür zum Keller hatte sie zu ihrem Erstaunen Glück. Kurz fragte sie sich, wie es sein konnte, dass ein Polizist einen solchen Fehler beging, ignorierte dann aber ihre innere Stimme und huschte ins Haus. Es dauerte eine Weile, bis ihre Augen sich an die Dunkelheit gewöhnt hatten und sie die Umrisse von Schränken und einer Werkbank erkannte. Vorsichtig bahnte sie sich den Weg an Kisten und Werkzeugkoffern vorbei, bis sie zum Heizungsraum kam. Auch dort warf sie einen Blick hinein, fand jedoch nichts Ungewöhnliches. Als Nächstes nahm sie sich die Waschküche vor.

Dann stieg sie die Treppe nach oben, hoffte inständig, dass die Tür, die vom Keller in die Wohnung führte, nicht versperrt war.

Doch entgegen ihrer Befürchtung war Niklas auch hier nachlässig gewesen. Es gelang ihr mühelos, das komplette Erdgeschoss nach Nelly zu durchsuchen, ehe sie die schmale Holztreppe ins Obergeschoss stieg. Plötzlich hatte sie das untrügliche Gefühl, sich verrannt zu haben. Falls es stimmte, dass Niklas der gesuchte Killer war, wäre er dann wirklich so dämlich, seine Nichte gerade hierher zu bringen?

Liv schluckte und hatte plötzlich das Bedürfnis, sich selbst zu ohrfeigen. Ihr gesamtes Vorhaben war vollkommen irre und auch ein klein wenig lebensmüde. Wenn Niklas sie hier erwischte, dann wäre nicht nur ihr Leben in großer Gefahr, sondern auch Nellys Chance, aus dieser Sache heil wieder rauszukommen.

Warum hatte sie nicht einfach Mats angerufen und ihm alles erzählt? Sie seufzte und wollte gerade nach ihrem Smartphone greifen, als ihr einfiel, dass es im Auto auf dem Beifahrersitz lag.

»Suchst du das hier?«

Liv wirbelte herum und wich zurück, als ein helles Licht sie blendete. Es dauerte einige Sekunden, ehe ihr bewusst wurde, dass es sich um das hell erleuchtete Display eines Smartphones handelte.

Ihres Smartphones?

»Was soll das?«, stammelte Liv und blinzelte gegen die Helligkeit an. Schließlich erkannte sie die Umrisse des Mannes, der es in der Hand hielt.

»Warum bist du nicht …?« Sie brach ab und stöhnte leise.

Hatte sie sich irgendwie selbst verraten?

Vielleicht weil er den Widerwillen, mit ihm zu sprechen, aus ihrer Stimme herausgehört hatte?

»Ich wusste, dass du kommst«, setzte Niklas zur Erklärung an und kam langsam die Treppe hoch und auf sie zu.

»Dein Ex hat mir den Tipp gegeben, dass man deine Schnüffelnase besser nicht aus den Augen lassen sollte.«

Entsetzt wich Liv zurück, stieg rückwärts Stufe für Stufe hoch, bis ihr klar wurde, wie sinnlos das war.

Niklas kannte sich in diesem Haus aus. Er kannte jeden Zentimeter darin, während für sie alles fremd war. Ergeben ließ sie sich auf die oberste Treppenstufe sinken, schüttelte den Kopf. »Ich verstehe das alles nicht«, stieß sie schließlich aus. »Warum hast du das getan? All die Mädchen, meine Schwester? Wie konntest du nur deinen eigenen Bruder töten? Seine Frau und die kleine Nelly … was haben sie dir denn getan?«

Niklas schwieg einen Moment, dann seufzte er.

»Ich habe wirklich angefangen, dich zu mögen«, erklärte er und klang sogar aufrichtig dabei. »Selbst als dein Ex vorhin bei mir anrief, dachte ich mir noch, dass du mir niemals gefährlich werden könntest.« Er stieß ein heiseres Lachen aus. Dann ein Seufzen. »Leider ist das bereits das zweite Mal innerhalb kürzester Zeit, dass ich mich geirrt habe«, sagte er schließlich. »Zum ersten Mal bei meinem Bruder, der durch seine Recherche wegen eines Artikels darauf kam, dass ich irgendwie mit dem Verschwinden einiger Mädchen in Deutschland und Spanien zu tun haben könnte. Der Idiot hat mich über Tage beobachtet und am Ende rausgekriegt, dass ich meine Kohle in einen abgelegenen Bauernhof in der Nähe von Hamburg gesteckt habe. Eines Morgens, als ich auf Sylt im Büro war, ist er dort eingebrochen, hat meine Andenken gefunden und sie gestohlen. Ich hätte wahrscheinlich gar nichts bemerkt, wenn er nicht so blöd gewesen wäre, mit seinem Jeep direkt bis zum Haus vorzufahren. Die Spuren sind mir sofort aufgefallen, als ich am Nachmittag auf einen Blick dort vorbeifahren bin. Zuerst hab ich mir noch nicht viel dabei gedacht, bis ich meine Sammlung bewundern wollte und bemerkte, dass sie weg ist.«

In Livs Kopf drehte sich alles.

»Dein Bruder muss vollkommen geschockt gewesen sein. Anders ist es nicht zu erklären, weshalb er nicht sofort zur Polizei gegangen ist.«

Niklas räusperte sich. »Er wollte mich persönlich, Auge in Auge, damit konfrontieren und erst dann meine Kollegen dazu holen, doch ich war ja nicht zu Hause, bin auch nicht ans Telefon, als er ständig anrief. Also hat er schließlich das Zeug in seinem Keller versteckt und ist losgezogen, um mich zu suchen. Ich hatte wirklich Glück, dass Fiona von Natur aus eifersüchtig war und Andys Sachen regelmäßig kontrollierte. Natürlich ist ihr sein seltsames Verhalten an jenem Tag aufgefallen und machte sie misstrauisch. Wie muss sie sich gefühlt haben, als sie die Strähnen der Mädchen in Andys Sachen fand und dachte, ihr Mann sei der Wahnsinnige?«

Liv schluckte.

»Sie hat den Beutel sofort im Haus ihrer Mutter versteckt und anschließend die Mädchen in Sicherheit gebracht.«

Niklas nickte.

»Und am späten Abend hast du Andy und Fio eiskalt erwischt«, sagte Liv sachlich. »Dein Bruder ahnte nicht, dass Fiona die Sachen gefunden hatte, und dachte, er sei der Killer. Als er mitten in der Nacht nach Hause kam, muss die Hölle über ihn hereingebrochen sein, bis du kamst und alles noch viel, viel schlimmer gemacht hast.«

Niklas nickte langsam, setzte sich einige Stufen unterhalb von Liv hin.

»Was ich bis heute nicht verstehe, ist das mit Alice. Wie blöd muss dein Ex sein, um zu glauben, ein junges Mädchen könne für den Mord an Andy und Fiona verantwortlich sein.«

»Du warst ja auch nur ein paar Jahre älter, als du meine Schwester umgebracht hast.«

Niklas versteifte sich. »Deiner Schwester habe ich kein Haar gekrümmt, auch wenn ich wünschte, es gewesen zu sein. Deine Mutter hat es verdient, seelisch zerfressen zu sein, zu leiden, nach allem, was sie meiner Familie angetan hat.«

»Dann hast du meine Schwester umgebracht, weil du meine Mutter bestrafen wolltest?«

»Ich sagte doch gerade, dass ich Beate nichts angetan habe!« Er klang zornig, fast aggressiv, sodass Liv sich zusammenreißen musste, um nicht vor ihm zurückzuweichen.

»Ihr wurde das Genick gebrochen und der Schädel zertrümmert«, spie sie ihm entgegen.

Niklas schluckte. »Das war Unfall«, erklärte er schließlich. »Deine Schwester überraschte mich, als ich deine Hurenmutter und meinen Vater beim Bumsen beobachtete. Als sie mich fragte, ob ich Lust habe, mit ihr Verstecken zu spielen, hatte ich eine Idee.« Er seufzte leise, sah Liv an. Und obwohl es dunkel war, konnte sie das böse Funkeln in seinen Augen erkennen, spürte, wie die Angst Besitz von ihr ergriff.

»Ich hatte geplant, sie eine Weile in einer der leer stehenden Ferienwohnungen einzusperren, die mein Vater verwaltete. Ich wollte deiner Mutter auf diese Weise Angst machen, auffliegen lassen, was sich hinter dem Rücken deines Vaters abspielte. Diese Hure sollte endlich begreifen, welche Konsequenzen ihre Betrügerei haben konnte. Doch dann …« Er brach ab, schien nach Worten zu suchen. »Deine Schwester wollte Verstecken spielen, also hab ich sie zu diesem ganz speziellen Spiel überredet, doch als es darauf ankam, fing sie an, zu kneifen. Sie bekam es wohl mit der Angst zu tun, als ich sie im Badezimmer einschließen wollte, fing an zu schreien und um sich schlagen, da musste ich sie irgendwie ruhig stellen. Irgendwann hat sie es geschafft, sich loszureißen, und ist dabei gestürzt, hat sich den Kopf an der Duschwanne aufgeschlagen, dabei das Genick gebrochen.«

»Und was ist dann passiert? Wie konntest du sie unbemerkt verschwinden lassen?«

Niklas stieß einen verächtlichen Grunzlaut aus. »Mein Vater war nicht nur ein Betrüger, sondern auch ein Säufer. Das hat es mir ja so leicht gemacht, auch ihn zu töten, nachdem meine Mutter seinetwegen gestorben war. Und was Beate angeht, musste ich damals nur warten, bis es spät genug ist und mein Alter im Säuferkoma liegt, mir dann seine Wagenschlüssel krallen. Ich hab in der Wartezeit den Bungalow in aller Ruhe sauber gemacht, damit keiner was merkt, dann bin ich zum Haus meines Vaters gelaufen, hab den größten Koffer genommen, den ich in seinem Zeugs finden konnte, und hab deine Schwester dort reingestopft. Danach bin ich rüber nach Westerwald gefahren und habe sie im Garten einer ehemaligen Kundin meiner Mutter vergraben. Die alte Dame war damals fast taub und hatte nur ein Hobby – ihre Blumenbeete. Ich wusste, dass man Beate dort nicht so schnell finden würde, wenn ich sie nur tief genug vergrabe. Und außerdem …« Er hob lachend die Schultern. »Wer sollte denn einen Sechzehnjährigen verdächtigen, mit dem Verschwinden eines kleinen Mädchens zu tun zu haben? Es wusste doch keiner, dass ich an jenem Tag auf der Insel war. Niemand bis auf Beate und die war ja nun tot.« Er stand auf und beugte sich leicht zu ihr, doch noch ehe Liv in ihrer Panik eine Flucht nach hinten in Betracht ziehen konnte, spürte sie einen scharfen Schmerz an ihrer linken Schläfe, der ihr den Atem raubte.

»Jetzt wird erst mal ein bisschen geschlafen.«

Niklas' Stimme klang verwaschen, drang wie aus weiter Ferne an ihr Ohr.

»Zumindest so lange, bis ich mich entschieden habe, wie wir beide das Ganze hier beenden können.«

Livs Körper fühlte sich an, als wäre er aus Gummi und komplett von Watte und Nebel umhüllt.

Dann endlich wurde es finster um sie.

Kapitel 19

Mai 2018
Hamburg

Sie stand wieder am Rand der Grube, starrte in den schwarzen Abgrund hinab, wo die Knochen ihrer Schwester verstreut lagen.

Doch anstatt wie sonst Scham und Schuld zu empfinden, war da plötzlich nur noch heiße, lodernde Wut.

»Du hast nicht aufgepasst!« Die Stimme ihrer Mutter drängte sich in ihr Bewusstsein. Doch anders als zuvor wusste Liv jetzt, in genau diesem Augenblick, dass es nicht so war. Dass sie niemals die Schuld an dieser Tragödie getragen hatte. Langsam drehte sie sich um, doch anstelle ihrer Mutter stand Niklas hinter ihr. Er sah sie traurig an. »Ich wollte dir niemals etwas zuleide tun«, erklärte er. Sein Blick wanderte ebenfalls in die Tiefe der Grube hinab. »Und auch ihr nicht. Was geschehen ist, hat deine Mutter zu verantworten und nicht du … nicht wir.«

Livs Innerstes rebellierte, als wolle es sie davon abhalten, etwas darauf zu erwidern, doch am Ende gewann Liv die Oberhand. »Du bist es gewesen, der all diese Mädchen getötet hat. Nicht sie.«

Er stieß ein heiseres Lachen aus. »Ich hätte natürlich auch die Hure selbst töten können. Aber mir erschien es sinnvoller, sie am Leben zu lassen, damit sie den Rest ihres Lebens daran erinnert wird, dass sie es war, wegen der all das überhaupt erst geschehen konnte. Wie wird sie wohl reagieren, wenn sie erfährt, dass ihre damalige Affäre nicht nur einer Tochter, sondern letztendlich alle beide das Leben gekostet hat.«

Livs Hals verengte sich. Erst jetzt wurde ihr bewusst, dass es nach

Rauch roch, sie sich schwertat, Sauerstoff in ihre Lungen zu bekommen.

Dann sah sie es.

Feuer.

Flammen, die aus der Grube wie Klauen nach ihnen griffen, sie versuchten, mit in die Hölle zu ziehen.

Schließlich fing Niklas Feuer, doch anstatt vor Schmerzen zu schreien, lachte er nur. »Ich wollte dir wirklich nie etwas tun«, sagte er. »Nicht, nachdem du all die Jahre etwas Ähnliches durchmachen musstest wie ich. Und ich hab auch meinen Nichten nichts getan. Doch in diesem Falle …« Er trat näher auf sie zu, umklammerte sie, zog sie an seinen lichterloh brennenden Körper. »Wir sterben gemeinsam, zwei Seelen, die ein Leben lang für die Sünden ihrer Eltern büßen mussten und letztendlich mit dem Tod bezahlen.«

Liv versuchte, sich mit aller Kraft gegen Niklas zu wehren, sich aus seiner Umklammerung zu lösen.

Vergeblich.

Als sie gemeinsam in den Abgrund stürzten und das Feuer sie verschlang, fühlte sie sich zum ersten Mal seit langer Zeit wirklich frei.

Ergeben schloss sie die Augen.

Was hatte sie schon zu verlieren?

Ihre Mutter, die, um ihr eigenes Versagen zu verdrängen, das Leben ihrer einzigen noch lebenden Tochter zerstörte?

Bea, die seit Langem tot war?

Ihren Job? Liv liebte ihn zwar, aber er war nichts, das sie am Leben festhalten ließ. Nichts, für das es sich lohnte, weiterzumachen.

Mats?

Ein Stromschlag durchfuhr ihren Körper.

Kurz darauf jagte ein so heftiger Schmerz durch ihre Körpermitte, dass Liv für kurze Zeit glaubte, ihr würde das Herz bei lebendigem Leibe herausgerissen.

Dann hatte sie das Gefühl, als zerre jemand an ihren Armen und Beinen.

»Wir haben sie!« Die Stimme einer Frau drängte sich in Livs Bewusstsein. »Sie muss so schnell wie möglich ins Krankenhaus. Nur dann hat sie vielleicht eine Chance.«

Liv war schweißgebadet, als sie aus dem Albtraum hochfuhr. Oder war es gar kein Traum gewesen sondern eine Vermischung von Erinnerungen und Hirngespinsten?

Ihr gesamter Körper schmerzte, doch am schlimmsten war der Druck auf ihrer Brust, der ihr das Atmen erschwerte, ihr das Gefühl vermittelte, ersticken zu müssen. Als sie einen Stich in ihrem Unterarm spürte, drehte sie verwirrt ihren Kopf, sah sich einem Fremden gegenüber, der sie freundlich anlächelte. »Ich bin Dr. Brecht«, erklärte er mit sanfter Stimme. »Und ich muss Ihnen sagen, dass Sie wirklich großes Glück hatten.«

Wieder lächelte er, setzte sich auf den Stuhl neben ihrem … Bett. Liv begriff erst jetzt, dass sie sich im Krankenhaus befand.

Dann strömte die Erinnerung auf sie ein. Sie war zu Niklas gefahren, der sie irgendwie durchschaut und sie bereits erwartet hatte. Er hatte ihr alles erzählt.

Das von Bea.

Von seinen Untaten an den Mädchen.

Den Mord an seinem eigenen Vater.

Seine Vorstellung davon, ihre Mutter zu bestrafen, indem er ihr auch das letzte Kind nahm.

Manchmal ist der Tod nicht das Schlimmste.

Das waren Niklas' letzte Worte gewesen, bevor er das Benzin überall im Haus verteilt und es schließlich angezündet hatte.

Natürlich hatte Liv versucht, sich von den Fesseln zu befreien, doch Niklas war niemand, der etwas dem Zufall überließ.

Am Ende hatte sie dabei zugesehen, wie er wegen des vielen Rauchs nach Luft schnappte und zusammengebrochen war. Kurz hatte auch sie das Bewusstsein verloren. Doch was war dann passiert?

Wieso war sie hier?

»Sie haben eine Rauchgasvergiftung erlitten sowie einige Verbrennungen ersten und zweiten Grades und sind zudem von einem niederstürzenden Holzbalken getroffen worden. Zwei ihrer Rippen sind gebrochen, doch ansonsten werden Sie wohl wieder auf die Beine kommen«, erklärte der Arzt. »Allerdings wird das wohl ein bisschen dauern.«

»Und er?«, stieß Liv hervor. »Was ist mit Niklas Claasen?«

Der Arzt verzog das Gesicht. »Er hatte nicht so viel Glück. Zwar konnten die Einsatzkräfte ihn ebenfalls aus dem Haus holen, doch er hat eine viel stärkere Vergiftung als Sie, teilweise Verbrennungen dritten Grades und außerdem wurde beim Einstürzen des Hauses sein Rückgrat schwer beschädigt. Er wird den Rest seines Lebens entstellt sein und im Rollstuhl verbringen müssen – vorausgesetzt natürlich, er überlebt die Rauchgasvergiftung.«

Ein Klopfen unterbrach Livs Gespräch mit dem Arzt. Der lächelte milde und warf einen Blick zur Tür, sah dann Liv wieder an. »Da draußen ist jemand, der sich große Sorgen um Sie macht. Fühlen Sie sich dazu imstande, ihm kurz Hallo zu sagen?«

Liv nickte schwach. In ihrem Kopf drehte sich alles. Sie verstand immer noch nicht, wie es den Einsatzkräften gelungen war, sie rechtzeitig aus dem Haus zu holen. Niemand hatte gewusst, wo sie war, wieso also war sie noch am Leben?

Die Tür ging auf und Mats trat in Begleitung einer jungen Frau ein, die Liv vage bekannt vorkam.

»Das ist Alexandra, meine Kollegin, der du es verdankst, nicht in den Flammen gestorben zu sein.« Mats' Stimme klang rau und heiser, wie immer, wenn er total wütend war. Liv vermied es, ihm in die Augen zu blicken, sah an ihm vorbei zu der sehr drahtigen jungen Frau.

Sie trat näher, setzte sich zu Liv aufs Bett, sah sie an. Dann grinste sie. »Mats ist stocksauer auf Sie, also bleiben Sie besser noch ein paar Tage im Bett liegen.«

Liv lächelte schwach, sah die Frau fragend an.

»Als meine Kollegen und ich zu Niklas Claasens Haus kamen, brannte es bereits. Ich hab dann gleich die Feuerwehr und einen Rettungswagen gerufen, doch angesichts der Schnelligkeit, mit der sich das Feuer in dem alten Haus ausbreitete, hab ich nicht daran geglaubt, dass wir es noch schaffen, Sie rauszuholen.«

Liv schüttelte verwirrt den Kopf. »Aber wie …«

»Mein Kollege, der mehr Mut hat als Verstand, ist entgegen meiner Warnung ins Haus gerannt, hat sie an die Heizung gefesselt vorgefunden. Er hat Sie von den Handschellen befreit und wollte Sie gerade raustragen, als der Balken runterkrachte.«

Liv saugte sie Luft scharf ein. »Ist er …?«

»Alwin? Nein, der ist zäh. Hat sich nur eine Rippe angeknackst und eine leichte Rauchvergiftung. Er liegt im Zimmer nebenan, vielleicht schaffen Sie es ja irgendwann, sich bei ihm zu bedanken. Ohne seinen Mumm wäre das Ganze für Sie nicht so glimpflich ausgegangen.«

»Was hast du dir nur dabei gedacht?«, schaltete Mats sich aufgebracht ein. »Wie konntest du nur allein zu diesem Irren gehen, uns nicht sagen, was du vorhast?«

Liv seufzte. »Weil ich dachte, dass er Nelly hat. Ich wollte nichts riskieren. Fiona … sie hat vor ihrem Tod mehrfach versucht, mich anzurufen, wollte mir wahrscheinlich alles erzählen. Sie könnte noch am Leben sein, wenn ich nicht nur mit mir selbst beschäftigt gewesen wäre. Ich war es ihr schuldig, wenigstens Nelly zu retten.«

Mats sah sie nachdenklich an. »Du dachtest also, dass es, sollte Niklas tatsächlich der Täter sein und Nelly bei sich haben, zu viel Aufmerksamkeit erregt, wenn die Polizei bei ihm auftaucht.«

Liv nickte.

»Und wie bist du überhaupt auf ihn gekommen?«

Liv setzte sich auf, atmete tief durch. Dann fing sie an zu erzählen. Von ihrem Gespräch mit Marion und wie sie dadurch erstmals eine Verbindung zwischen dem Tod der Claasens und ihrer Schwester erkannt hatte. Ihrem Besuch bei Hella und dem, was sie in deren Haus gefunden hatte. Und dass sie anschließend ins Hotel gefahren war und dort durch eine Sendung im Fernsehen aus einem wackeligen Gerüst von Vermutungen furchtbare Gewissheit geworden war. »Ich hab erst gedacht, dass es Andreas gewesen sei, der all diese Mädchen getötet hat«, erklärte Liv abschließend. »Doch dann wurde mir klar, dass ich diese Tütchen, in denen sich die Haare befanden, schon oft gesehen habe, und dass es sich dabei um Asservatenbeutel handelt.«

»Und dann dachtest du, fährst du einfach mal zu ihm und reißt ihm eigenhändig den Arsch auf, befreist Nelly, damit du am Ende als die große Heldin dastehst.« Mats' Worte klangen wütend, doch an seinen Augen erkannte Liv, dass es in ihm drinnen anders aussah. Er sah erleichtert aus, glücklich, sie zu sehen.

»Wir können leider nicht mit Claasen selbst sprechen«, schaltete sich Alexandra wieder ein. »Wissen Sie etwas Genaueres über all diese Fälle und wie genau sie zusammenhängen? Das wäre gut, um diesen Fall endlich abschließen zu können.« Sie brach ab, stand auf. »Alles, was wir aktuell wissen, verdanken wir im Grunde meiner Intuition und der Offenheit des Ex-Mannes Ihrer Mutter. Nachdem Mats mich anrief, dass ich diesen Karl nicht aus den Augen lassen soll, dachte ich, kann ich auch zu ihm gehen und ihn ein wenig unter Druck setzen. Er hat uns schließlich erzählt, dass es Claasens Vater war, mit dem seine Ex-Frau am Tag des Verschwindens von Beate zusammen war. So kam ich auf einen möglichen Zusammenhang der Familien Claasen und Schürmann. Anschließend bin ich zu Ihrer Mutter gefahren, hab auch mit ihr gesprochen. Von ihr wusste ich, dass Claasens Vater sich von seiner Frau trennen wollte, die Familie also ihretwegen zerbrochen ist. Als ich sie bei unserem Gespräch genauer betrachtete, fiel mir auf, dass sie vom Typ her all den toten Mädchen und Beate ähnelt, deswegen hab ich einfach eins und eins zusammengezählt. Und da Andreas Claasen tot war, blieb nur noch Niklas übrig.« Sie hielt inne, schluckte hart. »Die absolute Gewissheit, dass es Niklas Claasen war, bekamen wir allerdings erst, nachdem Mats diesen unveröffentlichten Artikel von Andreas Claasen in die Finger bekam. Wir schalteten die Einwohnerbehörde ein, überprüften, ob Niklas Claasen auch in Hamburg irgendwo gemeldet war, fanden so heraus, dass es tatsächlich einen alten Bauernhof gibt, den er gekauft und sich für seine Zwecke hergerichtet hat. Unsere Kollegen sind im Moment vor Ort, doch wie es aussieht, war er sehr umsichtig, hat keine Spuren hinterlassen, deswegen kommen Sie hier ins Spiel.«

Liv schluckte. Dann gab sie wortgenau wieder, was Niklas ihr vorhin alles erzählt hatte.

Als Liv auf Nelly zu sprechen kam, zuckte Mats zusammen. »Du bist sicher, dass sie nicht dort war?«

Liv verneinte.

»Er hat sie nicht. Hatte sie nie, da bin ich absolut sicher.«

Alexandra und Mats sahen sich an. »Dann hat die Kleine schlechte Karten. Wo sie auch ist, wir werden sie ohne Alice wohl nie finden.«

Liv räusperte sich. »Alice hat eine Amnesie, nicht wahr?«

Nicken.

»Ausgelöst durch den Schock, als sie ihre toten Eltern fand.«

»Worauf willst du hinaus?«, wollte Mats ungeduldig wissen.

»Ich versuche, den Tag Revue passieren zu lassen«, erklärte Liv matt. »Fiona dachte, ihr Mann wäre ein Mörder. Sie musste ihre Kinder also irgendwo hinbringen, wo sie Andreas niemals finden würde. Alice ist zwölf, alt genug also, um für kurze Zeit auf ihre Schwester aufzupassen. Fiona hat beide an einen sicheren Ort gebracht und Alice eingebläut, nicht eher zurück nach Hause zu kommen, ehe sie selbst sie beide holen würde. Vielleicht hat sie Alice auch angewiesen, dass sie am nächsten Tag Nelly nehmen und zur Polizei gehen sollte, wenn sie nicht zurückkäme, um sie zu holen. Fiona musste ja zumindest teilweise in Betracht ziehen, dass ihr etwas zustoßen könnte. Und weil Alice sich zudem Sorgen um ihre Eltern gemacht hat, ließ sie Nelly an jenem Ort zurück und das Unglück nahm seinen Lauf. Sie kam zum Elternhaus zurück, fand dort ein Massaker vor, erlitt einen Schock, durch den sie alles verdrängt hat. Auch die Tatsache, dass Nelly nach wie vor allein da draußen ist und Hilfe braucht.«

»Könnte es nicht sein«, brachte Alexandra vor, »dass Alice ihren Onkel noch gesehen hat? Ich meine, dass sie weiß, wer ihren Eltern das angetan hat und deswegen schweigt? Um Nelly zu beschützen? Vielleicht hat sie kein Vertrauen zu uns, weil der Mörder ihrer Eltern selbst bei der Polizei ist?«

Ein Gedankenblitz durchfuhr Liv.

Er war es nicht. Er ist es nicht gewesen.

Plötzlich hatte sie Alice Worte wieder im Kopf. War es das, was sie damit gemeint hatte? Dass es nicht ihr Vater war, wie ihre Mutter angenommen hatte, sondern Niklas, ihr Onkel?

Hatte das Mädchen auf diese Weise versucht, ihr zu sagen, was wirklich passiert war?

Doch selbst diese Erkenntnis – selbst wenn sie sich bewahrheiten sollte – half ihnen nicht, Nelly zu finden. Denn sollte Alice tatsächlich eine posttraumatische Amnesie erlitten haben, konnte die Genesung Tage, wenn nicht gar Wochen oder Monate dauern. Viel zu lange, um Nelly noch lebend zu finden.

Liv stöhnte leise, als ihr Kopf zu hämmern begann, doch da war etwas in ihr, das sie nicht zur Ruhe kommen ließ.

Fiona!

Wo hatte sie ihre Töchter hingebracht?

Zu welchem Ort hatte sie eine so enge Bindung, empfand ein solches Gefühl von Sicherheit, dass sie ihn als Zufluchtsort für ihre Kinder auserkoren hatte?

Vor ihrem inneren Auge tauchte ein Obstgarten auf, unendlich groß mit Apfel- und Birnbäumen, Gemüsebeeten und Rosenbüschen.

Das Grundstück ihrer Großmutter väterlicherseits. Ihr Vater hatte das alte Landhaus im Laufe der Jahre nach dem Tod seiner Mutter abreißen lassen, doch anstatt das Grundstück mit all seinem Baumbestand darauf zu verkaufen, hatte er es nach seinem Tod ihr vererbt. Liv runzelte die Stirn. Ihr Vater hätte das Geld, welches er für den Verkauf bekommen hätte, gut gebrauchen können, warum also hatte er es behalten? Und auch sie selbst, Liv, legte keinen Wert darauf, es zu Geld zu machen. Ein gut gefülltes Konto war das, was ihr am wenigsten wichtig war.

Sie schüttelte den Kopf, doch der Film darin lief weiter, mittlerweile im Schnelldurchlauf.

Und dann fiel endlich der Vorhang. Das alte Baumhaus! Fiona und sie hatten als Kinder hin und wieder dort gespielt. Und auch Beate hatte sich an diesem Ort wohlgefühlt, hatte ihre Großmutter geliebt, das Baumhaus, kein Wunder, dass ihr Vater sich nicht davon hatte trennen können. Sie riss die Augen auf, sah Mats an. »Du musst nach Morsum, zum Grundstück meiner Großmutter«, erklärte sie atemlos und gab ihm die Adresse, ließ sie ihn zweimal wiederholen. »Das Grundstück liegt sehr abgelegen außerhalb des Ortes. Das Haus selbst gibt es längst nicht mehr, aber ich bin mir sicher, dass das Baumhaus noch steht. Fiona könnte die Kinder dorthin gebracht und ihnen etwas zu essen und zu trinken da gelassen haben.«

»Aber wenn Alice von dort weggelaufen und zurück nach Hause gekommen ist, warum nicht auch Nelly? Sie müsste doch längst wieder da sein oder es geschafft haben, sich irgendwie bemerkbar zu machen«, warf Mats ein.

Liv verzog das Gesicht. »Mein Vater hat das Baumhaus für uns Mädchen gebaut. Und weil er nicht wollte, dass wir allein dort hochkommen, hat er eine Leiter angefertigt, die sich jeder Zeit ein und aushängen lässt. So wollte er sicher gehen, dass uns nichts passiert. Alice könnte, als sie gegangen ist, die Leiter weggemacht haben, damit Nelly ihr nicht nachkommt, sodass die arme Kleine jetzt dort festsitzt. Und was deine Vermutung angeht, dass sie sich bemerkbar machen kann – das Grundstück ist so groß, weit und breit gibt es keine anderen Häuser dort. Sie kann also so laut schreien, wie sie will, es hört sie niemand.«

Mats sah alarmiert zu Alexandra. »Haben unsere Leute auch in Munkmarsch gesucht?«

Die Frau nickte betrübt. »Wir haben uns allerdings auf die Orte festgelegt, die naheliegend sind. Strände, Campingplätze, leer stehende Mobilhomes und Bungalows – all so was eben. Wer rechnet denn mit einem Baumhaus, das sich versteckt auf einer Obstplantage befindet?«

Epilog

Sylt
Juni 2018

Auf dem Friedhof hatte sich eine große Menschenmenge versammelt, um Andreas und Fiona Claasen auf ihrem letzten Gang zu begleiten.

Man hatte mit der Beerdigung des Ehepaars gewartet, bis sich die Kinder der beiden weitestgehend erholt hatten, sodass sie an der Zeremonie teilnehmen konnten. Liv sah zu Nelly, die noch immer blass aussah, von Hella und ihrer großen Schwester gestützt werden musste. Man hatte das kleine Mädchen tatsächlich mehr tot als lebendig im alten Baumhaus gefunden und dieses auf Livs Wunsch hin noch am selben Tag abreißen lassen. Es hatte Liv wehgetan, diese Entscheidung treffen zu müssen, doch die Erinnerung an glückliche Tage an diesem Ort war unwiederbringlich durch die Tatsache zerstört worden, dass Nelly um ein Haar dort gestorben wäre, Niklas' Irrsinn also beinahe ein weiteres Opfer gefordert hätte. Außerdem hatte sie das Grundstück inzwischen zum Verkauf freigegeben, würde das Geld einer gemeinnützigen Organisation spenden, die sich für Angehörige von Verbrechensopfern einsetzte.

Liv nickte Alice zu, doch das Mädchen erwiderte ihre Geste nicht, drehte sich demonstrativ weg. Professor Ulrich hatte Liv erklärt, dass Alice, nachdem sie ihre Erinnerung an den Schrecken jenes Tages wiedererlangt hatte, nun versuchte, einen Schuldigen zu finden, den sie für all das Übel verantwortlich machen konnte, das über Nelly und sie hereingebrochen war. Natürlich verstand Liv, dass es da mehr als nahelag, dass das

Mädchen ihre Mutter und somit in gewisser Weise auch sie damit in Verbindung brachte, daher jeglichen Kontakt vermeiden wollte.

Allerdings war Hella sicher, dass ihre Enkelin eines Tages verstehen würde, dass Liv nichts mit all dem zu tun hatte und auch nur ein weiteres Opfer der Tragödie war, die eine heimliche Affäre ihnen allen eingebrockt hatte.

Liv schluckte und sah zu ihrer Mutter hinüber.

Sie hatte die Frau bereits vor etwas mehr als zwei Wochen gesehen, als Bea beerdigt worden war, trotzdem hatte sie es nicht fertig gebracht, zu ihr hinzugehen und etwas zu ihr zu sagen.

Und auch heute, das spürte sie, war sie noch nicht so weit, ihrer Mutter die Hand zu reichen, damit sie die Vergangenheit hinter sich lassen und noch mal von vorne anfangen konnten.

Sie drückte Mats' Arm, sah ihn an. Er reagierte sofort, zog sie eng an sich, presste seinen Mund auf ihre Stirn, gab ihr so ein Gefühl von Geborgenheit, was in völligem Gegensatz zur Trostlosigkeit dieses Ortes stand.

Überhaupt war ER das einzig Positive, das sie dieser grausamen Geschichte abgewinnen konnte. Nachdem sie aus dem Krankenhaus entlassen worden war, hatte sie sich mit ihm ausgesprochen und an seiner Schulter ausgeweint. Sie hatte ihn an ihrem Seelenchaos teilhaben lassen und ihm zum allerersten Mal gezeigt, wer die echte Liv war.

Was sie fühlte, was sie dachte, was sie sich für die Zukunft wünschte und vor allem, was sie brauchte.

Dabei war ihr schließlich klar geworden, dass es nicht das Verständnis der Mutter war. Und auch nicht die Gewissheit, dass diese endlich begriff, wer tatsächlich die Schuld an Beas Tod trug.

Im Grunde waren es nur zwei Dinge gewesen, die Liv dabei geholfen hatten, die Vergangenheit endlich ruhen zu lassen und sich auf Gegenwart und Zukunft zu konzentrieren:

Sie hatte es endlich geschafft, sich selbst zu vergeben. Sich wirklich zu verzeihen, dass sie damals ein Kind gewesen war, das einen Fehler begangen hatte, als es seine Schwester allein zu Hause ließ.

Und sie hatte den Gedanken zugelassen, dass sie es trotz allem verdient hatte, selber glücklich zu werden. Hatte akzeptiert, dass es Beas Tod nicht ungeschehen machte, wenn sie sich selbst jeden Tag aufs Neue verurteilte und geißelte, sich darüber hinaus jede Freude am Leben verbot.

Nachdem sie eine weiße Rose in das Grab ihrer Freundin und deren Mann hatte fallen lassen, sah sie Mats an. »Sollen wir gehen?«

Er runzelte die Stirn.

»Und deine Mutter? Sind dir ihre Blicke nicht aufgefallen? Ich glaube, sie würde gern mit dir sprechen.«

Liv verzog das Gesicht.

»Aber ich nicht mit ihr.« Sie drehte sich um, sah der Frau ins Gesicht, spürte, wie sich tief in ihrem Innern etwas regte. Etwas, das sich wie Mitleid anfühlte.

Liv seufzte leise.

Ihre Mutter hatte Affären gehabt. Eine davon mit dem falschen Mann, welche ihr und vielen weiteren Menschen schlussendlich zum Verhängnis geworden war.

Und doch blieb es nur eine Affäre.

Ein unüberlegter Seitensprung, deren Konsequenzen keiner der beiden Beteiligten hätte ahnen können.

Fehler sind nun mal menschlich und liegen in unserer Natur, dachte Liv.

Hinzu kam, dass ihre Mutter für den ihren mit dem Höchstpreis bezahlt hatte.

Sie sah Mats an, lächelte schwach. »Jedenfalls nicht heute …«

Danksagungen

Ein Buch zu beenden, ist harte Arbeit. Glücklicherweise hatte ich Menschen um mich herum, die für mich da waren, mich unterstützt haben.

Herzlichen Dank an:
Claudia Heinen von SKS Heinen für das tolle Korrektorat und vor allem für das Verständnis wegen meiner zahllosen Anrufe, in denen ich Rat brauchte!

Meinen Kolleginnen und Kollegen, die mich während meiner Arbeit unterstützt haben, indem sie mir mit Rat und Tat zur Seite standen.

Heike Fröhling (fürs Plotten am Telefon :-). Du bist die ALLERBESTE!!!

Simon Geraedts für die Hilfe am Klappentext. Des Weiteren danke ich meiner Coveragentur Zero aus München für die grandiose Arbeit, die sie am Cover für »Narbenschwester« vollbracht hat.

Ein besonderer Dank gebührt dabei Kristin Pang für ihren Ideenreichtum und die Art und Weise, wie sie meine Vorstellungen so umsetzte, dass mir am Ende vor Staunen der Mund offen stand! Ich bin absolut BEGEISTERT! So stelle ich mir eine tolle Zusammenarbeit vor. Vielen, vielen Dank. :-)

Bei Chris Karlden und Rene Junge für die Entscheidungshilfe in Bezug auf den Titel.

Meinen Leserinnen und Bloggerinnen: Susanne Barlang und Emi Emilia für ihre nette Unterstützung in Bezug auf die Titel und Cover-Motivwahl und für ALLES andere – ihr glaubt ja gar nicht, WIE SEHR ihr mir geholfen habt!

Bei Silvia Lehmann vom Blog »Unter die Haut«

Bei der Pressestelle der Polizei Augsburg, insbesondere Herrn Siegfried Hartmann, der mich mit allen wichtigen Informationen rund um das Thema Polizeiarbeit versorgte. Sämtliche Abweichungen von der Realität bezüglich der Ermittlungsarbeit der Polizei gehen einzig und allein auf mein Konto.

Auch möchte ich anmerken, dass ich mir einige künstlerische Freiheiten genommen habe. Welche das sind, wird selbstverständlich nicht verraten. ;-)

Meinem Mann, der, wann immer möglich, mit anpackte, um mich während der intensiven Schreibphase zu unterstützen.

Danke auch für all die Leckereien (den Prosecco und die Schokolade), mit denen du mich quasi gefüttert hast, wenn ich den Weg in die Küche im Schreibrausch mal wieder nicht gefunden habe.

Meinem Sohn Tim, der mich aufbaute und anspornte, weiterzuschreiben, als ich davor stand, alles hinzuschmeißen. Du bist das Wertvollste, das ich auf dieser Welt habe, ich kann es nicht oft genug sagen!

Zu guter Letzt danke ich Ihnen, liebe Leser, dass Sie dieses Buch gekauft haben. Ich hoffe von Herzen, dass Sie beim Lesen genauso viel Spaß hatten wie ich (fast immer) beim Schreiben.

Über Mails mit Anregungen und Kritik freue ich mich unter: autorin@daniela-arnold.com.

Ihre Daniela Arnold

Leseproben weiterer Romane

Frostseele

von
Daniela Arnold

Thriller

Über das Buch

Kinderpsychologin Nina Köhler ist ratlos – was hat der nächtliche und verstörende Anruf ihrer ehemaligen Freundin zu bedeuten? Vor wem hat Sarah so große Angst, dass sie Nina anfleht, sich im Falle ihres Todes um ihre kleine Tochter zu kümmern? Als ihre Freundin wenig später tatsächlich tot aufgefunden wird, will Nina das düstere Geheimnis lüften. Welche Rolle spielt Sarahs Mann, vor dem selbst seine kleine Tochter sich zu fürchten scheint?

Was weiß die seltsame Nachbarin?

Als es plötzlich in ganz Bayern zu unheimlichen Todesfällen kommt, ist Nina sicher, dass Sarahs Tod kein Unfall war. Doch je länger sie nach Antworten sucht, desto tiefer gerät sie in einen Strudel aus unterdrückten Schuldgefühlen und brutaler Gewalt, gerät schlussendlich selbst in tödliche Gefahr.

Prolog

Oktober 2013

Augsburg

»Schönes Wochenende, Betty.« Ina, ihre Kollegin, sah sie interessiert an. »Unternimmst du was mit deiner Familie oder kommst du morgen zum Firmenausflug?«

Betty hob die Schultern, versuchte, sich ihre Angst und Panik vor dem bevorstehenden Abend und den darauf folgenden des Wochenendes nicht anmerken zu lassen. »Bis jetzt ist noch nichts geplant, aber ich hab auch keine Lust zum x-ten Mal an die Donau zu fahren. Ich will einfach nur ausruhen und die Füße hochlegen.« Sie schluckte, sah Ina aus dem Augenwinkel an.

Die runzelte die Stirn. »Macht dein Mann immer noch Stress?«

Betty wurde blass und schulterte ihre Tasche, während sie in den Aufzug zu den Tiefgaragen stiegen.

Wenn es nur das wäre, dachte sie, verkniff sich aber, die Worte laut auszusprechen. »Lass uns über was Nettes reden. Wie läuft es mit deinem Freund?«, sagte sie daher gepresst.

Inas Gesicht begann zu strahlen. »Eddy ist toll. Er entführt mich nächste Woche übers Wochenende nach London. Zwei Tage nur wir beide im absoluten Großstadt-Luxus.«

Betty verspürte einen Stich in ihrem Innern. Nicht, dass sie ihrer Kollegin den süßen Rausch einer neuen Liebe nicht vergönnte, dennoch schmerzte es sie, wie extrem sich ihrer beider Leben voneinander unterschieden. Ina war ganz frisch im Serviceteam des Restaurants, in dem Betty seit Jahren aushilfsweise jobbte, um ein paar Euro in die Familienkasse zu spülen, doch irgendwie war sie ihr in den letzten Tagen sehr ans Herz gewachsen. Ina war ein Mensch, den man einfach mögen musste. Jemand, der sich für andere wirklich interessierte, es nicht nur der Höflichkeit halber vorgab. Sie war einfühlsam, nett und es fühlte sich gut an, sich mit ihr zu unterhalten. Doch heute, das musste Betty zugeben, fühlte sie sich nur noch mieser nach Inas Schwärmerei bezüglich ihrer neuesten männlichen Errungenschaft. Allerdings – und das musste man ihrer Kollegin lassen – verfügte sie neben ihrer netten Art und ihrem tollen Charakter auch über ein fabelhaftes Aussehen.

»Ich freue mich für dich«, brachte Betty schließlich hervor und meinte es eigentlich so, auch wenn sich diese Worte heute wie unzählige winzig kleine Glasbrocken in ihrem Mund anfühlten.

Sie fragte sich, wie es sein konnte, dass manche Männer sich innerhalb einer Beziehung und in kürzester Zeit so sehr veränderten, dass man sie am Ende nicht mehr wiedererkannte. Und damit war nicht nur das Äußerliche gemeint.

»Ich fahre jetzt«, unterbrach Ina ihre Gedanken und blieb neben ihrem kleinen Fiat stehen, sah Betty zögernd an. »Kommst du klar?«

Betty spürte, wie sich ihr Hals verengte, nickte aber. Sie hatte keine Lust, Ina davon zu erzählen, wie sie ihren Mann, den Vater ihrer beiden Kinder, bereits zum zweiten Mal innerhalb weniger Monate erwischt hatte, wie er sie nach Strich und Faden belog und betrog. Sie wollte vor ihrer jüngeren Kollegin nicht schon wieder ihr Seelenleben ausbreiten. Ihr nicht sagen, dass sich Uwes Verrat an ihr anfühlte, als verbrenne sie innerlich oder löse sich gänzlich auf. Und das war nur eines ihrer Probleme. Als Nächstes waren da noch ihre Kinder. Betty war inzwischen perfekt darin, vor Anna und Bastian zu verbergen, dass es Tage gab, an denen sie litt wie ein Hund. Sie wünschte sich nichts mehr für die beiden als ein sorgloses Kinderleben, fernab von allen Sorgen. Deswegen hatte sie auch für sich behalten, dass sie sich seit Wochen fühlte, als würde sie beobachtet. Es war nicht mehr als ein diffuses Gefühl, eine Art Ahnung, denn in genauere Worte fassen, geschweige denn beweisen, konnte sie ihre Vermutung nicht. Und dann waren da diese seltsamen Dinge geschehen. Ihr Auto hatte an Plätzen gestanden, bei denen sie sicher war, es niemals abgestellt zu haben. In ihrem Haus waren Gegenstände verschwunden und an anderen Orten wieder aufgetaucht. Ein Fotoalbum von früher, von dem sie sicher war, dass es auf dem Dachboden lag, hatte sie eines Morgens aufgeklappt auf dem Küchentisch vorgefunden. Auf dem Badezimmerspiegel hatte jemand – während sie eines Abends geduscht hatte – ein Strichmännchen hinterlassen, das an einem Strick baumelte. Sie hatte Bastian gefragt, ob er das gewesen war, doch der Junge hatte behauptet, tief und fest geschlafen zu haben. Das Schlimme an all diesen Dingen war nicht, dass sie geschehen waren, sondern dass sie mit keiner Menschenseele darüber sprechen konnte. Nicht, dass sie es nicht versucht hätte … Sie hatte Uwe von ihren Ängsten und Sorgen erzählt, doch der hatte sie nur belächelt, ihr das Gefühl gegeben, geisteskrank zu sein. Auch als sie es eines Tages nicht mehr ausgehalten und der Polizei davon erzählt hatte, war nichts dabei herausgekommen. Stattdessen hatte sie Uwe nur noch einen Grund mehr geliefert, sie zu verachten, sie weiterhin zu hintergehen und von sich wegzustoßen, wie Abfall, den niemand mehr wollte. Und genau deshalb war sie eines Tages dazu übergegangen, für sich zu behalten, wenn diese Dinge geschahen, die Angst und Panik allein durchzustehen, irgendwie durch den Tag zu kommen, durch die Wochen und Monate, immer in der Hoffnung, alles würde sich irgendwann von selbst richten. Ihre Ehe, die Angst, die Hoffnungslosigkeit. Betty seufzte. War es letztendlich nicht vielleicht einfacher für alle Beteiligten, wenn sie sich tatsächlich in Luft auflösen würde? Dann musste sie sich wenigstens nicht mehr bemühen, nach außen hin die gut gelaunte Ehefrau zu mimen, obwohl es in ihr vollkommen anders aussah. Am Ende dachte Uwe noch, sie wolle mit alldem seine Aufmerksamkeit auf sich ziehen. Sich wichtig machen, um zu erreichen, dass er sie nicht für eine seiner Flammen verließ. Genau so ein Mensch war ihr Mann nämlich. Er ging – privat und beruflich – über Leichen. Im Job hatte er die Quittung dafür bereits kassiert, doch im Privatleben ging es ihm nach wie vor besser, als er es verdient hatte. Was nicht zuletzt Bettys Schuld war. Sie machte nicht genug Druck, ließ sich emotional gesehen herumschubsen, hatte nicht genügend Mumm, ihrem Mann seine Grenzen aufzuweisen. Vielleicht weil sie ahnte, wie seine Wahl ausfallen würde, sollte sie ihn je dazu zwingen, eine Entscheidung zu treffen. Oder eben, weil auch alles andere um sie herum in die Brüche ging. Sie sich in ihrer Haut nicht mehr wohlfühlte, in ihrer Wohnung nicht mehr sicher, Angst um ihre Kinder hatte und mit niemandem über all das sprechen konnte.

»Erde an Betty … Bist du noch hier?« Ina grinste, sah dabei aber gar nicht fröhlich, sondern eher irritiert aus.

Betty schluckte schwer, stieß dann ein leises Lachen aus, von dem sie hoffte, dass es echt klang. »Ich bin in Gedanken schon zu Hause und hab einen Rotwein in der Hand.« Sie betete, dass ihre Bemerkung lapidar und vollkommen emotionslos rüberkam, denn Mitleid von einer um zehn Jahre jüngeren Frau – das ertrug sie im Moment noch weniger als das falsche Lächeln ihres Mannes. »Anna hat bald Geburtstag und wünscht sich einen kunterbunten Schal«, erklärte sie deshalb in gespielter Heiterkeit. »Ich werde es mir also auf dem Sofa gemütlich machen, fernsehen und stricken.« Sie lachte, als sie Inas Gesichtsausdruck sah. »Ich weiß, dass sich das nicht besonders spannend anhört«, flachste sie und ignorierte die aufsteigende Übelkeit, das lähmende Gefühl der Unsicherheit und Panik, weil ihr Mann mal wieder nicht zu Hause war, sie also nur vom Babysitter erwartet wurde, der sich jedoch sofort verabschieden würde, sobald sie ihn bezahlt hatte. Sie fragte sich, ob es stimmte, dass Uwe wegen eines Geschäftstermins in Stuttgart war, oder ob eine seiner »Nutten« dahintersteckte. »Komm du erst mal in mein Alter, dann schätzt du es, am Wochenende mal die Beine hochlegen und es ruhig angehen zu können.«

Nachdem sie sich voneinander verabschiedet hatten, Ina in ihren Wagen gestiegen und davongefahren war, sah Betty sich ängstlich um. Als sie sicher war, allein zu sein, kramte sie aus den Untiefen ihrer Handtasche eine Packung Zigaretten hervor, steckte sich eine an. Ihrer Familie und ihren Kollegen hatte sie erzählt, dass der Plan, sich das Rauchen abzugewöhnen, fantastisch laufe, sie mittlerweile seit Monaten abstinent war, doch in Wahrheit hatte sie vor wenigen Wochen wieder damit angefangen.

Sie inhalierte tief, sah dann auf ihr Handy. Keine Nachricht. Seit sie Uwe gesagt hatte, dass sie Bescheid wusste, ging er ihr aus dem Weg. Selbst die Kinder hatten das inzwischen bemerkt und verhielten sich ihrem Vater gegenüber merkwürdig, behandelten ihn wie ein rohes Ei. Es war wie ein Damoklesschwert, das über ihnen allen schwebte. Wer zuerst anfing, darüber zu sprechen, brachte unweigerlich den Stein ins Rollen. Und Betty wollte nicht, dass ihr diese Aufgabe zufiel. Stattdessen wollte sie, dass dieses Mal er es sein würde, der das Gespräch aufgriff, erklärte, was es zu erklären gab, über Lösungsvorschläge nachdachte, sich entschuldigte und Reue zeigte, auch wenn es dafür vielleicht schon zu spät war. Ein Rascheln ließ sie zusammenfahren. Hektisch drehte sie sich um, doch außer ihr schien niemand in der Nähe zu sein.

Wieder ein Rascheln, das in ein Schlurfen überging, dann ein leises Quietschen. Betty wollte gerade die Nummer der Polizei herscrollen, als ein Marder unter einem der wenigen parkenden Autos hervorschoss. Erleichtert lachte sie auf, schnipste die Kippe weg, sperrte den Wagen auf, ließ sich erleichtert hinters Lenkrad sinken, schloss die Augen. Ihr Innerstes glich inzwischen einem zentnerschweren Stein und sie wünschte aus ganzem Herzen, wenigstens für einen Tag mit jemandem wie Ina tauschen zu können. Nur einen einzigen Tag ein normales Leben führen zu können, nur einen Tag wieder als Frau wahrgenommen, geliebt und respektiert zu werden. Ein Tag ohne Angst.

Angst um ihre Ehe.

Angst um ihre Sicherheit.

Doch vor allem Angst um ihre geliebten Kinder. Anna, ihre niedliche kleine Tochter, die Nachzüglerin, die nichts mehr mochte, als zu tanzen, zu malen und sich in Tagträumen zu verlieren. Und Bastian, ihr Ein und Alles, der Uwe wie aus dem Gesicht geschnitten war, sich aber ansonsten grundlegend von seinem Vater unterschied. Bastian war ein sensibler zwölfjähriger Junge, der am liebsten zockte, Fußball spielte und nach außen hin den Großen spielte, während er in Wahrheit noch jeden Abend mit seiner Mutter kuschelte. Sie, ihre Kinder, waren es, die ihr die Kraft gaben, mit den Schwächen ihres Mannes zu leben, sie zu ertragen, nicht an ihren zu zerbrechen. Die Furcht auszuhalten, die sich langsam in ihren Alltag fraß, in ihr Innerstes, in jeden Millimeter ihrer Seele, sie lähmte und auch den letzten Rest von ihr zerstörte. Obwohl … inzwischen musste Betty zugeben, dass sie längst an ihrer Grenze angelangt war. Sie musste sich immer mehr beherrschen, nicht vor Wut auf ihren Mann loszugehen, ihn nicht aus dem Haus zu werfen und im nächsten Moment vor ihm auf dem Boden zu kriechen, damit er sie nur ja nicht alleine ließ, wegwarf oder gar verließ. Anna und Bastian würden es mitbekommen und genau das wollte … nein musste sie verhindern.

Zorn wallte in ihr auf. Was hatte sie für diesen Mann alles aufgegeben? Zuerst war sie von München seinetwegen wieder zurück nach Augsburg gekommen. Und das, obwohl sie die Stadt samt ihrer Bewohner hasste. Sie hasste die Kälte der Menschen hier, die Sturheit, das Eigenbrötlerische. In München war alles einfacher gewesen, schöner, sorgloser, lebendiger.

Doch als sie Uwe begegnet war, hatte er sie gebeten, mit in sein Haus einzuziehen und – zumindest damals – fand sie die Vorstellung reizvoll, mit einem Mann wie ihm zusammenzuleben. Später gab sie auf seinen Wunsch hin auch noch ihren Job an der Uni in München auf, weil er – wie er zu betonen niemals müde wurde – genug für sie beide verdiente und daher die Aufgabe der Kindererziehung ihr zufiel.

Inzwischen bereute sie diesen Schritt zutiefst, denn seitdem die Auftragslage in der Firma ihres Mannes nicht mehr rosig aussah, mussten sie ganz schön knapsen, um über die Runden zu kommen. Der Job im Restaurant war, was ihre Ausgaben anging, nur ein Tropfen auf dem heißen Stein, doch die finanziellen Probleme waren nicht das, was Betty die größten Sorgen bereitete. Vielmehr war es Uwes Blick auf die Dinge, seine vernebelte Wahrnehmung. Sein vollkommen übertriebener Optimismus. Betty stieß ein bitteres Lachen aus.

Uwe war ein Typ, für den das Glas immer halb voll war. Eine Ehekrise wegen einer seiner Affären – nur ein kleines Gekabbel unter Eheleuten.

Finanzielle Schwierigkeiten in der Firma – nur eine kleine Durststrecke.

Die Angst seiner Ehefrau – nur die Spinnerei einer Frau in einer Lebenskrise.

Er brachte Betty mit seinem überschäumenden Optimismus zur Weißglut, warf ihr im Gegenzug vor, dass sie ihn mit ihrer Schwarzseherei mit runterzöge, ihm teilweise den Spaß am Leben nehme, er deswegen in die Arme anderer Frauen flüchte, eben weil sie, Betty, so eine alte Sauerampfer sei.

Betty schluckte gegen die aufsteigenden Tränen an, dann öffnete sie die Augen. Sie wollte gerade den Wagen starten, als sie einen seltsamen Geruch wahrnahm.

Muffig, streng.

Sie drehte sich um, um nachzusehen, ob die Kinder auf dem Rücksitz etwas Essbares hatten liegen lassen, das jetzt vor sich hin gammelte, als eine muskulöse, behaarte Männerhand von hinten zu ihr vorschoss, ihr Mund und Nase mit einem festen Klammergriff zuhielt, ihren Kopf hart zurückriss. Im ersten Augenblick war alles an ihr, jede Faser, jede Zelle wie gelähmt, unfähig zu denken, geschweige denn zu handeln, doch dann hämmerte ihr Herz so hart gegen ihre Rippen, dass sie Angst hatte, es würde ihr aus dem Leib brechen. Ihre Muskeln zuckten und zitterten vor Angst und Entsetzen, ihre Gedanken rasten.

Sie hatte sich das alles also doch nicht eingebildet.

Dieser Kerl hatte sie tatsächlich über Wochen beobachtet und verfolgt, sie fast in den Wahnsinn getrieben und an sich selbst und ihrem Verstand zweifeln lassen.

Dann der nächste Schock!

Er war in ihrer Wohnung gewesen.

Ein eisiger Schauer durchfuhr ihren Körper.

Die Frage war nur, warum?

Warum tat er ihr so etwas an?

Was wollte dieser Kerl von ihr?

Sie hatte doch nichts getan.

»Weißt du, warum ich hier bin, Betty-Bell?«, wisperte der Mann dicht an ihrem Ohr und stieß ein bitterböses Kichern aus.

Ihr wurde schwindelig.

Woher wusste der Typ, wie ihre süße Anna sie unter vier Augen nannte? Betty-Bell.

Er musste im Haus gewesen sein, als die Kinder da waren.

Übelkeit ergriff sie.

Der Wahnsinnige hatte sich unbefugt Zutritt zu ihren vier Wänden verschafft, während die Kinder und sie auch da gewesen waren.

An all den Abenden, an denen Uwe auf Geschäftsreise gewesen war und sie allein gelassen hatte.

In den einsamen Nächsten, in denen sie sich in den Schlaf geweint hatte.

Sie versuchte, den Kopf unter seinem Klammergriff zu schütteln, etwas zu sagen, brachte jedoch lediglich eine angedeutete Bewegung und ein gedämpftes Murmeln zustande.

»*Warum ich*«, wollte sie fragen.

»*Was habe ich denn nur getan, dass Sie mir das antun?*«

Doch es war zwecklos.

Sie war ihrem Angreifer hilflos ausgeliefert.

Aus letzter Kraft kämpfte sie gegen seinen Klammergriff an, versuchte, in seine Handfläche zu beißen und um sich zu schlagen, doch der Sauerstoffmangel fing an, sie zu lähmen.

Schließlich gab sie resigniert auf.

Es machte keinen Sinn, sich gegen einen Mann zu wehren, der sie in ihrem allerschwächsten Moment abgepasst hatte und so noch einfacher überwältigen konnte.

Der stärker war als sie, sich zudem das Überraschungsmoment hatte zunutze machen können.

Die Umgebung begann, vor ihren Augen zu verschwimmen, ihr Körper zuckte inzwischen unkontrolliert.

Ihre letzten Gedanken galten Anna und Bastian sowie der Frage, ob Uwe es hinbekam, die beiden auch ohne sie liebevoll großzuziehen. Würde er es wenigstens seiner Kinder zuliebe schaffen, ein besserer Mensch zu werden? Ihretwegen lernen, Verantwortung zu übernehmen? Sie wusste es nicht, musste aber darauf hoffen und dafür beten, ihm in dieser Hinsicht zum letzten Mal vertrauen, auch wenn es ihr alles … wirklich alles abverlangte.

Ich liebe euch, meine kleinen Schätze, dachte sie voller Wehmut und Angst, spürte, wie ihr langsam schwindelig wurde.

Das bösartige Kichern des Mannes hinter ihr jagte ihr einen Schauer über den Rücken.

»Heute wirst du dafür bezahlen müssen, was du damals getan hast«, sagte er und sein Kichern ging in ein heiseres Bellen über. »Du und all die anderen …« Er hustete. »Ihr werdet alle bezahlen.«

In Bettys Kopf drehte sich alles. Ging es etwa um Julia? Sie schüttelte den Kopf, schrie gegen den Klammergriff seiner Hand an. »*Was passiert ist, war nicht meine Schuld*«, wollte sie schreien. »*Ich wusste das doch nicht.*« Doch sein Griff war noch immer eisern, ließ keinerlei Bewegungsfreiraum zu.

Wieder ein Kichern, woraufhin sein Griff noch fester wurde.

»Ich kann dir versichern, dass es eine mordsmäßige Sauerei geben wird. Wenn ich mit dir fertig bin, wird dein fetter Arsch in tausend Fetzen zerbröselt sein, sodass dich weder dein Idiot von einem Ehemann noch deine dämlichen Gören wiedererkennen.«

Ein letztes Zucken ging durch ihren Körper. Sie spürte, wie das Dunkel unaufhaltsam näher kam.

Dann war es vorbei.

Kapitel 1

Februar 2017

München

»Das ist ja krank.« Caroline »Caro« Lutz drehte sich zu ihrem Kollegen um. Harry war ganz grün im Gesicht. Er sah aus, als müsse er sich jeden Augenblick übergeben.

»Geh einen Moment nach draußen und wenn du so weit bist, dann beehrst du mich wieder mit deinem sonnigen Gemüt«, flachste Caro und zwinkerte Harry zu. Er war über einsneunzig groß, kräftig wie ein Bär und emotional eigentlich extrem belastbar, doch einen alten, durch Krankheit ans Bett gefesselten und von oben bis unten vollgeschissenen Mann zu sehen, das schien selbst einem wie Harry zu viel zu sein.

Er nickte dankbar und machte sich aus dem Staub. Caro nutzte den Moment, um näher ans Bett des Mannes heranzutreten. Es stank übelkeitserregend im Zimmer, ganz davon zu schweigen, dass der Mann zusätzlich zu seiner vernachlässigten Körperhygiene vollkommen dehydriert aussah. Sie hatte den Rettungswagen sofort nach ihrem Eintreffen hier informiert, doch vor dem Abtransport des Mannes hätte sie ihm gerne noch die ein oder andere Frage gestellt. Sofern er dazu in der Lage sein würde, denn ehrlich gesagt wirkte er, als sei er total weggetreten.

Caros Innerstes zog sich zusammen, als ihr klar wurde, was der alte Mann durchgemacht haben musste. Von der Nachbarin, jene, die auch die Polizei informiert hatte, nachdem tagelang kein Laut aus dem Nachbarhaus gedrungen war, wusste sie, dass der alte Mann an Alzheimer im Endstadium litt und sein einziges Kind, seine Tochter, seither bei ihm wohnte, ihren Job aufgegeben hatte und sich in Vollzeit um ihn kümmerte.

Oder vielmehr gekümmert hatte.

Caro schüttelte den Kopf.

Denn jetzt lag Christine Englert in ihrem eigenen Blut in der Wanne im Badezimmer nebenan.

Tot, seit mindestens drei Tagen, worauf unter anderem der Zustand ihres Vaters schließen ließ. Sachdienlichere Hinweise würden warten müssen, bis die Gerichtsmedizin sich ein Urteil gebildet hatte.

Caro seufzte.

So wie es aussah, hatte Christine Englert Tabletten geschluckt, sich anschließend die Pulsadern geöffnet und in die heiße Wanne gelegt, um zu sterben. Wohl wissend, dass sie ihren hilflosen Vater im Zimmer nebenan zurückließ, dessen geistiger Zustand es nicht erlaubte, zu begreifen, was geschehen war und was nun auf ihn zukam.

Betreuung im Pflegeheim.

Einsamkeit.

Bis der Tod ihn irgendwann erlösen würde.

Caro atmete gegen ihre Beklemmung an, verspürte auf einmal einen unglaublichen Zorn auf die Tote nebenan.

Wenn sie wenigstens dafür gesorgt hätte, dass man sie schnell fand, ihr Vater versorgt werden würde. Stattdessen hatte sie einfach beschlossen, Schluss zu machen und nur an sich selbst gedacht, keinen Gedanken an ihren hilflosen Vater verschwendet.

Caro vermochte es nicht einmal, sich vorzustellen, was der Mann die vergangenen drei Tage durchgemacht hatte.

Ob ihm aufgefallen war, dass seine Tochter nicht mehr nach ihm sah, konnte Caro nicht sagen. Falls er innerhalb dieser Zeit einen lichten Augenblick gehabt hatte, musste er die Abwesenheit von Christine definitiv bemerkt haben. Falls nicht, dann war ihm zumindest die Erkenntnis erspart geblieben, dass sie ihn verlassen und sich selbst überlassen hatte. Doch trotzdem waren da noch der Durst und Hunger gewesen, die ihn gequält hatten, ganz davon abgesehen, dass er sicherlich auch im Demenzzustand in der Lage war, zu spüren, wenn er seine Windel vollgemacht hatte.

Drei Tage im eigenen Kot und Urin liegen zu müssen – Caro konnte sich bildhaft vorstellen, was das für die pergamentartige, empfindliche Haut des Mannes bedeutete.

Er musste Schmerzen gelitten haben.

Höllenqualen.

Was für ein Mensch musste seine Tochter gewesen sein, dass es ihr egal war, ihm durch ihren Abgang so etwas anzutun?

»So eine arme Sau«, murmelte Harry, der hinter Caro unbemerkt ins Zimmer getreten war und sich betroffen umsah. »Ich hab mich bei der Nachbarin mal umgehört und einiges über die Tochter rausgefunden. Angeblich litt sie bereits seit Monaten unter Depressionen, weil ihr alles über den Kopf gewachsen ist. Anfangs hat sie noch woanders gewohnt, einen Job gehabt, versucht, die Pflege ihres Vaters und ihr eigenes Leben unter einen Hut zu bringen. Sie wollte sich um eine Hilfe bemühen, doch die Pflegeversicherung hat ihr das Leben schwergemacht und einen anständigen Heimplatz in einer akzeptablen Einrichtung konnte sie sich nicht leisten. Zumindest nicht, ohne dass der Vater sein Haus verliert. Am Ende musste sie ihren Job aufgeben, verlor ihre Eigentumswohnung, zog hier ein. Dann verschlimmerte sich der Zustand ihres Vaters rapide. Sie hatte kaum noch Zeit für sich, deswegen trennte sich ihr Verlobter von ihr.« Er räusperte sich, ließ seine Worte ein wenig wirken. »Unter all diesen Gesichtspunkten ist es ein klein wenig verständlicher, wie eine 36-Jährige auf die Idee kommt, allem ein Ende zu setzen.«

Caro schüttelte den Kopf. »Das finde ich nicht. Sie hätte es noch mal versuchen können. Die Pflegeversicherung so lange nerven, bis sie einsehen, dass es in ihrer Verantwortung liegt, zu helfen und finanzielle Unterstützung springen zu lassen. Von was haben die beiden eigentlich gelebt?«

Harry verzog das Gesicht. »Von der mageren Rente des Vaters. Da das Haus abbezahlt war, hatten sie bis auf wenige Ausgaben das Geld zum Leben.«

Caro schüttelte den Kopf. »Also war definitiv ein Gegenwert da? Das Haus. Die Tochter hätte es geerbt, wenn der Vater stirbt.«

Harry nickte. Man konnte ihm deutlich ansehen, dass er nicht wusste, worauf sie hinauswollte.

»Sie hätte es nur aussitzen brauchen. Sicher ist es anstrengend, sich Vollzeit um einen Pflegefall zu kümmern. Aber sie hätte irgendwann Hilfe bekommen, finanzielle Unterstützung ebenfalls. Sie hätte einfach dranbleiben sollen. Hartnäckig sein. Nach seinem Tod hätte sie geerbt. Und sie hätte es verkaufen können.« Caro hielt inne, dachte nach. »Bei den Grundstückspreisen in und um München ist das Anwesen mindestens eine halbe Million Euro wert. Mehr als genug Ausgleich für einen verpfuschten Job, eine zerbrochene Beziehung und ein bisschen Verantwortung.«

Harry verzog das Gesicht zu einem Grinsen.

»Bei dir hört sich alles immer so einfach an. Nüchtern.« Er brach ab, wurde schlagartig ernst. »Vielleicht war sie schon so in der Spirale der Hoffnungslosigkeit gefangen, dass sie den Ausweg, den Lichtblick am Ende des Tunnels nicht mehr wahrgenommen hat.«

Caro wehrte seine Worte mit einer unwirschen Handbewegung ab. »Weißt du, wie viele Idioten mir schon davongelaufen sind? Der letzte nach drei Jahren Beziehung und aus einem vollkommen dämlichen Grund. Ich bin trotzdem noch hier, hab nicht den Verstand verloren und alles weggeworfen. Ich hab außerdem das Haus meiner Eltern verkaufen müssen, nachdem sie gestorben sind, weil meine beschissenen geldgeilen Aasgeier von

Geschwister sofort ausbezahlt werden wollten. Ich lebe seit zwei Jahren in einer Schuhschachtel von Apartment, weil ich mir in dieser Stadt keine größere Wohnung von meinem Gehalt leisten kann. Und zu guter Letzt kommt noch hinzu, dass Flo irgendeine Leiche im Keller hat oder mich abservieren will.« Sie hob die Hände, ließ sie wieder fallen, musterte Harry, der kalkweiß im Gesicht aussah. »Alles klar bei dir?«

Er schluckte angestrengt. »Wie kommst du drauf, dass etwas nicht mit Flo stimmt?«

»Ich will nicht drüber reden«, fuhr Caro ihrem Kollegen über den Mund, bemerkte selber, wie abweisend das klang. »Tut mir leid. Es ist nur … ich weiß nicht, wie ich damit umgehen soll. Und deswegen will ich mich damit im Moment auch nicht befassen. Ich will das alles auf mich zukommen lassen und wenn ich deswegen irgendwann anfange, rumzuspinnen oder mal miese Laune habe, dann weißt du jetzt, warum.« Sie stieß ein hartes Lachen aus, sah wieder zu dem weggetretenen Mann im Bett vor sich. »Und genau aus all diesen Gründen, die ich dir eben genannt habe, kann ich die Tat der Frau nebenan nicht nachvollziehen. Vor ihr lag ein sorgloses Leben mit unendlich vielen Chancen, sie hätte es nur bis zum Ende durchziehen müssen. Ich meine, wie lange kann ein Mensch so leben? Was ich also damit sagen will: Die Pflege wäre früher oder später, vermutlich aber früher, sowieso vorbei gewesen und sie somit aus dem Schneider. Mit dem Geld, das sie fürs Haus bekommen hätte, wäre eine neue Eigentumswohnung rausgesprungen, ein langer Urlaub in der Karibik zum Abschalten und wieder zu Kräften kommen, dann hätte das mit der neuen Liebe irgendwann von selbst geklappt.«

»Was denkst du also?« Harry sah sie abwartend an.

»Ich denke, dass das mit dem Suizid einen anderen Grund hatte. Einen Grund, der tiefer geht, irgendwas in ihr auslöste, was sie zu dieser Kurzschlussreaktion brachte. Oder …« Sie sah zu Harry, legte ihr Pokerface auf. »Vielleicht war es ja auch kein Selbstmord? Am besten wird also sein, dass wir die Obduktion abwarten und den Bericht des Pathologen, uns dann ein Urteil bilden. Bis dahin sehen wir zu, ob es weitere Angehörige gibt. Jemanden, der beide gut kannte, uns mehr erzählen könnte als eine Nachbarin. Wissen wir, was mit der Mutter ist?«

»Laut Nachbarin an Krebs gestorben, als Christine noch klein war. Deswegen auch die starke Verbundenheit zum Vater. Er hat sie allein aufgezogen, sein Leben dem Kind gewidmet.«

»Somit wissen wir auch gleich, warum die Tote bereit war, im Gegenzug alles für ihn aufzugeben. Sie hat sich dazu verpflichtet gefühlt, wollte ihm zurückgeben, was er für sie getan hat.« Caro musste zugeben, dass die Familiengeschichte der Englerts anfing, sie tief im Innern zu berühren. Dass sie nicht mehr ganz so viel Groll empfand, wenn sie an den leblosen Körper im Nebenzimmer dachte.

»Und andere Angehörige? Freunde? Bekannte? Irgendwen, der die Leute noch besser kannte, muss doch aufzutreiben sein.«

»Es gibt eine Schwester des Mannes, ob die noch lebt und falls ja, wo, da sind wir gerade dran. Ansonsten recherchieren wir nach ehemaligen Kollegen und Freunden der Toten.«

Caro nickte, verzog nachdenklich die Stirn. »Als Nächstes nehmen wir uns den Computer der Frau vor, überprüfen ihre Social-Network-Kontakte, gehen die Anrufliste von Handy und Festnetz durch. Habt ihr mit der Hausdurchsuchung schon angefangen? Ich will alles wissen. Ob es möglich ist, dass sie getrunken oder Drogen genommen hat, eventuell dauerhaft irgendwelche Medikamente nehmen musste, bis hin zu ihren persönlichen finanziellen Verhältnissen.«

Harry schüttelte den Kopf. »Du musst dich gedulden. Die Spusi hat alles abgeriegelt, wir sollen die Füße noch stillhalten.«

Caros und Harrys Blick wanderten gleichzeitig zu dem alten Mann im Bett. Harry griff wie automatisch nach der Schnabeltasse und stupste den Mann vorsichtig an. »Herr Englert«, sagte er sanft und achtete drauf, nicht zu laut zu sprechen, »wären Sie bereit, uns ein paar Fragen zu beantworten? Es geht um Ihre Tochter.«

Es blieb still im Zimmer bis auf das gleichmäßige Röcheln des alten Mannes.

Caro brauchte einen Moment, um sich zu überwinden, dann strich sie dem Mann sanft eine Strähne fettigen Haars aus der Stirn, versuchte es ebenfalls. »Es ist wirklich wichtig, Herr Englert, wir müssen mit Ihnen sprechen, um zu verstehen, was vorgefallen sein könnte.«

Doch der Mann lag weiterhin stocksteif in seinem Bett unter der Decke, vermittelte allen Anwesenden das Gefühl, er sei ganz weit weg.

Caro wollte schon aufgeben und entnervt aus dem Zimmer gehen, um die Kollegen von der Spusi anzutreiben, als ein Ruck durch den Körper des Mannes ging. Dann erschütterte ein rasselndes Husten seinen mageren Körper, er fing an zu zittern. »Wasser schnell«, sagte sie zu Harry, schob dem Mann einen Arm unter das Kopfkissen, um ihn zu stützen. Doch dem Mann Flüssigkeit zuzuführen, stellte sich als schwieriger heraus, als angenommen. Was sie ihm in den Mund träufelte, lief bis auf einen winzigen Rest rechts und links aus den Mundwinkeln auf Oberteil und Bett des Mannes. Er musste wirklich dringend ins Krankenhaus und versorgt werden, benötigte ein Bad, frische Klamotten, etwas zu essen und zu trinken, vielleicht sogar zusätzlich hochkalorische Spezialnahrung und eine Infusion. Sie wollte gerade vom Bett weggehen, als die Hand des Mannes nach ihrem Unterarm griff, ihn für seinen Zustand verblüffend fest umklammerte.

Im ersten Moment erschrak Caro fürchterlich, doch dann, als sie sich wieder im Griff hatte, gab sie Harry ein Zeichen, dass alles okay war, und lächelte den Mann beruhigend an. »Wir haben Hilfe gerufen«, erklärte sie. »Der Rettungswagen sollte jeden Moment hier sein, dann wird sich schnell jemand um sie kümmern.« Sie wusste, wie fadenscheinig ihr Versuch, ihn zu besänftigen, auf ihn wirken musste, doch sie hatte keine andere Wahl. Sie sah von ihrem Arm auf die Finger des Mannes, versuchte, sich sanft aus der Umklammerung zu lösen, doch der Alte wehrte sich mit allem, was er hatte dagegen, dass Caro freikam.

»Chrissi?«, brachte er schließlich mühsam hervor und blinzelte ein paar Mal, sah Caro mit trübem Blick schmerzerfüllt an. Sie wusste zuerst nicht, ob er sie mit seiner Tochter verwechselte oder gerade einen seiner seltenen lichten Momente hatte und … Die Erkenntnis fühlte sich an wie ein Schlag in die Magengrube. Natürlich wusste er längst, dass sein Kind nicht mehr am Leben war. Hatte er am Ende mitbekommen, was passiert war? Wusste er vielleicht, was genau den Suizid seiner Tochter ausgelöst hatte? Und falls ja, erlaubte es sein Zustand, dass sie ihn danach befragte? Sie wollte gerade loslegen, als sein Körper zu zucken und sich zu winden begann. Hatte er Schmerzen oder löste das Trauma diese Reaktion aus? »Chrissi«, stammelte er erneut und drückte Caros Arm noch fester. »Sie hatte solche Angst, verstehen Sie? Angst davor, dass er es doch noch schafft, sie von mir wegzuholen.«

Printed in Poland
by Amazon Fulfillment
Poland Sp. z o.o., Wrocław

53571445R00143